微暗的火

PALE FIRE Vladimir Nabokov

弗拉基米尔·纳博科夫

梅绍武——译

上海译文出版社

图书在版编目(CIP)数据

微暗的火/(美)弗拉基米尔·纳博科夫(Vladimir Nabokov.)著;梅绍武译.
—上海:上海译文出版社,2019.5
(纳博科夫精选集.Ⅰ)
书名原文:Pale Fire
ISBN 978-7-5327-8069-3

Ⅰ.①微… Ⅱ.①弗… ②梅… Ⅲ.①长篇小说-美国-现代 Ⅳ.①I712.45

中国版本图书馆CIP数据核字(2019)第053033号

图字:09-2005-111号

微暗的火
Pale Fire

Vladimir Nabokov
弗拉基米尔·纳博科夫 著
梅绍武 译

出版统筹 赵武平
责任编辑 陈飞雪
装帧设计 山 川
版式设计 @broussaille私制

上海译文出版社有限公司出版、发行
网址:www.yiwen.com.cn
200001 上海福建中路193号
江阴金马印刷有限公司印刷

开本787×1092 1/32 印张12 插页5 字数183,000
2019年5月第1版 2019年5月第1次印刷

ISBN 978-7-5327-8069-3/I·4957
定价:63.00元

如有质量问题,请与承印厂质量科联系。T:0510-86683980

献给薇拉

这叫我想起他向兰顿先生荒谬可笑地讲起一个好人家出身的年轻绅士那种可鄙的行径。“先生，我前次听人谈到他的时候，他正在城镇四处持枪捕杀猫儿呐。”接着，他两眼有点发愣，心中仁慈地想到自己宠爱的那只猫，说道，“郝奇可不能给打死：不，不，郝奇可不能给打死。”

詹姆斯 · 鲍斯威尔[1]《塞缪尔 · 约翰逊[2]传》

1 James Boswell（1740—1795），苏格兰传记作家，约翰逊的好友。他为约翰逊所著传记被公认为世界传记中最高成就之一，着重记述约翰逊的谈吐和议论。

2 Samuel Johnson（1709—1784），英国诗人、评论家、散文家和辞典编纂者。他学识渊博，人们惯称为约翰逊博士。曾编两卷本《英文辞典》，编注八卷本《莎士比亚集》，著有《诗人传》（四卷）、《阿比西尼亚王子》（副题《拉塞勒斯》）和《苏格兰西部诸岛记游》等作品。

目录*

* 此目录不是一般意义上的图书目录，而是由原作者编定的，是创作内容的组成部分。这部小说的结构独特，全书以“前言”、诗篇、“评注”和“索引”四部分组成，缺一不可。此目录作者意在给读者造成为去世的谢德编辑遗稿的印象。

前　言

《微暗的火》是约翰·弗兰西斯·谢德（一八九八年七月五日生，一九五九年七月二十一日卒）在他一生最后二十天里所创作的一首英雄对偶句诗体的长诗，共四章，九百九十九行，写于美国阿巴拉契亚州纽卫镇[1]他的住宅。这部由八十张中号索引卡片构成的手稿，大部分系誊清的定稿，本书诗文部分完全依据手稿予以忠实付印。在每张卡片上面，谢德把粉红线上端留作写标题用（注明第几章和创作日期），十四行浅蓝线部分用来写诗文，全是用挺好的笔尖写的，笔迹纤细工整，异常清晰，空一行则表示隔行，而且他总是利用一张新卡片开始撰写新的篇章。

第一章（一百六十六行）篇幅较短，占十三张卡片，其中所描绘的飞鸟幻日令人兴趣盎然。第二章，您最喜爱的一章，和那令人震惊的力作第三章，长度相等（均为三百三十四行），各占二十七张卡片。第四章在篇幅上又回复到同第一章相等，只占十三张卡片，其中最后四张是他逝世那天写的，仅留下修改稿而不是清稿。

约翰·谢德是个办事有条理的人，总在半夜里把每天定额完成的诗句誊清，即使后来又誊写一遍，我猜想他有时会那样干的，他在那张或多张卡片上并不注明最后订正的日期，而是注上修改稿或首次清稿日期。我的意思是说，他保留实际创作日期，而不记下第二遍或第三遍润饰修订的日期。我目前的住处前面正对着一个闹哄哄的游乐场。

我们由此而掌握了他的创作全部日程表。第一章于七月二日深更半夜开始写起，七月四日完成。他过生日那天着手写另一章，七月十一日完稿。另一周完全致力于第三章。第四章于七月十九日开笔，正如前述，最后三分之一（第 949—999 行）仅是修订的草稿。这一部分外表极为粗糙，到处是毁灭性删除和变动很大的嵌插，而且字迹也不像清稿上面那样严格遵守卡片上印的杠杠而常常越界出线。其实您一旦纵身跃入，逼着自己在那混乱不堪的表面下睁开两眼窥探清澈的底层，就会发现那原来精确得真是美不胜收。其中没有哪一行诗断裂脱节，没有一处令人产生疑问。这一事实足以表明某报（一九五九年七月二十四日）刊登的一篇报导严重失实，那是该报记者对一位自封为谢德研究者的采访，这位先生根本没见过这部诗稿，却断言那是“由一部支离破碎的草稿拼凑起来的，没有哪个篇章够得上称为定稿”——这种诋毁纯属那帮家伙的恶毒捏造，他们与其说是想对一位伟大诗人由于死亡而中断创作表示惋惜，还不如说是旨在毁谤这首诗的现任编辑兼注释者的能力，或许还对他的诚实表示怀疑哩。

另一声明是赫尔利教授和他那个小集团公开发表的，涉

1　New Wye，Appalachia，作者虚构的州和小镇。

及诗的结构问题。我摘自同一篇采访报道："谁也闹不清约翰·谢德打算把这首诗写多长，不过他留下的遗稿也许只体现了他隐隐约约观察到的一杯酒里的一小部分成分，这也绝非不可能的事。"又是一派胡言！撇开那种响彻在第四章通篇里的真正内在证据的洪亮号角声不谈，希碧尔·谢德（在一份一九五九年七月二十五日的文件上）也肯定地说过她丈夫"压根儿也没打算把这首诗写得超过四个部分"。对谢德来说，第三章就是倒数第二章，而且我本人有一次跟他一块儿在夕阳下散步闲聊时也听他这样说过，那当儿他仿佛在大声自言自语，一边回顾全天的工作，一边比划着那种可以原谅的洋洋自得的手势；与此同时，他那位言行谨慎的伙伴一直徒劳地想法儿叫自己的长腿摇摇晃晃的步子跟那位头发蓬乱的老诗人颠颠簸簸的曳步相适应起来。不仅如此，我甚至还可以断言（正像我们的身影，即使我们不在了，还照样朝前走那样）这首诗只剩下一行没写（那就是第 1000 行），它想必跟第一行雷同，想必也就使全诗完成结构上的对称；这也就是说，中部那两大相等、丰富而坚实的部分，同它们两侧较短的部分，共同形成一对各占五百行诗句的翅翼，于是铿锵的乐声真可说是绝了。我了解谢德的组合才能和敏锐而和谐的平衡感，因此不可能设想他会照别人瞎猜那样胡乱扩展而使他这个水晶体破了相，如果这一切还不足以说服人——其实完全够了，够了——我在七月二十一日傍晚那次惊心动魄的场合中，还听到我这位可怜的朋友亲口宣称他的创作劳动已告结束，或者接近尾声了。（参见我对第 991 行的注释。)

我把这八十张卡片上面的宝贵内容最后细看了一遍之后，就用橡皮筋扎住，虔诚地放好。另外还有十二张薄薄一摞卡片，上面写的一些额外的对仗诗句都在那一阵最初起草的混沌状态中完成了各自短暂而有时含混的使命，我也把它们夹好，跟那批主要产品一起放进一个牛皮纸做的口袋里。谢德通常对待他那些草稿的态度是，一旦觉得不再需要就把它们焚毁：我清清楚楚地记得有一天早晨，阳光灿烂，我站在门廊那儿亲眼目睹他在后院焚毁了整整一大堆，他站在那个焚化炉微暗的火前面，真像一位低头监视的官方送葬者，纸张在这种类似中世纪焚毁异端邪书的处刑当中化为黑蝴蝶随风飘荡而去。但是，他保留了这十二张卡片，因为上面有些尚未利用的佳句在那批草稿废堆中熠熠发光，也许他朦胧地期望再从这些废弃而可爱的后备诗句中挑出若干来取代清稿中某些段落，要么更有可能的是因为他暗自偏爱其中这句或那句优美的短诗，却出于结构上的考虑而忍痛割爱了；要么就是因为谢德夫人不耐烦，使他只好暂时搁置不用，等那份一无瑕疵、大理石般光滑的最后打字稿打出来之后，就会证实那还是很有价值，或者使那句给替换下来的、本来最爽目的诗句显得又累赘又不纯。此外，恕我在此添一句，他本来有意把他的诗念给我听，征求一下我的意见，因为我知道他原本有这个意思。

读者会在我的注释中找到那些删掉的诗句。它们原本所在的位置，都在那些把它们替换下来的既定诗句近旁给标出来，至少给暗示出来了。在某种意义上说，其中真有不少比最后定稿中某些最精彩的段落更具有艺术性和历史性价值。我现在该解释一下，《微暗的火》怎么竟会落入我手而由我来编辑这档子事啦。

我那亲爱的朋友刚一去世，我便立刻说服他那位心神错乱的遗孀签一份合同，大意是说诗人早已把诗稿托付给我，我也绝不拖延，尽快加上注释后把它出版，出版公司由我自行选择，一切得益，除去出版商的利润之外，如数净归她一人所有，而且在出版那天，原稿也会当即转交给国会图书馆永久保存；就是采用这个办法来事先消除并摧毁那种肯定会对她丈夫那份（早已由我在他的尸体尚未进入坟墓之前就已转移到一处安全地点的）手稿进行种种骚扰的商业性热情和学术界的阴谋诡计。我看任何一位严肃的评论家都不能说这个合同不公平吧。然而，这却被（谢德生前的律师）说成是“一盘异想天开的邪恶大杂烩”，同时另外一位人士（他生前的文学代理人）轻蔑一笑，竟怀疑谢德夫人颤悠悠的签字会不会是“在某种特殊压力的威胁下”签署的。这种卑劣的心灵，这种肮脏的头脑，根本不可能理解一个人对一部杰作所怀有的执著感情能彻底压倒一切，尤其是那编织的底面更叫这位观赏者兼制造者着迷入神，也正是在那儿他自己的往事跟这位天真的诗人的命运有着千丝万缕的关系。

我认为，正如我在最后一个注释里所提到的那样，谢德之死这枚深水炸弹摧毁了我俩之间私下的交情，而且也造成许多死鱼漂浮出来，迫使我在跟那个入狱的杀人犯最后一次交谈后就离开了纽卫镇。注释工作不得不推迟，只好等我能找到一个更安静的环境、采用一个新的化名时再干起来，但是有关具体出版事宜得马上办妥。于是我就乘坐飞机到纽约去，把手稿复制一份，同谢德生前的一位出版商洽谈（我们坐在一座大厦五十层楼上一间由核桃木和玻璃构成的斗室里；下面的街道上，无数金龟子正在川流不息地爬动），可是正当要达成协议那一刹那，我那位对话人在硕大的夕阳慢慢落下去的美景中，突然漫不经心地插了这样一句话："金波特博士，您想必高兴得知某某教授（谢德委员会的一名成员）已经同意在我们编辑这玩意儿时当我们的顾问了。"

"高兴"这个字眼儿在这里未免显得太主观了吧。我们赞巴拉人有一句挺蠢的谚语：*那只丢失的手套才暗地里高兴呐*。我当即扣好公事皮包，二话没说就到另一家出版商那儿去了。

请想一想，一个笨手笨脚、性情温和的巨人，想一想一位历史性人物，他对金钱的知识只局限于抽象的几十亿国债；请想一想一位流亡的王子，竟然不知道自己的袖扣值一大笔钱！这也就是说——哦，夸张地——我是天底下最不切实际的人啰。这样一个人跟一个出版界老狐狸打交道，刚一见面关系就搞得十分感人的亲密友好，无拘无束，彼此还爽朗地逗逗乐儿开开玩笑，说些亲切而冠冕堂皇的客套话，我也就没有理由猜疑日后会出现什么情况使得我跟我目前这位出版商——老好人弗兰克这种初交的友好关系不能保持长期稳固的状态。

我从这里把校样寄还给弗兰克，他回信说已收妥无误，并且要求我在前言中提一下——这我当然愿意照办——凡是注释中出现的错误概由我个人负责。居然在一名行家里手面前插入这样一句话。一位专业校对者根据手稿复制件把全诗清样再仔细核对一遍，发现了几处被我忽略的排版小错儿，这当然多亏外界的协助。更甭说我一直多么期望希碧尔·谢德能够给我提供大量有关的生平资料，可惜她离开纽卫镇的时间比我早，如今寄居在魁北克她的亲戚家里。当然我原本还可以跟她进行卓有成效的通信联系，可是那帮谢德研究者却不甘心被甩开。我刚一同她，同她那变幻莫测的情绪断了联系，他们就成群结队一窝蜂似的奔向加拿大，朝那位可怜的女士猛扑过去。我从我在赛达恩[1]的穴居之地给她寄过一封信，列出一些至关重要的问题，诸如"杰姆·寇特斯"的真名实姓是什么等等，向她讨教，可她非但没有答复我那封发了一个月之久的信，反而突然给我打来一封电报，请我接受赫教授（!）和柯教授（!）担任她丈夫那部诗篇的副编审。这叫我多么吃惊，多么伤心呵！这样一来自然而然也就排除了我跟我朋友的那位误入歧途的遗孀之间的合作。

诗人本人倒是个非常可亲的朋友！日历说明我跟他相识不过个把月罢了，可是我俩的友情却内在地发展成为默契之交，不受那些轮番进行的恶毒鼓噪的干扰而永世长存。我也永远不

1 Cedarn，作者虚构的小镇。

会忘记，当我于一九五九年二月五日搬进那所郊区住宅（我租住那位到英国去度休假年[1]的哥尔斯华斯法官的），发现它原来正位于这位著名美国诗人的住家旁边时，我是多么的高兴啊！早在二十年前我就曾尝试把他的诗作译成赞巴拉文了。读者会发现我将在一个注释里提到这一点。除去这位富有魅力的邻居之外，我很快就发现哥尔斯华斯的 château[2] 根本没有什么可值得介绍的地方。供暖系统纯属幌子，按道理是靠地下调节气流的管道供暖，可是地下室那个又抽搐又呻吟的锅炉把微温的蒸汽传送到各间屋子时，那股气儿就跟垂死的人最后剩下那点微弱的气息一样。我堵塞了通往楼上管道的阀门，试图让起居室的暖气更足一点，可是温度仍然很低，无可救药，证明此法完全无效，因为那里和外边北极般的地区只隔一道很薄的前门，也没有一点门厅之类的遮拦——大概当初这所房子是一位天真无知的移居者在仲夏盖起来的，根本就没料到纽卫镇会给他准备着这么冷的冬天；要么就是因为往时那种假正经要求让抽冷子前来拜访的客人在门槛那儿一眼就可以彻底搞清楚客厅里并没有在进行什么不成体统的勾当。

在赞巴拉，二、三月（我们称之为四个"白鼻子月"的最后两个月）也常常冷得可以，可是连乡下老乡的屋子都始终如一是一个暖和的实体——而不是一个叫人吃不消的通风网状体。人家对我说，我就跟新来的人常会遇到的那种情况一样，

1 Sabbatical，西方国家每隔七年给予高等院校教师一年或半年的假期。

2 法文，城堡。

确实选了多年来少见的糟糕透顶的冬天来到这个小镇——其实这里跟巴勒莫[1]处于同一纬度。初来乍到那阵子，有一天清晨，我正准备驾驶那辆新买来的马力十足的红色汽车去学院，发现我尚未在社交场合正式结识的谢德夫妇（后来我才知道他俩还当我不爱理人呢）正在滑溜溜的车道上对他们那辆遇到麻烦的旧派克车束手无策，它发出阵阵呜呜的哀鸣，却没法儿让一个受折磨的后轮从一处凹陷进去的冰层地狱里挣脱出来。约翰·谢德笨手笨脚地拎着一个提桶，忙着向结冰的光溜溜的蓝色地面上泼撒一把一把的棕色沙土，那种姿势活脱儿像个农民在播种。他穿着雪靴，骆马绒衣领朝上翻起，花白头发在阳光下仿佛蒙上了一层白霜。我知道他新近病了好几个月，心想让我的邻居干脆搭我那辆马力十足的机器玩意儿一道去校园吧，就连忙朝他俩走去。一条小巷弯弯扭扭地环绕着我租住的城堡所处的那块稍稍隆起的地段，把它和我邻居的车道隔开；我正要跨过小巷，不慎失足滑倒，一屁股跌坐在硬得出奇的雪地上，我这个筋斗像是一种化学反应力起作用于谢德那辆小轿车，它顿时微微晃动一下，接着就嗖地大摇大摆冲向巷道，差点儿打我身上轧过去；约翰坐在驾驶方向盘那儿自鸣得意地做着怪脸，希碧尔一个劲儿跟他说话。我不敢说他俩有谁瞧见了我。

但是，几天过后，也就是二月十六日星期一那天，我在教

1 Palermo，意大利西西里岛首府和主要港市，冬季天气并不太冷。

职员俱乐部午餐时，经人介绍跟那位老诗人相识了。我在记事本上带点讽刺意味地记下这样一句话："终于递交了国书。"他和另外四五位知名教授请我到他总爱坐的那张桌子那边去一块儿进餐，桌后的墙壁上挂着一幅华兹史密斯学院的大照片，是在一九〇三年一个异常阴沉的夏天拍摄的，看上去校园简陋得叫人吃惊。他简洁地建议我"尝尝这种猪肉"，这真叫我觉得有趣儿。我是个严格的素食主义者，喜欢亲自下厨做饭。我便向几位脸色红润的肉食者解释，让我吃光我的一位同类已经处理过的吃食，那就好比让我吃任何一种生灵一样叫我恶心，而且我指的生灵当然也包括——我压低嗓音——那位马尾发型、胖乎乎的女学生，她这当儿正在侍应我们，用舌头尖儿舔她手中那管铅笔的尖儿呐。再说，我已经把我放在公事皮包里带来的那个水果吃完了，所以说，来一杯学院精制的淡啤酒嘛，倒还不赖。我这种既坦率又随便的举止，叫大家伙儿都感到无拘无束了。于是人们总爱提的那些问题便向我连珠炮似的袭来，什么我这种癖好的人碰不碰蛋酒和牛奶冰淇淋混合饮料之类的玩意儿，等等。谢德说，对他来讲，事情恰恰相反：他要吃光一盘蔬菜，得费很大的劲儿。开始吃头一道色拉在他就跟大冷天一脚踩进海水一般；为了袭击一个苹果堡垒，他总得事先打起精神才办得到。我当时还不大习惯美国这些知识狭隘的学院派知识分子之间耍弄的这类叫人相当疲劳的俏皮话和玩笑，所以没有当着那些龇牙咧嘴的老家伙的面对谢德说我多么赏识他的作品，唯恐一场严肃的文学讨论降低为一出滑稽戏。于是我就跟他谈起一个我新近争取到的学生、一个忧郁而娇气、蛮不错的男孩，因为他也在选修谢德讲授的课，老诗人却果断地摇晃一下脑门上那绺灰白发，回答说他早就记不住学生们的姓名和面容了，唯一还能想起来的是他那诗歌班里一名拄着双拐从校外来听课的女士。“得啦，得啦，”赫尔利教授说，“你是说，约翰，那位经常出没于二〇二文学课室里、身穿黑色紧身服的金发女郎，也在你心目中或肺腑里真的就没留下一丁点儿她那美得叫人目眩的模样吗？”谢德顿时眉飞色舞，皱纹闪闪发光，慈祥地轻轻拍拍赫尔利的手腕，叫他别往下说了。另一位折磨人的家伙问我是不是真的在我住家地下室里放了两张乒乓球台。我反问道那是一桩罪恶吗？不，他说，可干吗要放两台呢？“犯罪吗？”我又反驳道，于是大家伙儿都笑了。

谢德尽管心律不齐（见第735行），腿有点瘸，对身体康复的办法也有某种莫名其妙的曲解，可还是过分喜好长距离步行，但是大雪阻挠了他，冬季他只好在下课后等夫人开车前来接他回府。上次相识后没隔几天，有一回我正要离开帕森尼奥斯[1]楼——也称之为主楼（唉，如今已改名为谢德楼）看见他站在门外等谢德夫人来接他。我在柱廊台阶上挨着他站了片刻，一边戴上手套，把十个指头个个朝里按得瓷瓷实实，一边朝前观望，仿佛等待检阅一个军团似的。“这可是件马虎不得的事，”诗人评论道。他看看自己的手表。一片雪花刚巧落在

1 Parthenocissus，公元前一世纪的希腊诗人和语言学家。

表面上。“结晶和石英相映争辉，”谢德说。我提议用我那辆马力十足的克莱斯勒送他一趟。“谢德先生，太太们常常健忘。”他翘起他那不修边幅的脑袋，朝图书馆里那座挂钟瞥了一眼。这当儿正有两个身穿鲜艳冬装、满面红光的小伙子，一边笑着，一边滑行穿越那一片白雪覆盖、荒凉辽阔的草皮。谢德又瞟一眼他的手表，耸耸肩，接受了我的建议。

我想弄清楚他在不在乎绕一段路，在城中心停一下，因为我要去买些巧克力小甜饼和一点鱼子酱。他说没关系。我一人走进超级市场，通过一层厚玻璃窗看到老家伙突然下车走进一家卖酒的铺子；等我买完东西回来，他已经回到车子里，正在津津有味地看一份庸俗小报，我原当没有哪位诗人会降低身份去碰那种玩意儿哩。他打了一个挺舒服的嗝儿，这说明身上那件暖暖和和的大衣里准藏着一瓶白兰地。我们转弯进入他住宅前面的车道时，看到希碧尔正把汽车停靠在前方，我便彬彬有礼地从车上一跃而下。她说：“我丈夫不善于给人介绍，那就让我们自己彼此介绍一下吧：您是金波特博士，对不？我是希碧尔·谢德。”接着她就对她丈夫说，他原本应该在办公室里再多等一分钟；她又按喇叭，又喊他，还呼哧呼哧地一路奔到楼上去找他，等等，等等。我不想听夫妻之间的一场争论，就转身走开，可她把我叫住了，“跟我们一块儿喝杯酒吧，”她说，“不如说跟我，因为大夫不准约翰再喝酒了。”我说明不能久待，因为我在家里已经安排好那么一个小小的讨论会，接下来还要打几盘乒乓球呐，是跟两个长得一模一样、挺可爱的孪生兄弟和另外一个小伙子，另外一个小伙子约好的。

从此以后，我便越来越经常地见到我这位大名鼎鼎的邻居。我从一扇窗户观察到的景象，一直提供给我第一流娱乐，尤其是在我等待一位姗姗来迟的客人到来时，心头更是痒酥酥地迫不及待。只要我们两家之间那些落叶树的枝杈还是光秃秃的，从我家二楼就可以十分清楚地看到谢德那间起居室的窗子，而且几乎天天夜里我都看得到老诗人一只穿拖鞋的脚在优雅地轻轻摆动。您由此可以推测到他正坐在一把矮椅子上看书呐，可您永远也没法儿看到别的，只能观赏到那只脚和它投下的黑影在那柱灯光下根据主人内心贯注的节律上下晃动。总在同一时刻，那只棕色摩洛哥皮拖鞋便会从穿着羊毛袜的脚上掉下来，那只脚呢，还在继续摆动，不过速度稍微放慢了些。您心里明白这说明睡觉和噩梦的时间无可奈何地迫近了，过几分钟，那脚指头便会去骚扰戳弄那只拖鞋，然后就一齐从我的黄金视野内消逝，我的视线可是穿越一根黑糊糊的弯枝杈才到达那边的。有时希碧尔·谢德好像猝然发起脾气，甩着胳臂，快速地从我的视野中经过，可是没多会儿，她又会慢条斯理地迈步转回来，好像是已经原谅她丈夫跟一个古怪的邻居友好交往似的。她这种行为对我来说真是个谜，可是有一夜我终于把它完全解开了，那就是我一边拨他们家的电话号码，一边密切注视他们的窗户，我魔术般地诱使她又完成一遍那一直使我困惑不解的急促而颇为无害的动作。

唉，我那种平静的心情很快就给破坏了。学术界的外围圈子一意识到约翰·谢德跟我的交情超过了跟其他所有人的交情，那种浓浓的忌妒毒液便开始朝我身上喷来。我亲爱的柯太太，那次在您家里举办的沉闷的联欢会结束后，我正帮助疲倦的老诗人寻找他那双长筒套鞋时，您那阵窃笑并没逃脱我俩的注意。另有一天，我走进英文系办公室寻找一本刊登了昂哈瓦[1]那座王宫照片的杂志，想拿给我的朋友看看，赶巧无意中听到一位身穿绿绒茄克衫、后来我宽大为怀地管他叫杰拉德·埃默瑞德的年轻讲师，正在漫不经心地答复系秘书的一句问话："谢德先生大概跟那头大海狸一块儿走了。"当然，我个头儿长得挺高，棕色络腮胡子相当稠密而锃亮，这个蠢绰号明明是给我取的，不过也并不值得加以重视；于是我从一张胡乱堆满小册子的桌子上平心静气拿了那本杂志，走出去的时候，从杰拉德·埃默瑞德身旁经过，灵巧地用手指忽地揪住他脖颈上打着的蝴蝶结，一下子就把它抖散了。还有一天早晨，我所隶属的那个系的主任，聂托什达格博士，郑重其事地恳求我坐下来，把门关好，垂头丧气地皱着眉头，又回到他那把转椅那儿坐下，然后大力规劝我"今后要多加小心"。啧，小心什么？有个小伙子向他的导师抱怨了。抱怨什么，老天爷？说我批评了他选修的一门文学课程（"是在一名荒谬的平庸之辈指导下，对一些荒谬的作品做出荒谬的评论"）。我彻底松了口气，哈哈大笑地搂住我这位老好人聂托什卡[2]，告诉他今后我绝

1　Onhava，作者虚构的赞巴拉国首都。

2　Netochka，聂托什达格的昵称。

对不会再调皮捣蛋啦。我借此机会向他致意。他一向对我那么谦恭有礼，叫我有时都纳闷儿他是不是已经猜到谢德所猜疑的事，猜疑到那桩只有三个人（学院院长和两名董事）肯定知情的事。

噢，这类事真是多得不胜枚举。一组戏剧系学生表演了一出讽刺短剧，把我描绘成一个狂妄自负、厌恶女性的人，满嘴德国佬的腔调，经常摘引豪斯曼[1]的语句，而且还爱啃生胡萝卜。谢德逝世前一个星期，有那么一位凶悍的女士，因为我曾经拒绝在她的俱乐部里谈论《哈列瓦利》[2]这个题目（她误把一部芬兰史诗的名字跟奥丁[3]的神殿搅混在一起了），她便在一家杂货店当众对我说，“您，可真是个非常难以相处的家伙。我都纳闷儿约翰和希碧尔怎么居然容忍得了您。”我冲她彬彬有礼地微微一笑，这使她气急败坏地又加了一句：“而且，您是个疯子。”

容我不再一一列举这种胡言乱语。不管别人怎么想怎么说，反正我在同谢德的友谊上得到了充分的报偿。这种友情尤其珍贵之处在于把亲切的感情隐藏起来，特别是在我们俩不是单独相处的时候，更是如此；彼此之间生硬的态度则是出自那种可以称之为内心尊严的驱使。约翰·谢德一辈子戴着面具，

1　A. E. Housman（1859—1936），英国学者和诗人。此处指美国学生误把这位诗人当成了德国人。

2　指芬兰史诗《卡勒瓦拉》。

3　Odin，北欧神话中掌管文化、艺术、战争、死亡的最高之神。此处《哈列瓦利》的“哈列”（Hally）与“神殿”（Hall）谐音。

讳莫如深，外表跟沉稳的内心竟是那样不协调，以至于人们都倾向于认为他要么是在拙劣地伪装，要么就是在赶时髦。如果说，浪漫主义时代的诗人，为了赶时髦要显露出男子气概，就袒露出自己那招人的脖颈，修饰脸颊两侧的边幅，并且使山峦湖影映现在那对凝视的椭圆形明眸中，那么当今的吟游诗人，也许老化的机会更多，看上去非得像大猩猩或兀鹫才更符合潮流的要求。我这位崇高的邻居，如果只长着一张狮子般雄伟的脸或者易洛魁人[1]那样的脸，倒也可能有些叫人赏心悦目之处。然而，不幸的是这两种特征掺和在一起了，只能叫人想起霍加斯[2]画的那种性别模糊不清的、肉嘟嘟的酒徒。他那畸形的身躯啦，满头蓬乱的灰白头发啦，短粗手指的黄指甲盖儿啦，无神的眼睛下面的囊袋啦，我们只有把它们看成是那股雕琢纯化他那些诗句的完美力量使他从自身内部排除去的废品，才能解释得通。他自我勾销了自身的形象。

我有一张他的照片，这张我特别喜爱的彩色快照是我的一位一度交往的朋友在一个明媚的春天拍摄的，谢德在上面拄着一根原本属于他姑妈莫德（参见第 86 行）的挺结实的拐棍儿，我穿着一件从当地一家体育用品商店买来的白色防风衣和一条来自戛纳的松松垮垮的淡紫色裤子。我的左手半举着——看样子像是想拍拍谢德的肩膀，其实是要取下我的墨镜，可是那个动作在照片上给掐断了，停在半空中永远完不成了；右胳

1 Iroquoian，北美的一个印第安部族。

2 William Hogarth（1697—1764），英国绘画家和雕刻家。

膊夹着那本图书馆的书是一部有关赞巴拉某种健美体操的专论集，我打算拿给那个寄宿在我家里的小伙子，就是拍这张照片的那个人看看，好引起他的兴趣。谁知一个星期之后，他居然背叛了我对他的信任，趁我去华盛顿办事的时候干下了卑鄙的勾当。我是回来之后才发现的。他一直利用那个机会跟埃克斯顿一个火红头发的婊子厮混，我那三间盥洗室里哪儿哪儿都留下了她梳头时掉下来的头发和一股臭味儿。当然我俩立刻分手了；我通过窗帘缝隙看到鲍勃这个剃平头的坏小子，拎着他那个破旧的旅行袋和我送给他的那副滑雪橇，怪可怜的样儿，凄凉地站在路边上，等待一位同学开车来把他接走，永远别再照面。什么事我都能宽恕，唯独背叛不行。

我俩，约翰·谢德和我，从来没对我个人遭遇的不幸详加讨论过。我们之间的亲密友谊是建立在更高一层、纯粹理性的基础上的，人在那种情况下可以摆脱感情上的苦恼，而不是共同分担它们。我对他那种敬慕在我是一种精神上的拔高。每逢我见到他，尤其是当着别人——那伙劣等人的面看到他的时候，我都体验到一种奇妙的惊讶感。我知道他们没有我这种感情，没有我这种觉察，竟把谢德的露面视为理所当然的事，而没有把每根神经，可以这么说，全都沉浸在他在场这一浪漫传奇的事迹中，这一点更增强了我那种惊讶感。他站在那里，我心里会想那个头颅里装着的脑子，跟他周围那些脑壳里保存的合成果子冻似的糨糊脑子相比，真可说是有天壤之别。他在（三月份那个晚上，站在柯教授家）那个阳台上眺望远方的湖水，我一直待在一旁观望着他。我亲眼目睹一种罕见的生理现象：约翰·谢德边了解边改造这个世界，接收，拆散，就在这储存的过程中重新把它的成分组织起来，以便在某一天产生一桩组合的奇迹，一次形象和音乐的融合，一行诗。我在少年时代也体验过这种激动人心的感觉。有一次我在舅父的城堡里，隔着一张茶桌望着那个魔术师，他刚变完一套绝妙的戏法儿，那当儿正在吃一盘香草冰淇淋。我凝视着他那扑了粉的脸蛋儿，凝视着他别在纽扣眼儿里的那朵神奇的花，它方才变换过各种不同的颜色，如今固定为一朵石竹花。我还特别凝视着他那些不可思议的、流体一般的手指，如果他愿意的话，那些手指就能捻弄那把小匙儿，把它化为一道阳光，或者把那个小碟往空中一扔，顿时变成一只鸽子。

说真的，谢德的诗就是那种突然一挥而就的魔术：我这位头发花白的朋友，可爱的老魔术师，把一叠索引卡片放进他的帽子——倏地一下就抖出一首诗来。

现在我们得谈一谈这首诗啦。我相信这篇前言还不算太敷衍了事。所有的注释都按照当场评解的方式加以安排，肯定会满足顶顶饕餮的读者。尽管这些注释依照常规惯例全部给放在诗文后面，不过我愿奉劝读者不妨先翻阅它们，然后再靠它们相助翻回头来读诗，当然在通读诗文过程中再把它们浏览一遍，并且也许在读完诗之后第三遍查阅这些注释，以便在脑海中完成全幅图景。在这种情况下，为了排除来回翻页的麻烦，依我之见，明智的办法就是要么把前面的诗文那部分玩意儿一页一页统统裁下来，别在一起，对照着注释看，要么干脆买两本这部作品，紧挨着放在一张舒适的桌子上面阅读，那可就方便多了——桌子当然不能像眼下我的打字机挺悬乎地置于其上的这张摇摇晃晃的小桌。我目前住在离纽卫镇几英里之外的一家破烂的汽车旅馆里，对面游乐场那个旋转木马在我脑海里进进出出，转个不停。容许我声明一下，如果没有我的注释，谢德这首诗根本就没有一丁点儿人间烟火味儿，因为像他写的这样一首诗（作为一部自传体作品又未免太躲躲闪闪，太言不尽意了），竟让他漫不经心地删除否定了许多行精辟的诗句，其中包含的人间现实不得不完全依靠作者和他周围的环境以及人事关系等等现实来反映，而这种现实也只有我的注释才能提供。对这项声明，我亲爱的诗人也许未必同意，但是不管怎么样，最后下定论的人还是注释者。

查尔斯·金波特[1]

一九五九年十月十九日于犹他纳州[2]赛达恩镇

1 Charles Kinbote，作者虚拟的人物。这篇前言本身就是《微暗的火》这部小说不可缺少的部分，而不是通常意义上与正文相对的前言。

2 Utana，作者虚构的美国州名。

微暗的火

一首四个篇章的长诗

第一章

我是那惨遭杀害的连雀的阴影
凶手是窗玻璃那片虚假的碧空；
我是那污迹一团的灰绒毛——而我
曾经活在那映出的苍穹，展翅翱翔。
从这室内，我也会在窗玻璃上复印出
我的身影，我的灯盏，碟里一个苹果：
夜间敞着窗帘，我会让暗玻璃上现出
室内家具样样都悬空在那片草地上方，
多么令人高兴呵，室外大雪纷飞
遮蔽我对草坪的瞥视，高高积起
使得床椅恰好矗立在皑皑白雪上
矗立在外面晶莹明澈的大地上！

重摄那场大雪：雪片漫天飞舞
缓缓而无形，乳浊而飘忽不定，
在那昼日苍白冷漠的落叶松树衬托下
一个暗淡的白身影映现在灰色亮光里。
那亮光渐渐变得双倍的青灰昏暗
黑夜使那观察者和景色浑然一体，

而黎明来临，晶莹的霜花
显得惊诧不已：谁的距足
从左到右越过纸般雪白的小径？
识破那段从左到右的冬日密码：
一个黑点儿，朝后指向的箭号；重复再现：
黑点儿，朝后指向的箭号……雉鸡的脚印！
美丽的颈环，雄伟的松鸡，
在我住所的后院寻觅果实。
莫非是《歇洛克·福尔摩斯》中那个家伙
倒退他那革履，从而足迹朝后指向？

五颜六色使我欢悦：灰色亦然。
我的双眸犹如相机，确实可以
摄影拍照。每逢在我许可时刻，
或者在我那默默一颤的指令下，
无论什么映入我的视野，便会常驻——
室内的景象，或者山核桃树的叶片
或者屋檐上冰冻水滴形成的尖匕首——
都会深印在我的眼睑后面
逗留那么一两个小时不去，
如此持续一阵，我所要做的
便是阖目复印再现那些叶片，
室内的景象，屋檐上那战利品装饰。

我真闹不明白从湖滨小道走向学校
那时，为何从湖泊那里我辨认得出
我们的门廊，而现在尽管并无
树木遮拦，我举目眺望，却连
屋顶也见不到。或许是空间无法逆料的
变化造成一道褶皱或一条沟渠，取代了
那片纤巧景致，那栋坐落在绿色街区
哥尔斯华斯和华兹史密斯之间的木屋。

那儿我原有一株宠爱的糙皮山核桃小树
丰裕而葱翠的树叶，虫儿蛀蚀而消瘦的，
乌黑躯干。夕阳
给它那黑树皮镀上一层青铜色，簇叶
阴影在它周围投下宛如松开的花冠。
如今它滚粗结实；它已经茁壮成长。
白蝴蝶飞越它那阴影时变为淡紫色
树荫那边好像在轻柔摆动
我小女儿那架秋千的幽灵。

那座房屋本身依然旧样未改。一边的侧厅
我们装饰一新。一间日光浴室，还有一扇
大块玻璃的观景窗，两侧放着怪样的坐椅。
电视天线，状似巨大回形针，如今闪烁着，

取代了那僵硬的风向标，经常
那里会出现那一只天真而无邪的
好似蒙着薄纱的学舌鸟前来拜访
重新叙述她所听到过的全部节目；
从“去捕—去捕”转换为清晰的
“突—围，突—围”；接着粗嘎地唤出：“来这儿，
来这儿，来这儿儿”；她向上挥动她那尾梢，或者
纵情优美地齐足朝上扑扑一跃，但随即（“突—围！”）
又倏地返回她那栖息之处——那崭新的电视天
　线上。

我的双亲去世时，我只是个婴儿。
他俩都是鸟类学家。我那么经常
试图回忆他们，以致今日我竟有
上千模样的双亲。遗憾的是他俩
隐没在自身美德之内，消逝远去，
但某些话语，我偶尔听到读到的，
诸如“心脏不好”一向涉及到他，
而“胰腺癌”则素来是与她相关。

一个认为《启示录》预言已实现的人：一个收集
　冰冷鸟窝的人。
这儿原是我的卧室，如今留作客房。

这儿，那名加拿大裔侍女把我储存，
我倾听楼下低沉嘈杂之声，并祈祷
祝愿大家永远相安无事，吉祥如意，
叔伯婶姨们，那名女仆，她的侄女艾黛尔，
后者曾见到过罗马教皇，书中人物和上帝。

我是由亲爱而古怪的莫德姑妈带大的，
她是诗人，又是画家，
喜欢那些现实的实体
同怪诞产物和灭亡形象混合交织在一起。
她活到听见另一个婴儿啼哭。她的房间
我们仍然保持着原样。室内的一些零星杂物
构成她那种风格的静态画：那凸面玻璃镇纸
里面封进一片环礁湖的景致，
那本诗集开启在索引页（月亮，
月出，摩尔人，道德的[1]），那把孤零零的吉他，
那个骷髅头；还有一件从本地《星报》剪下来的
稀有珍品："红短袜五比四击败扬基佬
于查普曼的荷马"，用图钉钉在门儿上。

我的上帝死得年轻。拜神我发觉

1　这四个词的原文为"Moon"，"Moonrise"，"Moor"，"Moral"。

有辱人格，那些前提也谬无根据。
没有一个自由人需要上帝；可我自由吗？
我觉得大自然多么完全地同我形影不离，
我那稚气的味觉多么喜爱那金黄色
面糊糊，一半是鱼一半是蜜的味道！

我那儿童时代的图画本皆是些
裱糊我们小窝笼的着色羊皮纸：
紫红光环围绕着月亮；血橙色太阳；
成双成对的彩虹；还有那稀罕观象
那朵虹彩云——那时刻美丽而神奇，
在那山峦上方明朗的天空
一片椭圆形的乳白色碎云
映出远方山谷上演的一场
雷暴骤雨色彩缤纷的彩虹——
艺术氛围几乎笼罩了我们。

那里有道音墙：夜间之墙，
是由秋季万亿只蟋蟀筑成。
难以穿透！在登山半路上，
我会在它们狂鸣的颤音吸引下停住脚步。
那是苏顿博士家的灯光。那是大熊星座。
一千年前，五分钟

等于四十盎司细沙。[1]
不眨眼地逼视繁星。无穷无尽的往昔
连带无穷无尽的未来：在你头顶上方，
它们像巨大翅翼那样合拢，你便消亡。

凡夫俗子，我敢说，
要幸福得多：他只在撒尿那当儿
抬头仰望空中的银河。于是现在
我也自担风险徒步行走：受枝桠抽打，
被树桩绊倒。犯了气喘病，又瘸又胖，
我从未拍过皮球，也从未挥过板球棍。

我是那惨遭杀害的连雀的阴影，
凶手是窗玻璃那片虚假的远景。
我有头脑，连带五个官能（堪称独一无二），
可是在其他方面我却是个笨手笨脚的怪物。
在睡梦中，我和别的伙伴一道玩耍，
但确实什么也不忌妒——唯独也许
只羡慕那奇迹般的双纽线：自行车轮胎
在湿漉漉的沙地上，若无其事而灵巧的
摆动所留下的轨迹。

1 指古时用沙漏计时。

一丝微妙的痛楚，
是顽皮的死神在拖拉，又给放松释免，
但是始终存在，贯穿我的全身。一天，
我刚满十一岁，匍匐在地
观望一个上弦的玩具——
一个锡制男孩推动一辆锡制独轮小车——
绕过椅子腿儿，漫游迷失在床下，
蓦地一阵阳光突现在我的头脑中。

接着黑夜便来临。那片黑暗庄严肃穆。
我觉得全身通过时空在分向四面八方：
一只脚在山顶上，一只手
在水流湍急的海滩卵石下，
一只耳朵在意大利，一只眼睛在西班牙，
洞穴中，我的鲜血；群星里，我的脑浆。
我那三叠纪里闷声悸动不已；
绿色光点闪现在那上更新世，
一阵冰凉的颤抖贯穿我那石器时代，
而所有的明天皆在我的肘部尺骨端。

整整一个冬季，每天午后
我都陷入那阵瞬间的昏厥。
随后病痛消失。逐渐淡忘。

我的健康开始好转。我甚至学习游泳。
但是就像那么一个被村姑胁迫的男孩，
用他那纯净的口舌扑灭她那可鄙的饥渴之火，
我受到诱惑，惊恐不安，从而堕落，
尽管考尔特老医生宣称我已经痊愈，
摆脱了，他说，主要是成长的痛苦那类病症，
但是那种疑惑逗留不去，那种羞愧始终存在。

第二章

在我那狂热的青年时代，有一阵
不知怎的我竟怀疑那尽人皆知的
死后复生的真理：
唯独我一无所知，
这是一项大阴谋，
人们和书本向我隐瞒了这一真理。

随后有一天我开始怀疑人的神志
是否清醒：他怎能活着而不确知
等待他觉察的是什么样的开端，
什么样的劫数，什么样的死亡？

最后是那不眠之夜，
我决定探测那邪恶，
那不可接受的深渊，与它相抗争，
把我曲折坎坷的一生全部致力于
这唯一的任务。今天我年已六十一。连雀
啄食于果仁。一只蚱蝉在独鸣。

我手中握着的这把小剪刀乃是
阳光和星辰令人炫目的合成品。
我站立在窗前，开始修剪
我的手指甲，模糊地意识到
某种令人畏缩的相似：大拇指颇像
我们杂货商之子，食指酷似学院里
那精瘦沉郁的天文学家斯达奥沃·布卢；
当中那家伙，一个我认识的高个儿神甫；
那女性的第四指，一个卖俏老风流；
而粉红的小指则依附在她那衣裙上。
我一边做出怪脸，一边挨个儿剪去
莫德姑妈惯称为“表皮”的细薄膜。

莫德姑妈年满八十，她的生活突然
寂静无声。我们眼见那使人瘫痪的
一阵涌起的怒红和扭曲袭击了
她那高贵的面颊。我们送她至
疗养院闻名的松林谷。她会坐在玻璃窗前
接受日光浴，呆视着苍蝇飞落在
她的衣服上，飞落在她的手腕上。
她的记忆渐渐消失在增长的迷雾中。
她还能吐出声，顿住，探索，寻获
那一声起先像是可供使用的语句，

然而毗连细胞的江湖骗子夺走了
她所需的话语那个地盘，她一边
拼缀出哀求的表情，一边徒劳地
试图跟头脑中那些怪物评理论争。

在这种逐渐的衰朽中，
复活选择哪一时刻？哪年？哪月？
谁有赛跑计时表？谁来倒一下磁带？
何人运气欠佳，或者人人皆能逃脱？
一则三段论：别人死去；而我
并非是另一个；因此我不会死。
空间是目中密集的蜂群；时间是
耳中营营的歌声。在这个蜂窝里，
我给牢牢锁住。可我们若在出世前
能想象到尘世生活，那想必会显得
多么疯狂，多么令人难以置信，
难以启齿的怪诞，离奇的荒谬！

因此为何要加入人们庸俗的痴痴发笑？
为何要嘲笑没有人能证实的死后生活：
那种土耳其软糖[1]，那些未来的竖琴，

---

1 Turk's Delight，一种撒有糖粉的耐咀嚼的糖果。

那跟苏格拉底和普鲁斯特在柏荫道上的散步漫谈，
那长着火凤凰翅膀的六翼撒拉弗[1]天使，
那有箭猪之类动物的佛兰德斯画派地狱？
倒不是我们想象得过于荒诞离奇：
困难在于我们没有使这足以显得
不大可能；总的说来，我们多半
想起的只是家中的一个鬼魂。

多么荒唐可笑呵，
这种把公众命运变成个人私语的尝试！
而不是把它转化为神圣而简洁的诗歌，
互不连贯的注释，失眠人出色的韵句！

生活是个在黑暗中胡乱涂写的信息！
无名氏题。
　　　　在她去世那一天，我们
在回家的路上窥见一棵松树树皮上
有个翠绿空壳，蛤蟆眼般滚圆，
紧偎树干，而它的姊妹篇则是
树胶粘住的一个蚂蚁。
　　　　　　　　那个在尼斯的英国佬，

1 Seraph，《圣经》中守卫上帝宝座的六翼天使，基督教九级天使中最高的天使，其本性为“爱”，象征“光明”、“热情”和“纯洁”。

一个自负而欢乐的语言学家：Je nourris
Les pauvres cigales[1] ——意思是说
他喂养那些可怜的海鸥！
拉封丹错了：
死去的是唇颚，活着的是歌曲。

于是我修剪指甲，沉思冥想，侧耳倾听
楼上你那脚步声，一切尚好，我亲爱的。

希碧尔，在我们中学时代，
我始终赞赏你那端庄秀美，
但是在一次高班集体出游
纽卫瀑布那期间，我深深爱上了你。我们坐在湿漉漉的草地上共进午餐。
地理老师谈论着
那倾泻奔腾的瀑布。它那轰鸣和彩色飞虹
使那温和的公园气氛浪漫。
在四月的雾霭中，我斜身躺在你那苗条的身后，
观望着你那斜向一边的整洁的小脑袋。
一只五指分开的手掌，
在一棵星形的延龄草和一块石头之间，

1 法文，我喂养那些可怜的蚱蝉。

压在草皮上。一个娇小的指骨
不断在扭动。接着你转过身来，让我喝下
一小口金属腥味而清澈的茶。

你的形象一无改变，那抿嘴轻咬
朱唇的晶牙；长睫毛眼下的晕影；
粉面桃腮；从鬓角颈背梳拢起的
深棕色丝发；那白白净净的脖颈；
那波斯人脸型的俊鼻秀眉，
你都保存得完美无缺——
在那些静静的夜晚，我俩
默默谛听瀑布的轰鸣巨响。

来受仰慕吧，来受爱抚吧，
我这深色的瓦奈萨，线条绯红，我这神圣的，
我这令人羡慕的蝴蝶！解释一下
你怎么在丁香巷的暮色中竟然会
让笨拙而歇斯底里的约翰·谢德
泪湿了你那面颊、耳梢和肩胛骨？

我们俩结婚已达四十载。至少已有
四千次我俩的脑袋揉皱了你那枕头。
四十万次那座落地钟奏出类似

威斯敏斯特大笨钟的粗乐声，
报出我俩共同享用的时辰。还会有多少
免费赠送的年历将使厨房那扇门儿增辉？

我爱你，当你站在草坪上凝视着
树上一样什么东西时：“飞走了。
它那么小巧玲珑。它会返回来的。”
（这句悄声细语温柔得胜似一个吻）
我爱你，当你唤我观赏落日晚霞上空，
一架喷气式飞机留下的粉红色尾迹时。
我爱你，当你哼着歌儿，收拾
一个手提箱或者那个样儿滑稽、
带有来回拉锁的汽车旅行袋时。我尤其爱你，
当你郁郁点头迎接她的鬼魂，
手中握着她生前头一个玩具，或者凝望着
一张从书中发现当年她寄回的旧明信片时。

她想必可能是你，我，或某种古怪的组合：
大自然选择了我，以便让我来折磨并撕裂
你那颗心和我这颗心。起初我俩会微笑道：
“小姑娘都胖乎乎的”或“杰姆·麦克威
（家庭眼科医师）会很快治愈她
轻微的斜眼。”随后：“要知道，

她会蛮漂亮的"；试图缓和那种
逐渐增长的苦恼："这是青春期初期。"
"她该去上马术训练课，"你又会说
(你我目光并未相遇)，"她该学打
网球或羽毛球。少吃淀粉，多吃水果！
她或许不是个美人，可她却逗人喜爱。"

这没有用，没有用。那些从法文和历史课
得来的优秀奖，无疑是闹着玩儿赢到手的；
圣诞节晚会上的游戏显然艰难得多，
一个害羞的小客人势必给排除在外；
该公平合理些嘛：她同龄的孩子们
饰演小精灵小仙女出现在她曾协助
绘制布景的学校演出的哑剧舞台上，
而我那温柔的姑娘却给扮成时间老妪，
一个弯腰的女仆，拿着扫把和污水桶，
我独自躲进男厕所，傻瓜般呜咽啜泣。

另一个冬季在铲除困窘中度过。
五月里，齿鳞白蛱蝶时常出没在我们那片树林中。
夏季让动力割草机刈过去；秋季充满炽热的情感。
唉，腌臜的小天鹅从未变成
一只林鸳鸯。又是你的声音：

“这可是偏见！她天真无邪，
你理应欢欣。为何总在强调
仪表？她愿意显得一副邋遢样儿。
处女们写过一些辉煌灿烂的作品。
情爱并非一切。好模样也非
那么绝对必不可少！”然而，
潘神[1]依然会从每座绚丽的山峦上呼唤，
我们心头那些怜悯的精灵也依然会议论：
没有谁的嘴唇会沾享她那香烟上的口红；
每逢舞会前，索柔萨女生宿舍楼，
电话铃声每隔两分钟就会响一次，
可是没人会给她打来邀请的电话；
轮胎在砾石路上嘶的一声刹住车，
在那优美的夜晚，一个围白围巾的男伴，
走到门前，却从来也不会是前来找她的；
她从未去过舞会，那穿薄纱戴茉莉的美梦。
我们于是送她前往法国一座别墅去度假期。

可她又遇到新的挫折，新的难堪，
哭哭啼啼返回家。在那学院城镇
条条大路通往欢乐场所那些日子里，

1 Pan，希腊神话中人身羊足，头上有角的畜牧神，爱好音乐，创制排箫。

她会坐在图书馆台阶上阅读或针织，
孑然一身，要么跟那羸弱的好同屋，
如今是个修女，待在一块儿；另有一两次
同一个选修我开的课程的韩国男孩在一起。
她有古怪的畏惧，古怪的幻想，
古怪的性格力量——正如她曾
花费三个漆黑夜晚探查某种声音和亮光，
在一个旧谷仓里。她喜欢倒拼英文词汇：茶壶成了顶峰[1]，
蜘蛛成了蛋卷冰淇淋[2]：“香粉”竟成了“红发意大利佬”[3]。
她管你叫做说教的大鑫斯。
她难得微笑，而偶一为之，
却是痛苦的标志。她会猛烈抨击
我们的计划。两眼发呆毫无表情，
坐在她那辗转反侧的床铺上，伸开
两只囊肿的脚，用银屑散落的指甲
抓搔她的脑袋，呜呜咽咽，
单调地咕哝可怕的字眼儿。

---

1 原文是“Pot”和“Top”。

2 原文是“Spider”和“Redips”。Redips 意为“有两勺冰淇淋的蛋卷冰淇淋”。

3 原文是“Powder”和“Red Wop”。

她是我的宝贝儿：性情乖戾，阴郁孤僻——
可她还是我的宝贝儿。你想必记得那些
近乎平静的夜晚，我们在玩
搓麻将，或者她试穿你那件皮大衣，这使她
近乎迷人；连镜子都在微笑，
灯光仁慈宽厚，影儿也柔和。
有时我会辅导她读懂一篇拉丁课文，
或者她会在自己卧室里读书，紧挨
我那间荧光灯照亮的巢穴，而你会
在你的书房，与她相比距我两倍远，
我时而可以听到你俩的交谈话语声：
“妈，何谓阴森栏？”“什么何谓？”
“阴森之栏。”
停顿，接着是你谨慎的诠释。随后又是：
“妈，何谓冥府？”这你也会解释，
还附带一句：“要不要吃个柑橘？”
“不。好吧。可永生又是什么意思？”
你迟疑不决。我遂起劲地吼出答案，
声音从我书桌前直穿那扇关上的门。

她在读什么倒无关紧要，
（某一伪劣的现代诗篇
在英国文学中被说成是

“惊心动魄而令人信服”的文献——
什么意思则无人在意）；问题在于
这三间屋当年把你我她连接在一起，
如今形成一个三折屏或一出三幕剧，
其中绘制描述的事件将会永世长存。

我认为她素来怀有一个小小疯狂的愿望。
我近日刚完成我那部评论蒲柏[1]的书。
我那位打字员珍·迪恩一天有意给她
介绍跟她的堂弟彼得·迪恩见面相识。
珍的未婚夫愿意开他那辆新车带他们
前去二十英里开外的一家夏威夷咖啡馆。
那个男孩八点一刻在纽卫镇给接上车。
雨夹雪给马路铺上一层光滑的薄冰层。
他们最终找到那地方——彼得·迪恩
却突然紧皱双眉惊呼一声脱口道，
他彻底忘了跟一个哥们儿的约会，
他若不去，那家伙就会锒铛入狱，
等等，等等。她说对这完全能理解。
等他走后，三个年轻人在那

1 Alexander Pope（1688—1744），英国诗人，长于讽刺，善用英雄偶体，著有长篇讽刺诗《夺发记》、《群愚史诗》等，并翻译荷马史诗《伊利亚特》和《奥德赛》。

蔚蓝的入口处呆呆站立片刻。
地上水洼映出条条霓虹灯光；
她微微一笑，说她成了多余的人[1]，
宁愿回家去。两个朋友陪她走到
公共汽车站便离开；她却没径直
乘车返回家，而在劳勤岬下了车。

你仔细端详你那手腕："八点一刻。
(表针这时呈叉状。)我看看电视。"
那肉汤似的苍白荧屏渐渐展示一片栩栩如生的污迹，
音乐涌出。
　　　　他瞧她一眼，
接着便转身向好心好意的珍射出一道死光。

一名男性雇员，从佛罗里达直到缅因，
追寻埃俄罗斯[2]战役射出的弯曲之箭。
你说待会儿有一场令人厌倦的四重唱，
两名作家和两名评论家会在第八频道
辩论诗歌的事业。在那春祭的仪式上，

1　原文为法文，*de trop*。

2　Aeolus，在荷马作品里，他是风神和埃奥利亚浮岛的统治者。在《奥德赛》里，他使奥德修斯在归途中一路顺风并把一个装有逆风的口袋交给奥德修斯。奥德修斯的同伴解开袋子，结果逆风从中而出把他们又吹回原来出发的岛。

一名仙女，在簇簇转动的白色花瓣下，
脚尖旋转地前来跪拜
在树林里一座祭坛前，
林中则堆放着形形色色的浴室日用品。
我上楼去审阅长条校样，
耳听屋顶上风卷云石声。
“看那瞎眼乞丐在跳舞，跛子在歌唱”
明显具有那荒谬时代的庸俗情调。
接着是你，
我温柔的学舌鸟，从过道朝上发出一声呼唤。
我及时听到短暂的赞誉，
同时跟你一块儿饮杯茶：我的姓名
两次被提到，一如既往，只差仅仅
（泥泞一步）给排列在弗罗斯特[1]之后。
　　　　　　　　　　　　“你真不在乎吗？
我会赶乘埃克斯顿那班飞机，因为你明白
我如果午夜时分没带那笔现钞急忙前来——”

接下来是一种旅行纪录片：
一位主持人带领我们穿越

1 Robert Frost（1874—1963），美国诗人，善用传统诗歌形式和口语表达新内容和现代感情，作品主要描写新英格兰的风土人情，四次获普利策奖，名作有《白桦树》、《修墙》和诗集《山间》等。

三月里一个夜晚的薄雾，从远而近，
船的前桅灯宛如一颗渐渐扩大的星星，
临近那片碧绿、靛蓝、茶色的海洋，
我俩曾于一九三三年，她出生前九个月，
到那里游览过。如今一切成为过眼烟云，
事事模糊不清，几乎记不得那初次
长时间的散步，那持续不断的亮光，
那成群结队的船帆（白帆当中一蓝帆
与那海色怪不协调，另两张则是红帆），
那男人，身穿运动茄克衫，捏碎面包，
那群集的海鸥聒噪不休，震耳欲聋。
一只灰鸽蹒蹒跚跚混迹在其中。

“是电话响吗？”你在门旁侧耳倾听。
什么也没有。从地上拾起电视节目表。
更多的前桅灯出现在薄雾中，
擦净窗户也无益：只能扫视到
户外裸露的白栅栏和反光灯标柱。

“我们敢担保她表现得得体吗？”你问道。
“严格说这当然只是男女双方的初次会面。
好了，我们要不要看一看《悔恨》的预演？”
我们于是平心静气地让那部名片

展开它那似有魔法呵护的大帐篷；
著名的脸庞涌现，白皙而蠢样儿：
那微启的嘴唇，那水汪汪的眼睛，
那面颊上的美痣，一派奇特的法国风格，
还有那柔软的躯体融入
人所共有的灿烂向往。
　　　　　　　　　　“我想，”她说，
“就在这里下车。”“这儿只是劳勤岬。”
“知道，没关系。”她抓住扶杆凝视着
幽灵般的林木。公共汽车停下，随即消逝。

莽林上空雷鸣大作。“不，不看这个！”
本台特约贵宾帕特·平克（反原子谈话）。
钟敲十一下。你叹道，“唉，恐怕没有
什么可看的节目啦。”你拨弄那调频器：
忒尔克接连响，画面不断在变更。
商业广告给斩首。众多面庞给拂去。
一张张开的嘴，唱歌唱到半中腰，被抹掉。
一个蓄着连鬓黑胡子的白痴，正打算动用
他那管枪，可你的动作真是比他要快得多。
一个欢快的黑人举起小号正要吹。忒尔克。
你那枚红宝石戒指制造生活，也执法森严。
噢，关上吧！啪的一声响，生活遂给掐断，

只见亮光渐渐缩小成针头，消逝到漆黑的
无限境界。

从湖畔那间木棚走出来
一位看守人，时间老人，灰发驼背，
与他那条焦躁不安的狗，沿着那条
芦苇丛生的堤岸走去。他来得太迟了。

你轻声打呵欠，去叠放你那个盘碟。
我们听见风声，听见那狂风卷枝桠
投向玻璃窗。电话铃声响？又不是。
我帮你把茶碟收拾起。那座落地钟
不断在摧毁嫩芽幼根，牢固的根基。

“已是午夜，”你说。午夜对年轻人意味着什么？
一道节日闪光骤然
越过五棵雪松，照直投射过来，白花花一片雪亮，
一辆警车从我们那崎岖不平的小道
疾驶而来，吱地刹住。重摄！重摄！

人们认为她试图横跨劳勤岬那边的湖泊；
兴趣浓厚的溜冰人，在特别严寒的日子，
时常在那湖面上从埃克斯溜滑到卫镇去。

也有人猜测她想必是昏昏沉沉迷失了路，
从布里奇道朝左转了弯；而另有人则说
她自戕了她那可怜的年轻生命。我明白。你明白。

这是一个解冻之夜，一个疾风之夜，
空中骚动不已。黑色的春天，
在湿漉漉的星光里，在湿淋淋的地面上，
就站在角落那边，瑟瑟发抖。
那湖泊横陈在雾霭中，冰层一半已淹没。
一个模模糊糊的形体从芦苇丛生的堤岸，
踏入一片噼啪爆裂、狼吞虎咽的沼泽，继而沉没。

第三章

那 if[1]，无生命的树！拉伯雷[2]，你那庄严设想：
那大土豆[3]。
　　　　　　I.P.H.[4]，一家世俗的
来世预备学院，我们简称它为
阴府[5]——那伟大设想！——邀请
我讲授一学期谈论死亡的课程
(“蛆虫讲座，”麦卡柏院长
如此写道)。
　　　　　　你和我，还有她，
当时只是个妞儿，从纽卫镇移居到
另一个地势较高的州内的紫杉荫镇。
我喜欢高山峻岭。我们租住了一栋

1　法文，紫杉，英语则为设想，假如之意。

2　François Rabelais（1483—1553），法国作家，人文主义者，代表作为长篇小说《巨人传》，作品反映了文艺复兴时期新兴资产阶级的要求。传说他临终时曾说“我去寻找那庄严设想”。

3　大土豆（grand potato）与拉伯雷说的“庄严设想”（Le grand peut-être）近似谐音。

4　I.P.H. 是“Institute of Preparation for the Hereafter”（来世预备学院）的缩写。

5　原文为“If”，与“IPH”谐音，又近乎与中文“阴府”谐音，姑且译之。

东倒西歪的房屋，从大铁门前那儿
你能望到一片雪景，那么遥远，那么白皙，
只能叫你喟然长叹，真仿佛那竟会
有助于消化似的。

那来世预备学院

既是一个幼虫，也是一朵紫罗兰：
一座理性早晨里的坟墓。可它却没领会到
整个这件事的要点，没领会什么事物最能
取悦那认为《启示录》预言业已实现的人；
因为我们天天有人死去；不只是对干枯骨，
也对血气方刚的生命，遗忘真是无比兴旺，
我们最美好的往昔如今都成为污浊一堆
皱巴巴的姓名、电话号码和发霉的档案。
我打算成为一朵小花，
或一只肥大的苍蝇，但永不遗忘。
我宁愿摒弃永生，除非新死的人
在天堂里能在它那壁垒里寻觅到
它历年储存的诸般事物：
凡人生活的忧郁和温柔；
热情和痛苦；长庚星外那架
逐渐缩小的飞机暗紫色尾灯，
香烟抽尽时你那种沮丧手势；
你冲狗儿的微笑样儿；

蜗牛留在石板上的银液粘轨迹；这种好墨水，这种韵脚，
这种索引卡片，这种一掉在地上总会形成
一个“&”符号的纤细橡皮筋。
　　　　　　　　　　　　　相反的是
这家学院认为较明智的或许是
万勿对那天堂抱有过分的期望：
设若没人对新来乍到者打招呼，
说声哈罗，没有招待会，没有
思想灌输的说教，那该怎么办？
设若你给拖进无边无际的虚无，迷失了方向，
你那精神给剥得精光，彻底陷入孤独，
你的任务没完成，你的失望无人知晓，
你那躯体正在慢慢开始腐烂，
一个身穿晨袍、并非可脱去衣衫的人儿，
你那遗孀，俯伏在一张暗淡的床上，她本人在
你融化的脑子里只是模糊一团！那又该怎么办？

来世预备学院在怠慢神祇，包括那至圣上帝，
可又从神秘幻觉中借取若干边缘的残瓦碎片；
它提供稍许小恩小惠的指导
（生命隐没时那种琥珀色景象）——
你成了一个鬼，怎样才能不惊惶失措：
侧身滑行，选择一处静地，沿岸前进，

遇见实体就滑降直穿而过，
或让人从你身上流通穿越。
怎样在那黑暗中，找到美神特拉[1]，
倒抽一口冷气，见是小家碧玉一块。
怎样在螺旋型空间保持清醒头脑。
遇到怪异的转世化身则需加提防：
在天赐的复活过程中，蓦地发现
你已经是个弱小癞蛤蟆突然进入
一条汽车川流不息的繁忙道路中，
或是头熊仔在一棵燃烧的松树下，
或是书中一蠹鱼，
那该怎样来适应。

时间意味着持续，持续意味着变化：
因此那无时间性的永生必然会扰乱
感情程序。我们遂向
鳏夫提出忠告。他结婚两次：
在冥界遇见两位夫人；两人都爱，两人都可爱，两人
彼此忌妒。时间意味成长，
而成长在乐土生活中却毫无意义。
那位头发淡黄的夫人，抚爱着一个永无变化的孩子，

1 Terra，希腊神话中的大地女神，有时也被称为地震之神、生命之神和死神。

在一个忆起的池塘边缘哀伤，
水面上映现梦幻模糊的天际。也是一头金发，
而在暗处略显褐黄，
踮脚合膝，端坐在一处石栏杆上，
是那另一位，抬起泪汪汪的眼睛，
注视着那层穿越不透的蓝色烟雾。
该怎样开始呢？先吻哪一位？什么玩具
送给那个娃娃？那个板着面孔的男孩儿
理解三月里一个暴风雨夜
杀死母子二人那场车祸吗？
她，那第二位爱侣，光着脚背，
身穿芭蕾女郎黑衣，为何戴着
另一位夫人珠宝盒里那串耳环？
她为何拨转那严厉的年轻面庞？

因为正如我们从梦境中知晓那样，
跟我们亲爱的死者讲话十分困难！他们漠视
我们的疑虑、忐忑不安和羞愧——
那种惊觉他们已跟往昔迥然不同的尴尬感觉。
那位在远方一场战争中阵亡的同窗好友，
在他那扇门前观望到我们并不感到惊讶，
而在一种得意和忧郁相交融的感情下，
指着他那间地窨子房间里的泥潭水洼。

但是谁能教导我们该汇报的那种思想
清晨我们在某一位政治上的看守，
某一位身穿制服的狒狒的导演指示下，
朝大墙走去，列队排好，接受点名。
我们只会思考自己熟悉的事物——
韵律王国，数学群岛；
倾听远方鸡鸣，辨别
那灰墙上稀罕的苔藓；
我们在自己那双高贵的手被缚住的时刻，
便会嘲笑那些不如我们的人，乐意取笑
那些热诚投靠的白痴，只是为了好玩儿，
冲他们的眼睛啐唾沫。

谁也救助不了那名离乡背井的人，
那个躺在汽车旅馆里垂死的老人，
风扇在草原酷热的夜晚隆隆转动，
窗外些许彩色亮光
照到他的床上，像是往昔暗淡的双手
在提供珍宝；而死神来得飞快。
他透不过气来，咕哝两种语言祈求神灵，
薄翳在他胸中膨胀扩散。

一阵扭动，一阵撕裂——这是人预料得到的。

或许他找到了庄严的虚无[1]；
或许他再次从块茎芽眼盘旋上升。

正如我们最后一次路经那家学院时，
你说："我真闹不清这地方和地狱
又有什么区别。"

我们听见火葬场工人在格拉伯曼焚炉旁，
粗野狂笑，轻蔑哼哈，谴责那种甑式炉
大大不利于阴魂显形[2]。
我们都避免批评信仰。
那位了不起的斯达奥沃·布卢
把行星扮演的角色视作灵魂着陆。
思考到禽兽的命运。一名中国人
跟他的祖辈啜茗饮茶，畅论礼仪，
真还要想象到何等程度。
我扯裂坡[3]的奇思遐想。
而论述那成人范围以外、
彩虹般奇异的童年回忆。

1　原文为法文，*Le grand néant*。

2　the birth of wraiths，一种迷信传说，人在将死或死后不久的显形阴魂。

3　Edgar Allan Poe（1809—1899），美国诗人，小说家，文艺评论家，现代侦探小说创始人，主要作品有诗歌《乌鸦》、恐怖小说《莉盖亚》、侦探小说《莫格街凶杀案》等。

我们的听众当中有一名年轻神甫，
有一位老共产党员。IPH 至少可以
同教会和党的路线相抗衡。

在随后的岁月里它开始衰败：
佛教扎下了根。一个媒体私运进
苍白水果冻和浮置的曼陀林音乐。
卡拉马佐夫教兄[1]，向一切蠕变的课室
咕哝他那用词不当的世上一切都许可；
为了满足那内部不牢靠的愿望，
弗洛伊德学派朝那座坟墓进军。

这一场乏味的历险多少帮助了我。
我学会在勘察死亡深渊时，什么
该不理睬。在我们失去自己的孩子时，
我顿悟那里一无所有：没有自封的
灵魂会触摸一块挂着钥匙的干木板，
夺走她那亲昵的称呼；也没有鬼魂
会在那阴暗花园里，山核桃树附近，

1 Fra Karamazov，指的是陀思妥耶夫斯基的《卡拉马佐夫兄弟》一书中的伊万。书中青年仆人杀死了老主人，但承认自己是从犯，伊万才是主犯，因为伊万曾经对他说过，“世上一切事情都许可，不应加以禁止”。伊万明知一旦他离开父亲，老人便有被杀的可能，又为何要远走高飞呢？这就是纵容哥哥犯罪弑父，从而达到他夺取遗产的目的。

优雅地站起来迎接你和我。

“哪儿来的嘎嘎怪声——你听见了吗？”
“楼梯那边的百叶窗在响，我亲爱的。”

“你要是睡不着，那就开开灯。
我讨厌那风声！咱们下盘棋。”“好吧。”

“我敢保证不是百叶窗。听——又响了。”
“那是一缕卷须在抚摩窗玻璃。”

“什么从屋顶上滑落，砰的一声响？”
“那是冬季老人在泥潭里翻筋斗。”

“现在我该怎么办？我的马给别住了。”

谁在这么晚的风雨之夜还在疾驶？
那是作家的哀愁，那是三月里的狂风。
那是父亲和他的孩子。
随后是分秒时日，来去匆匆，
她不会再浮现在我们的脑际，
生活神速运转，那毛茸茸的蠕虫在奔行。
我们前往意大利。在日光下，伸着四肢

懒散地躺在白色沙滩上，同其他粉红色或棕色
美国人一起。飞回我们那小镇。
发现《野性的海马》，我那一束散文，
受到了“普遍的赞扬”
（一年售出了三百本）。
学校又开学，在那山坡条条相隔
蜿蜒小道上，你看到川流不息的
汽车洪流，亮着车灯，全都返回，
重温学院教育之梦。你继续工作，
把马韦尔[1]和多恩[2]翻译成法文。
这是暴风雨的一年：
洛丽塔飓风从佛罗里达刮到缅因。
火星闪亮。伊朗国王大婚。阴郁的俄国佬充当间谍。
兰给你绘制了一幅肖像画。接着我在一天夜里去世。

克拉肖俱乐部约我前去讨论
《诗歌为何对我们具有意义》。

1　Andrew Marvell（1621—1678），英国诗人，以玄学派抒情诗著称，包括《致羞涩的情人》、《花园》、《爱情的意义》、《哀叹幼鹿之死的仙女》。还写过一些政治小册子。

2　John Donne（约 1572—1631），英国诗人，牧师，玄学派诗歌集大成者。其作品以运用反语和技巧的奇用为特征。早期写抒情诗，如《神圣体十四行诗》。后转向宗教题材，如《假殉道者》、《灵魂的剖析》和《世界臆想的角落》。自一六二一年起任圣保罗大教堂教长，任内所作的布道词极负盛名。

我布道一番，简短而乏味。
我正要匆匆离开，以挫败
结尾那段所谓的“提问时间”，
那批前来参加这类讨论会的乖戾家伙，
只想发表不同意见，其中一位站起来，
用他手中那只烟斗咄咄逼人地指向我。

接着就发生了——那一袭击，那阵恍惚，
或者说我的老毛病再次发作。前排那里
恰巧坐着一位医师。我刚好栽在他脚前。
我那心脏似乎停止了跳动，
几分钟过后才又起伏搏动，
继续步履艰难地走向
更加结论性的目的地。
现在请诸位充分注意听我说。

我无法奉告
我是如何知晓的——可我确知自身已越过
那道边界。我所热爱的一切俱已灰飞烟灭，
却没有一条主动脉表示遗憾。
一个橡皮太阳剧烈摆动下沉；
血黑色的虚无开始编织
一个网络，细胞之间相连

再相连，与那主干再相连。
于是在那黑暗衬托下，
显现一座喷泉向上高喷的白水柱。

我当然理解那决不是
我们的原子构成的；那景象留给人的感觉
也不是我们那类感觉。在生活中，谁都能
很快辨认出
自然界假象，于是在他眼前
芦苇变成一只鸟，疙里疙瘩的枝桠
变成了一个尺蠖，眼镜蛇的脑袋变成一只
淘气的折翼大飞蛾。但在
我这座白色喷泉的例子中，什么在感觉上确实
可以代替它，我想，
只有那怪异领域的长住者方能领会
而我只是个迷路人。

没多会儿我便见它融化消逝：
我尽管神志尚未清醒，却已返回地球。

我讲的这件事引起我那位医生发笑。
他深表怀疑，认为我处于那种境地，
“会不折不扣产生幻觉或梦幻，

不过那或许会发生在事后
而不会在正当崩溃那时刻，
不会，谢德先生。”
　　　　　　　　　可是，医生，我死了！
他微笑着说，“没完全死：只是半个幽灵。”

然而我表示异议。我在脑海中不断
重新播放那段情节。我又走下讲台，
感到浑身发热，神志异常，
一见那家伙站起来便栽倒，
倒并非因为一位诘问者用烟斗指着我
而或许是因为对一个虚弱的胖玩意儿
一颗不稳定的老心脏，那种
颤动和撞击的时刻业已成熟。

我那视觉散发着真实气息。它具有
自身那种真实的格调、本质和奇趣。
确实如此。随着时间的推移，它那
胜利光芒不断垂直上升而熠熠放光。
受到街道和争斗那类外界炫目之光
困扰时，我时常转向内心省悟，
在那里，我的灵魂背景矗立着

那老实泉[1]！而它的出现一向
会奇妙地抚慰我。随后，一天
我发现一桩好似孪生表演的奇迹。

那是杂志上关于一位资太太的逸事。
她那颗心脏曾由一位外科医生及时
用手揉摩而恢复搏动。
她对采访记者讲了那“死后的境界”，
报道中提及天使，
彩色玻璃的闪光，
一种轻柔的音乐，精选的赞美圣歌，
和她母亲的声音；
但在结尾她提到了一处远方
景致，一个雾蒙蒙的果园——容我摘引：
“果园那一边，我透过一种烟雾，
瞥见一座又高又白的喷泉——随即惊醒。”

设若在一无名岛屿史密特船长
发现一种新奇动物而把它抓获，
设若稍后史密特船长又从那里
带回一张兽皮，那岛屿则不是神话。

1 Old Faithful，美国黄石国家公园的间歇天然喷泉，每隔六十七分钟必定喷射一次，十分准时。

我们那喷泉是一个路标和一项标记
客观存在那片黑暗中，
坚固如骨，实质如齿，
而在它那坚定的真实中又近乎世俗！

文章是出自杰姆·寇特斯的大手笔，
我当即致函杰姆，得到了她的地址。
驶车西行三百里前去同她交流晤谈。
到达之后，遇到一阵热情的喵喵叫。
见到那头蓝发，那双雀斑累累的手，
那种欢欣的兰花般气质——自知堕入陷阱。

“谁会错过这种有幸遇到如此
大名鼎鼎的一位诗人的机会呢？”
我的造访真使她感到无比高兴！我极想
提出问题。这却全给撇开：
“下次再谈吧。”那位新闻记者
还存有她的草稿。我不应该坚持。
她力劝我享用水果蛋糕，把这
全变成了一次十分愚蠢的社交访问。
“我真不敢相信，”她说，“是您光临！
我喜爱《蓝色评论》上发表的您的诗篇。

那首关于 Mon Blon[1] 的诗。我有个侄女，
她攀登过马特霍恩峰[2]。而那另一首
我看不懂。我的意思是指那种感觉。
因为，当然啦，那种语调——可我太愚蠢！”

她确实如此。我原本可以坚持己见。
我原本可以让她讲些更多有关我俩
在“死后的境界”见到的那白喷泉。
但（我觉得）我如果提出那一细节，
她就会猛扑过来，好似抓住一种可喜可贺的
亲密关系，一种神圣的结合，
把她和我神秘地连接在一起，
我俩的灵魂顿时就会像
兄妹在那敏感的乱伦边缘
瑟瑟发抖。我说，“时间
不早了……”
　　　　　　我也拜访寇特斯。
他恐怕不知道把她的草稿放在何处了。
他从一个钢制文件柜里取出他的大作：

1　法文，应为 Mont Blanc（勃朗峰），此处表示那女人的法语发音不准。勃朗峰在阿尔卑斯山中。

2　Matterhorn，阿尔卑斯山系最著名的山峰（四千四百七十八米高），地跨瑞士和意大利边界。瑞士一侧看上去是一座尖型山峰，实际上为山脊宽广的末端；意大利一侧为峭壁，雄伟壮观，险峻难登。攀登该峰多在夏季。

"完全正确。我没有改变她的风格。
只有一处误印——倒也关系不大：
是山峦而不是喷泉[1]。宏伟的情调。"

基于一处误印——永生的上帝呵！
我一边开车回家一边思考：得到启迪，
终止调查我那深渊吗？
但是我顿时领悟到这才是
真正的要点，对位的论题；
只能如此：不在于文本，而在于结构；
不在于梦幻，而在于颠倒混乱的巧合，
不在于肤浅的胡扯，而在于整套感性。
对！这就足以使我在生活中可以找到
某种联系，某种饶有兴味儿的联系，
某种在这场游戏中相互关联的模式，
丛状的艺术性，以及少许正像
他们玩耍这类游戏而寻获的同样乐趣。

他们是谁倒也无所谓。没有声响，
没有诡秘亮光来自他们回旋的住所，
但是他们就在那里，冷漠而无声地

1 原文为"Mountain"（山峦）和"Fountain"（喷泉）。

玩要一种尘世游戏，使小卒升格为
象牙的独角兽或乌木的农牧神[1]；
这儿点燃一个长寿，那儿熄灭
一个短命，杀死一位巴尔干国王；
促使一架高空飞机从空中坠落下
一大块凝结的冰块
砸死一个农民；藏起我的钥匙，
眼镜或烟斗。把这些
事件和物体连同远方的事件
和消失的物件协调在一起。为意外事故
为可能发生的事增添光彩。

身穿风雪大衣，我迈进家门：希碧尔，这是
我的坚定信念——“亲爱的，请关上那扇门，
旅行得愉快吗？”好极了——但更重要的是
我返回后深信自己可以摸索着得到稍许——
稍许——“是吗，亲爱的？”那样隐约的指望。

1 Faun，罗马神话中的半人半羊的农牧之神。

第四章

现在我要探索美，迄今尚没人
这样探索过。现在我要高声唤，
迄今尚没人这样呼唤过。现在我要试一试
没人试过的活。现在我要做没人做过的事。
谈起这台神妙机器：
叫我困惑不解的是
两种创作方法区别在哪里：
这一种只在诗人脑海翻腾，
他一边反复推敲精炼词句，
一边给腿抹上第三遍肥皂；
另一种则端庄得体，
他在书斋提笔直书。

后一种方法是手助头脑，
具体展开那场抽象战斗。
笔在空中逗留，猝然拦阻
夕阳西落，或者再现星斗，
从而直接引导隽言佳句
穿越漆黑迷津，朝向熹微晨曦。

前一种方法却令人苦恼!
头脑很快就会让痛苦钢帽箍住。
缪斯自始至终指挥钻锥,
磨磨钻钻,任何意志无法阻断,
美妙词句刚一斟定酌就
又会自动勾销,弃之如敝屣,
要么他就奔向拐角商店,
去买那一份早已看过的报纸。

为何如此?或许是因为
无笔创作缺少悬笔停顿,
三者均需同时照应,
既要选择适当韵律,
把完成的诗行放在面前,
还得一一牢记前面的习作?
要么就是少了书桌,创作过程
更易虚无缥缈,诗情联翩起伏?
神妙的时刻悄然来临
当我倦于删改,投笔遐想;
我踱步沉思——某位神灵当即默默指令
恰当词汇奏起笛声,在我手上栖息停当。

清晨是我最美好的时辰;

仲夏是我最喜爱的季节。
我一次恍惚觉得醒来一半，
而另一半依然沉睡在梦乡。
我灵魂出窍，追上自己——草坪上，
苜蓿叶儿合捧着黄玉般的黎明曙光，
谢德身穿睡衣站在那里，趿着鞋一只。
我于是意识到那一半也在
朦胧睡梦中；相对一笑我骤然醒来
依然憩息在床榻；天边已破晓，
知更鸟儿走走歇歇，
镶嵌宝石般的湿草皮，上面横卧一只棕鞋！我暗中的脚印，
谢德的印记，天生的神秘。
蜃景，奇迹，那仲夏的黎明。
我的传记作者或许过于拘谨，
或许所知不多，不敢断定谢德
在浴室修过边幅；瞧，开始了：
“他安装好
一种铰链加螺丝的钢支座，
它横跨浴盆，托住修面镜，
不偏不倚安顿在他腮颊前，
于是脚趾又暖暖和和地打起节拍，

他坐在那里俨如一位国王，又像鲜血淋淋的马拉[1]。”

我的体重越大，肌肤越不保险，
有些地方真是瘦得荒谬绝伦；
嘴角近旁：这牧场和那怪相间
招致一条邪恶的隙缝裂口。
还有这松皮垂肉：总有一天
我只得放弃那矫饰根深的皱褶。
我的喉核乃是一枚刺梨：
现在我要说说那阵邪恶和失望，
迄今尚没人这样说过。五六七八
九下还不够。十下。我用手抚摩
草莓乳脂下团团的血块，
发现荆棘丛生一无改变。

电视广告中那个独臂家伙
倏地一下
就从耳边到下巴蓦地清理出坦途一片，
擦擦脸蛋，喜形于色地摩挲他的肌肤。我却对这
　甚表怀疑。
我是那种双手胡乱瞎忙的人。

1　Jean-Paul Marat（1743—1793），十八世纪法国资产阶级革命的著名活动家和政治家。一七九三年七月十三日，他被敌对分子刺死于浴盆内。

就像一个身穿紧身衣裤的英俊少年，
谨慎协助一名杂技女娇娃翩跹起舞，
我的左手又相帮又托住，转换姿态。

现在我要说……诗人向往的
情调远远胜过那肥皂泡沫；
灵感连带它那冷冰冰的火花，
猝然浮现的形象，即时的词句，
给肌肤带来了阵阵涟漪三重波，
使人惊喜交加，汗毛根根倒竖，
宛如那生动的大型广告画面上，
我们的乳膏撑起那刈除的须髯。

现在我要说没人说过的罪愆。
我不喜爱这类事物：爵士乐；
把黑壮汉抽打得条条血痕的、
身穿白色紧身裤的蠢家伙；抽象派摆设；
原始派民间面具；激进学校；
超级市场音乐；游泳池；
畜生，讨厌的人，阶级意识强烈的庸人，弗洛伊
　德，马克思，
冒牌思想家，捧起来的诗人，财迷和骗子。

保险刀片嘶嘶刺耳遨游，
穿越我的腮颊这一国度，
汽车在公路上川流不息，
卡车围绕我的颚骨攀登陡坡，
这当儿，一艘班轮悄悄靠岸，
这当儿，墨镜客畅游贝鲁特，
我在耕耘我那灰白胡茬的古老赞巴拉土地，
奴隶们在我的口鼻之间辛勤操作翻弄干草。
人类生活是深奥
而未完成的诗歌注释。记下来，留待以后进一步使用。

我一边穿衣，一边穿堂过室，
漫步闲荡在家中，押韵吟诗，
手握一把篦梳或者一个鞋拔，
转眼又变成我吃鸡蛋的小匙。下午
你开车送我前去图书馆。
六点半我们共进晚餐，而我那古怪的缪斯，
我的守护神，处处与我同在，
在专用的斗室里，在汽车里，在我的坐椅上。

而一切时间，始终如一，我亲爱的，
你也在那里，在词汇上，在
音节上，强调加重

那至关重要的节奏。往昔我听到一个女人的衣裙
窸窸窣窣声。我经常捕捉到
你那临近的思维音响和意识。
青春常驻你心间，经你摘引
我献给你的诗篇，转旧为新。

《暗淡的海湾》是我第一部（自由体）诗集；《夜涛之声》
接踵而至；随后是《赫柏[1]之杯》，
那是我在湿漉漉的狂欢酒宴中最后一次漂浮，
如今我把一切都称作“诗”，不再辗转不安。
（而这部玲珑剔透的玩意儿倒确实需要一个
月落乌啼之名。帮助我，威尔[2]！《微暗的火》。）

岁月在持续协调的沉吟中流逝。
头脑在衰退；
一个黝黑的白痴，我原想用而未用的名词，
都在水泥地上干瘪枯竭。
我贪恋加重的辅音，厄科[3]的神子，

1 Hebe，希腊神话中的青春女神，斟酒的女神，有返老还童之力。

2 Will，威廉的昵称。

3 Echo，西方神话中的山林女神，因恋慕少年那喀索斯，未能如愿，憔悴而死，形骸已化而声犹存，又有回声之意。

或许是基于一种感情，
偏爱那奇思遐想、
富有韵律的生活。
　　　　　　　我觉得唯有
通过我的艺术，结合欢悦心情，
我才能理解生存，至少能理解
我的生存微小的一部分；
倘若我个人对宇宙扫描准确，
神圣光彩的诗句势必也不差，
我猜想那是一行抑扬格律诗。
我确信无疑我们会继续存在，
我的宝贝儿[1]也会生活在某处，
正像我确信无疑我会在
清晨六点，一觉醒过来
一九五九年七月廿二日
那一日或许是个艳阳天；
呵欠连连，我把闹钟弦儿上，
忙把谢德的“诗稿”搁回架。

但还不到就寝时分，夕阳斜照
苏顿老博士的两扇最低的窗棂。

1　指谢德自杀的女儿。

那人想必——什么？八十？八十二？
我俩结婚那年，他年纪比我大两倍。
你在何处？在花园里。我看得见
你的身影半映在那棵核桃树近旁。
孩子在投掷马蹄铁。喀哩。喀啷。
(犹如醉鬼倚在灯杆上。)
一只深色瓦奈萨，绯红的镶边，
在夕阳下盘旋，在沙地上歇息，
展现它那白斑点点的墨蓝翼梢。
穿过流动的阴影，消退的光芒
一个男人，并不理会这只蝴蝶——
我猜是哪位邻居的花匠——正推着
一辆空空的手推车，踏上那条小巷。

评　注

1—4 行：我是那惨遭杀害的连雀的阴影，等等

开卷这几行诗里那个形象显然是指一只鸟，因飞速撞在一扇玻璃窗上而丧命，那块玻璃映出的天空，色彩微暗，云层微低，呈现出一片连接外界空间的假象。我们想象得到童年时代的约翰·谢德，一个外形并不引人注目而发育得倒还完善的男孩儿，一边用迟迟疑疑的手指从草皮上拾起那个蛋形实体，注视着那灰棕色翅翼上面增添光彩的蜡红纹路，注视着那尖端黄澄澄犹如新漆一般光亮的优美尾梢羽毛，一边破题儿第一遭体验到令人震惊的末日结局。我在谢德生前最后一年里，有幸住在纽卫镇田园般的山区（参见前言），是他的一位邻居；我经常见到那类怪鸟在他的住宅角落里几株松柏周围极其欢乐地啄食青灰的干果仁儿（参见第 181—182 行）。

我对花园里的鸟类知识只局限于北欧那些品种，不过一位我感兴趣的纽卫镇年轻花匠（参见第 998 行注释）帮助我学会识别了不少种模样儿很像热带鸟那样的陌生小玩意儿的形态和它们怪声怪气的鸣叫声；当然啦，每棵树的顶端都向我书桌上那部鸟类学著作标出虚线延伸过去，使我会激动地从草坪直奔书桌去查找各种鸟儿的学名。我发现多么难以把“知更鸟”这

个称号适用于这个郊区那种冒名顶替的粗野飞禽呵！那种鸟儿一身不干不净的暗红色羽毛，吃尽被动可怜的长蠕虫时现出那种津津有味的胃口真叫人作呕不已。

顺便提一下，令人好奇地注意到的一件事是，一种在赞巴拉语中称作赛姆佩尔（“丝尾鸟”）、戴羽冠的鸟儿，在外形和色度方面，都跟连雀相似，是（生于一九一五年的）赞巴拉国王、敬爱的查尔斯的盾徽纹饰上三种动物之一的原型（另两种分别是本色的驯鹿和毛发金灿灿的蔚蓝色男性人鱼），至于那位国王遭到的壮丽厄运，我跟我这位朋友不断地探讨过。

这首诗是在本年度半中腰，也就是七月一日午夜没过几分钟的时候开始写的，我当时正在跟一个念我们暑期班课程的伊朗青年下棋呐；我敢肯定我们这位诗人想必会理解他的诗作评注者试图把某件性命攸关的事，也就是那个将会弑君的格拉杜斯从赞巴拉的出发，跟诗人的创作过程，在时间上同步相一致起来。格拉杜斯其实是在七月五日才搭乘那架哥本哈根飞机离开昂哈瓦的。

12 行：晶莹明澈的大地

这也许是指我那亲爱的国家赞巴拉。在那给涂抹掉一半的支离破碎的草稿上，这行诗下面还隐约可见下列两句，我不敢保证辨认得十分正确：

呵，我不应该忘记说一说
我朋友给我讲的某位国王。

唉，要不是家中那位反卡尔[1]派人士控制了他给她看的每一行诗句，诗人想必还会有更多的话要说咧！我曾经多次用开玩笑的口吻指责他："你实在应该答应利用全部那些妙不可言的素材，你这个白发苍苍调皮捣蛋的诗人，你啊！"接着我们俩便会像两个小男孩儿那样格格发笑。但是，在傍晚鼓舞人心的散步之后，我们俩便不得不分手，无情的黑夜便吊起它的吊桥，隔开了诗人那座坚不可摧的堡垒和我那座寒舍。

关于那位国王的统治时期（1936—1958），至少会有些慧眼的历史学家记得那是一段文文雅雅的和平时期。由于一种明智的联盟流动制度，战神在那一时期从未玷污过它的美好记录。在贪污腐败、背叛和极端主义尚未渗入之前，国内的人民广场（议会）同王家议院共事得十分和谐。事实上，和谐是那段时期的通行口令哩。文雅艺术和纯科学繁荣昌盛。技术科学、应用物理和工业化学等等也十分兴旺。一座小型深蓝色玻璃外表的摩天大楼在昂哈瓦拔地稳健而起。气候似乎也有了改善。纳税成了一桩美事。（依据有朝一日终会闻名

1 Karl，德语中的查尔斯。

天下的金波特法），穷人富了点，富人穷了点。保健医疗在全国范围内推广：每年秋季，正当花椒树悬挂着累累珊瑚色果实，水潭里丁当响着玻璃小鸭碰撞时，那位口才流利而友好的君主便会出访全国各地，常在一群学童当中，由于“仰脖服用”一口百日咳预防药而中断谈话。跳伞活动成为一种普遍运动。一句话，人人都心满意足——连那些接受扬扬得意的（赞巴拉巨大的邻国）苏斯德的资助而不断心满意足地制造祸害的政治挑拨离间者也一样。不过，还是让咱们别再谈论这个讨人厌的话题啦。

再回谈那位国王：就拿个人文化修养这方面来举例吧，当国王的有多少经常从事某项专业研究呢？他们当中的贝壳学家屈指可数。赞巴拉这位末代国王，部分受到他舅父康玛尔——一位伟大的莎士比亚著作翻译家（参见第39—40行和第962行注释）——的影响，尽管有偏头痛毛病，还是醉心于文学研究。他在王位崩溃之前不久，也就是四十岁那当儿，达到了那么高的学术水平，以至于敢于同意年高德劭的舅父临终前嗓音沙哑的要求：“卡尔小子，教书去吧！”当然，作为君主，竟身穿学袍出现在大学讲台上，向那些脸蛋儿红喷喷的青年讲解《为芬尼根守灵》[1]是安格斯·麦克迪米尔德[2]那种“不连贯

---

1 *Finnigan's Wake*（一九三九年）是爱尔兰小说家詹姆斯·乔伊斯（1882—1941）的作品，比他的《尤利西斯》还要艰深难懂。

2 疑指休·麦克迪米尔德（Hugh Macdiarmid，1892—1978），苏格兰诗人，曾写过诗作《追忆詹姆斯·乔伊斯》。

处理”和骚塞[1]那种古怪而难懂的行话隐语（诸如“亲爱的斯图姆帕鲁姆佩尔”之类呓语）的怪异延伸，或者讨论郝丁斯基一七九八年收集的有关一部十二世纪无名氏杰作 *Kongs-skugg-sio*（《皇家之镜》）的赞巴拉语异文，那想必是不大得体的。因此，他每次讲课都使用假名，戴上假发和假连鬓胡子，浓重化妆一番。凡是蓄着胡子、长着蓝眼珠和红润面颊的赞巴拉人看上去都一个模样，而我已有一年光景没刮胡子，样儿倒很像我那位化了妆的国王咧（参见第 894 行注释）。

在那些教学期间，查尔斯·扎威尔就像任何一位学者都会那样，必定睡在租住的科里奥兰纳斯[2]巷的 *Pied-à-terre*[3]：一间备有集体供暖设备、令人心情愉快的工作室，配有毗连的浴室和小厨房。您会怀着恋旧心情想起那里的灰地毯和珠灰色墙壁（一面墙上孤零零地挂着一幅使之蓬荜生辉的毕加索作品《烛台，水壶和搪瓷锅》[4]），一书架小牛皮装订的书籍和一张从未碰过似的长沙发，上面铺着一块仿熊猫软毛皮。这种无忧无虑的简朴生活显得跟王宫和那个可憎的议事厅连带它那些无法解决的问题和惊恐不安的议员相距多么遥远呵！

---

1 Robert Southey（1774—1848），英国作家，“湖畔”派成员，以短诗著称，一八一三年获桂冠诗人封号。

2 Coriolanus，莎士比亚以古罗马大将科里奥兰纳斯因骄傲而导致灭亡之一生为题材所写的历史悲剧的主人公。

3 法文，下脚处，临时寓所。

4 此处原文为法文“*Chandelier, Pot et casserole émaillée*”。

17行：And then the gradual（渐渐）；29行：gray（灰色）

纯属一种巧合（也许是出于谢德诗歌艺术中固有的对位法），我们这位诗人在这里似乎用（gradual和gray）这两个单词点出一个人的姓氏，并且会在三个星期后一个决定性的时刻见到那人，不过他在当时（七月二日）想必不可能知晓那个家伙的存在。贾考伯·格拉杜斯管自己分别叫做杰克·戴格莱、雅克·德·格雷或詹姆斯·德·格雷，而且又分别以拉沃斯、拉温斯通和达古斯出现在警方记录上。由于对苏维埃时代的红色俄罗斯怀有一种病态的感情，他坚持认为自己的格拉杜斯这个姓氏该从俄文“葡萄”（*Vinograd*）这个单词中找出它的真正根源，因为给这个单词再加上一个拉丁词尾就变成了Vinogradus（威诺格拉杜斯）。他爹马丁·格拉杜斯曾是里加[1]的一位新教牧师，但是除去他和另一位舅舅（罗曼·契洛瓦尔尼考夫，一位警官兼社会革命党党员），这个家族好像一直在做酒类生意。马丁·格拉杜斯一九二〇年去世，他的遗孀移居到斯特拉斯堡，没过多久也死了。另一位格拉杜斯，一位阿尔萨斯地区的商人，说来也怪，跟我们这位杀人犯毫无亲戚关系，不过多年来一直跟他的亲属在商业交往上是亲密伙伴，便过继了这个孤儿，把他和自己的孩子一齐拉扯大。年轻的格拉杜斯似乎有一阵子在苏黎世学习药物学，

1 Riga，拉脱维亚首府。

另一阵子作为一名巡回品酒师在各处雾蒙蒙的葡萄园里转悠。我们发现他后来还从事过小规模的颠覆活动——印刷发牢骚的小册子啦，充当隐匿的工团主义团体的通讯员啦，组织几家玻璃工厂工人罢工啦，诸如此类的事。40 年代左右，他作为一名白兰地推销员来到赞巴拉，跟一位酒店老板的姑娘结了婚。他跟那个激进党的联系始自该党初次蠢蠢欲动的时候；那场革命一爆发，他那种朴实的组织能力便得到了几个不同部门的赏识。他因此怀着一个卑鄙目的，兜儿里揣着一把子弹上了膛的手枪，启程前往西欧；这事发生在一位无辜的诗人正在一个无辜的国家开始写《微暗的火》第二章那一天。我们在脑子里随时都应该想着自己在伴随着格拉杜斯一路同行；他从远方黯淡的赞巴拉前往翠绿的阿巴拉契亚地区，一路上穿越那首诗的整个儿长度，沿着诗的韵律道路前进，驶过一个韵脚，在诗行和诗行之间意义连贯处的角落附近放慢速度，同诗句的停顿共喘息，从一行到另一行、一个段落到另一个段落，一直晃荡到每页下端，在两个单词之间（参见第 596 行注释）躲藏起来，又在新的一章地平线上冒出来，以抑扬格步法越来越近地向前坚定不移地进发，穿过条条马路，拎着旅行袋登上五音步自动楼梯朝上移动，跨步走下来，再登上一连串想法的列车，走进一家旅馆大厅，在谢德抹掉草稿上一个单词那当儿关上床灯，在诗人深夜撂笔那时刻进入了梦乡。

27 行：福尔摩斯

一位长着鹰钩鼻子、身材消瘦而颇招人喜欢的私人侦探，柯南道尔各篇故事中的主人公。我目前没有办法查明这里讲的情况出自哪一篇故事，可我倒有点怀疑这个《倒走足迹的大案》纯属我们这位诗人自己杜撰出来的。

34—35 行：冰冻水滴形成的尖匕首

我们这位诗人是在一个暖和的夏夜开始创作这首长诗的，却竟会在开端唤起冬季种种景象，这种个性多么固执呵！其中联想的结构倒容易辨认出来（玻璃导向晶莹，晶莹导向冰冻），但是幕后激励他写这首诗的那个人却一直隐匿身份。人不好意思猜想这位诗人和他未来的诗作评注者初次相遇就是在一个冬日，这一事实不知怎的似乎在这儿使他想起那个具体季节，从而起了决定性影响作用。在引出这个注释那一行优美诗句中，读者该注意末尾“stillicide”这个单词。我手头那部字典对它是这样解释的：“从屋檐垂落下来的连续水滴，屋檐水滴，洞穴水滴。”这个单词我记得是在托马斯·哈代的一首诗里首次见到的。晶莹的严寒已使晶莹的屋檐水滴永恒不朽。我们还该留意那个闪闪发光的“尖匕首”暗示着一场阴谋的暗杀活动，韵脚蕴含着弑君的阴影。

39—40行：便是阖目，等等。

在草稿上，这两行原是下列两行异文：

39　……我那些窃贼会匆匆忙忙往家奔跑
40　太阳带着偷来的冰，月亮携着树叶儿

这不由得使人联想到《雅典的泰门》（第四幕第三场）中那位愤世嫉俗的贵族对三名窃贼谈话那一段落。在这个凄凉的小木屋里，我就像泰门在他那个洞穴里那样生活，由于没有书房，可又为了赶快引证，我只好依据《泰门》赞巴拉语诗体译本把这一段落再转译成英语散文，我希望译得还够接近原文，起码忠实原文的精神：

太阳是个窃贼：她引诱大海
并窃夺它。月亮是个窃贼：
他从太阳那里偷来他那银色的光。
大海是个窃贼：它导致月亮溶解。[1]

至于对康玛尔翻译的莎士比亚作品所做的谨慎评价，请参

1　莎士比亚的原文为：“太阳是个贼，用他的伟大的吸力偷窃海上的潮水；月亮是个无耻的贼，她的惨白的光辉是从太阳那儿偷来的；海是个贼，他的汹涌的潮汐把月亮溶化成咸的眼泪”（朱生豪译文）。

阅第962行注释。

42行：我辨认得出

五月底，我辨认得出他那天才能力会使我心目中一些形象的轮廓得以成形。六月中旬，我终于十拿九稳地深信他会在一首诗中再现我脑中铭记的光辉灿烂的赞巴拉。我叫他着迷地听我谈论那个国家，让他脑海里充满我的想象，我带着醉汉那种豪爽气度把我自己无能为力写成诗歌的素材统统硬塞给他。说真的，诗歌史上很难再找到这样一个相同的例子——两个男人，出身、教养、推理联想、精神面貌和思维方式都迥然不同，一个是见多识广的学者，另一个是炉边诗人，竟缔结了这样一项密约。我最后认识到他对我的赞巴拉已经了解得滚瓜烂熟，一眨巴眼儿的工夫就能迸发出一首好诗。我便一有机会就敦促他克服他那种懒懒散散的恶习，赶快写起来。我那个小日记本记载了这样简单的话语："建议他采取孤注一掷的措施"；"再次叙述那次逃亡"；"提供我家里一间清静的房间让他写作"；"商量把我的话录下来供他使用"；最后在七月三日那个日期下："诗作开始了！"

尽管我非常清楚地体会到，唉，那个最后处于苍白而模糊的成果没法儿给看成是一种对我的叙述直接的反响（顺便说一句，关于我的叙述，只有少数片断在我那些——主要在对第一章诗句的——注释里给提到了），但是，毋庸置疑，那一史话的夕阳光辉有如催化剂那样真的起作用于那段生气勃勃而坚持不懈的创作过程，从而使谢德在三周内便创作了一首一千行的长诗。而且这首诗和那一史话在色彩上具有亲属之间那类的相似。我不无兴趣地重读我对他的诗句所作的评注，发现自己在许多场合中都从我这位诗人红肿的双目中借来了乳白色光芒，而且不知不觉地模仿了他写评论文章惯用的那种散文体。不过，他的遗孀和同事们不必担心，甭管他们曾经给过我这位温厚的诗人什么忠告，都可以充分欣赏到那些成果。哦，对了，这首诗的最后文本完全是诗人本人定下来的。

即使我们扣除（第 605、822 和 894 行）随意提到王室那三处和第 937 行蒲柏那个"赞巴拉"不算——这一点我倒认为理应如此——我们还是可以断定《微暗的火》的定本已经审慎而大量地吸收了我所提供的素材；但是，我们也发现尽管一名家中的审查官和天晓得还有哪些家伙对我们这位诗人施加过控制手段，他仍然给予了那位王家逃亡者以庇护，让他躲藏在诗人保留的那些异文地窖里；因为他的草稿上原有多达十三行诗——歌唱般的优美诗句（均在我对第一章第 70、79 和 130 行的注释中披露了；那些诗句显然是他在前期享有较大程度创作自由时写下的）都具有我那个主题明显的印记，我谈论赞巴拉和那位不幸的国王时所留下的细致而真正的光辉影子。

47—48 行：哥尔斯华斯和华兹史密斯之间的木屋

头一个姓氏涉及我租住的罗马法权威兼著名法官休·沃伦·哥尔斯华斯那栋坐落在杜尔威奇路上的房屋。我虽然未曾有幸见到过我这位房东，却几乎像认得出谢德的笔迹那样认得出他的笔迹。第二个姓氏当然是指华兹史密斯大学。看来在提出这种介于两地之间的情况时，我们这位诗人与其说注意空间的精确性，毋宁说更关注一种机智的音节转换，从而召唤出两位英雄偶句诗体大师[1]，并在这两者之间用凉篷遮蔽自己的缪斯。实际上，那座"坐落在绿色街区的木屋"是在华兹史密斯校园西边五公里处，距离我家东面几扇窗户仅有五十码远。

在这部作品前言里，我已经有机会交代了一些有关我居住的环境设施情况。那位为我弄到这所房子的可爱而神志也恍惚得可爱的女士（参见第 691 行注释），事先并没见过这栋房子，心意却无疑是好的，尤其是因为这一带的邻居都众口称赞它具有"旧时代优雅和宽敞"的优点。其实它是一栋一半由木料建成、样儿阴森森的黑白两色相间的房屋，在我的国家称之为"wodnaggen"型住房，带有雕刻的三角墙，通风的凸肚窗，一道所谓"半宏伟"的门廊和那上面的一个丑陋的阳台。哥尔斯华斯法官家中有夫人和四位千金小姐。家庭照片在门厅就跟我相遇，一直从这间屋到那间屋紧紧追随着我；尽管我确信艾

1　指英国作家奥列弗·哥尔德斯密斯（Oliver Goldsmith，1730—1774）和英国诗人威廉·华兹华斯（William Wordsworth，1770—1850）。

尔菲娜（九岁）、贝蒂（十岁）、坎蒂达（十二岁）和蒂（十四岁）[1]很快就会从十分逗人喜爱的学堂小妞儿变成时髦的年轻女郎再变成出色的妈妈，我还是不得不承认她们那些别致的照片那么惹我厌烦，最后我干脆把它们一一收拾起来全都塞在一个壁橱里像绞刑架那样挂着的一排她们的薄膜罩着的冬衣下面了。在书房里，我看到她们的双亲一幅大照片，性别却颠倒了，哥太太很像马林科夫[2]，而哥先生却酷似蛇发女怪美杜莎[3]；这张照片我也用一幅敬爱的毕加索早期作品《尘世男孩牵着雨云马》的复制品取代了。不过我没太操心去管那些家庭藏书，那也是哪儿哪儿都有——四套不同版本的《儿童百科全书》和另一套成年人的式样古板的版本，沿着一段楼梯边上的书架一路排列上去，最后上升到阁楼爆出一卷附录本。从哥尔斯华斯夫人闺房里排列的小说来判断，她的学识兴趣真是相当广泛，从“琥珀”一直扩展到“禅宗”[4]。这个什么都按字母顺序排列的家庭的一家之主，也有个书房，里面有许多标有字母的壁架，不过收藏的皆为法律专著。外行人从中能找到有点乐趣和

1　四个姑娘的名字起首是按 ABCD 字母顺序排列的，分别为 Alphina，Betty，Candid 和 Dee。

2　Georgy Maksimilianovich Malenkov（1902—1988），前苏联政治领袖，一九五三至一九五五年继斯大林之后任苏共中央第一书记兼部长会议主席，因农业政策失败而被迫辞职，由赫鲁晓夫继任。一九六一年被开除出共产党。

3　Medusa，希腊神话中三个蛇发女怪之一，原是凡俗女人，因触犯雅典娜，头发变成毒蛇，面貌也极为丑陋，凡看她一眼的人都变成石头，最后被珀尔修斯杀死，其头颅被割下装在雅典娜的盾上。

4　这里原文为“Amber to Zen”，也是指书籍按字母顺序排列。

教益的只有一本摩洛哥鞣皮装订的相册，那位法官在里面钟情地贴上了那些被他送进监狱或判处死刑的犯人照片和身世：痴呆的恶棍叫人难忘的面容啦，抽最后一支烟卷儿的模样啦，最后一次狞笑啦，一名勒死人的凶犯那双样儿极为普通的手啦，一个自作自受的寡妇啦，一名杀人狂（我承认长得有点像已故的雅克·达古斯）那对靠拢得很紧的冷酷无情的眼睛啦，一个弑父母的伶俐的七岁小男孩儿啦（“现在，小家伙，我们要你告诉我们……”），还有一名枪杀了敲诈者、年老可悲的矮胖鸡奸犯。令我感到十分惊讶的是他，我那位有学问的房东，而不是他的“太太”，在掌管家务。他不仅给我留下一份家中所有那些宛如一群威胁性的土著暴民聚集在一位新房客周围的杂物什品的详细清单，还煞费苦心地在纸片上写下各类说明，有的是推荐性的，有的是解释性的，有的是禁令，有的则是附录，不一而足。我头一天住下，甭管碰什么，都会触发出哥尔斯华斯文献汇编中的一个标本。我在楼上浴室里一打开药柜，就从里面扑扑飞出一张信息纸片，劝告我别再往那个装废保险刀片的匣子缝口塞进刀片啦，因为里面已经满满登登，再也装不下了。我打开冰箱，另一张纸条像狗吠那样警告道：“凡是带有难以消除异味的土产品”均不许放入。我在书房里拉开书桌当中那个抽屉——发现一份分门别类排列的目录[1]，说明屉中存放的物品，那些不起眼的东西当中包括一堆花样繁多的烟碟儿，

1 原文为法文，*catalogue raisonné*。

一个大马士革钢制裁纸刀（注明是哥尔斯华斯夫人之父从东方买回来的一把古代“匕首”），还有一个没用过的袖珍日记本乐观地待在那里静待按日跟它联系的成熟时机到来。餐具室里有一块专用布告板，上面贴着各种详细通知，诸如有关各处管道的说明，有关使用电器的论述，有关仙人掌的知识讲述，等等；我还从中发现了那只随着那所房子一齐给接收过来的黑猫的食谱：

周一、三、五：肝

周二、四、六：鱼

星期日：地面猎物肉

（抱歉的是，我只喂它牛奶和沙丁鱼；那是个可爱的小动物，可是没过多久它的举止就开始使我神经紧张，心烦意乱，我便把它托给了那位清洁工范雷太太寄养。）不过最滑稽可笑的大概是那项有关窗帘操作的具体指示，纸条上说明需在不同时间采取不同方式把它们拉上，以免阳光曝晒室内装饰物品。每个季节乃至每天阳光出现在哪扇窗户什么位置都分别作了描述；我如果真重视这档子事，照此办理，就会像一名参加划船比赛的选手那样两手忙得不可开交。不过幸好下面有个脚注，宽宏大量地建议我如果不想那样做，倒可以把几件较为贵重的家具（两把绣花扶手椅和一张挺沉的“皇家螺形托脚小桌”）移来移去，避开阳光照射区，不过要小心谨慎地干，万勿刮伤墙上装饰的板条。唉，我现在没法儿详述那种调换位置的细致时刻表，不过似乎记得我应该在睡觉之前把它们移避一长段路，清晨起来头一件事就是再把它们移避一小段路。我领着我敬爱的谢德对此做一番巡游视察，让他自己品尝一下这种苦差事的滋味儿，他不禁哈哈大笑起来。感谢上帝。他这阵粗犷的欢笑倒驱散了那种我住下来势必会受到伤害[1]的气氛。他呢，还给我讲了一些有关那位法官乏味的机智和法庭里的习俗这方面的趣闻轶事让我欢快起来；这些轶事无疑大都是民间夸大的传说，有些明明是捏造的，不过全都无伤大雅。他没有提起那些有关哥尔斯华斯法官的荒谬故事，我这位可爱的老朋友决不会那样做，那些故事不是说那位法官的法袍投下的可怕阴影一直跨进了阴曹地府，就是说这个或那个躺在监牢里的畜生十分明确地 *raghdirst*（极想报仇）——全是粗俗下流或残忍无情的家伙所流传的陈词滥调——说这类故事的人，依他们看来，什么罗曼史啦，天涯海角啦，布满海豹皮一般血红色的天空啦，传说中一个王国里那种阴沉的沙丘啦，根本就统统不存在。这些话也说得够多的了，还是让咱们转回来谈谈我们这位诗人家里的窗户吧。我无意把一些确切的供评论研究的资料[2]编织调制成极像一部小说的怪样儿。

今天我不可能从建筑学角度或者任何别的方面来描述谢德的住宅，当然，窥探啦，瞥视啦，窗框给我带来的绝好机会

1 原文为拉丁文，*damnum infectum*。

2 原文为拉丁文，*apparatus criticus*。

啦，则除外。如前所述（参见前言），夏季的到来造成一个光学上的问题：侵犯的叶片并不总是跟我的看法完全一致：它错把不透明的障眼片当成绿镜片，错把阻挡当成了保护。当时（据我的记事本是七月三日那天），我听说——不是从约翰口中而是从希碧尔嘴中得知——我的朋友开始创作一首长诗。真有两三天没见到他了，随后那天，我走向路边他家的信箱，那个信箱靠近哥尔斯华斯的信箱（里面塞满的其实都是些小册子、当地的广告宣传品和商品目录那类垃圾，我惯常不去开它）。我把谢德那批第三类邮件取出来送过去，赶巧撞上希碧尔，事先因为有一堆灌木丛遮住了她的身躯，使我那双鹰眼没发现她在户外。她头戴一顶草帽，手上戴着一副干园艺活儿的手套，蹲伏在一处花圃前面修剪或缚紧什么呢，她那条棕色紧身裤叫我想起我老婆常穿的那种"曼陀林"式紧身裤（我爱这样开玩笑地称呼它们）。她一看见我就叫我别拿那些广告垃圾去打搅诗人，并且透露他已经"开始在写一首扎扎实实了不起的诗"的信息。我觉得一股热血轰地一下子涌上我的颜面，便嘟囔几句他可啥也还没给我看呐之类的话；她顿时站起来，理开脑门上耷拉的黑里夹白的头发，瞪视着我说："你这是什么意思——给你看看？他从来也不把没完成的作品拿给任何人过目。从不，从不。在没真正完成之前，他连讨论都不跟人讨论。"这一点我不大相信，可是很快就在我跟我那位沉默得出奇的朋友交谈时得知原来他一直在受到夫人严密的监视辅导呐。我力图用"住在玻璃暖房里的人不该写诗"这类俏皮话把他拉出来散散步聊一聊，他却打个呵欠，摇摇头，反驳道，“外国佬应当别碰那些老掉牙的格言隽语。”然而，我极想了解他怎样在利用我大量提供给他的所有那些魅力十足、令人心跳、闪闪发光的活生生素材，心痒难熬地想看到他干活儿的情况（即使那个成果并无我的功劳，也无所谓），这种愿望真叫人感到极端痛苦而且难以控制，从而使我渐渐沉迷于一种无节制的暗中窥探，什么自尊心方面的考虑都拦也拦不住。

众所周知，窗户古往今来一向是那种第一人称文学里的慰藉品。但是，像我这样一位观察者压根儿也没有十足的好运气能够模仿那位喜欢偷听的《当代英雄》[1]或者《追忆逝水年华》里那位无所不在者。可我还是时不时给恩赐了些许幸福的猎取机会。我那扇竖铰链窗由于前面一棵猛长的榆树的阻挡而失去了功能，我便在阳台尽端找到一个长满常青藤的旮旯，从那儿可以看到诗人住宅前面相当一大片地方。我要是想看到那幢房子的南面，就到我那间车房后边，躲在一棵鹅掌楸树后面，视线穿越那条下山的蜿蜒小路可以望到他家一些宝贵的亮窗户，因为诗人从不拉下遮光帘（她可拉下来）。我要是想眺望那座住宅的北面，只需爬到我那花园里的最高点就行了，那儿我那些保镖般的黑压压落叶松守望着星斗，守望着各种预兆，守望着下面一条路上那盏孤零零的路灯照射下来的一小块微暗的亮

1　*Hero of Our Time*，莱蒙托夫（Mikhail Lermontov，1814—1841）的小说，描写一个贵族青年毕巧林不满于沙皇的黑暗统治，不愿与上流社会同流合污，但又不能同人民站在一起，最后成为一个精神空虚、道德堕落、玩世不恭的“多余人”。

光。在那个季节开始时，我在那儿已经克服别处讨论过的（参见第62行注释）那种特殊而隐秘的恐惧，在暗中颇有乐趣地顺着我这边地上的杂草石块朝东投过去的阴影望过去，一直望到一排比诗人住宅北面略高一点的洋槐树丛那边。

三十年前，在我那幼弱而可怕的童年时代，我有机会见到了一个男人跟上帝沟通的情景。有一次我在家乡昂哈瓦练唱圣歌，在中间休息的时候独自溜进了杜卡尔教堂后边那个所谓的玫瑰院。我在那儿闲逛，把两只光秃秃的小腿轮流交替举起来靠在一个滑溜溜的圆柱上凉快凉快，耳中听到远处甜美的声音混杂着男孩儿压低嗓音的欢乐声，我由于一时的忌妒心理，对其中一个男孩儿怀有积怨而没加入那阵欢乐。突然传来一阵急促的脚步声，使我抬起我那阴郁的目光，当时我正在俯览庭院地上一小块一小块马赛克镶嵌的拼花——一片片逼真的玫瑰花瓣，它们给镶在绿色大理石刻出来的枝桠和几乎触摸得出来的大棘刺上面，就在这些玫瑰和棘刺上出现了一个人影儿，原来是一个我见过一两次的高个儿、长鼻子、面色苍白、一头黑发的年轻牧师从法衣圣器储存室里大步走了出来，他没看见我，径直走到庭院当中站住祈祷。那种自觉有罪的厌恶神情扭曲了他那薄薄的嘴唇。他戴着一副眼镜，两只捏紧的手好像在抓住肉眼看不见的牢栅。但是，人也许可以得到主的无限恩赐。他的表情蓦地换成一种狂喜而敬畏的神情。我以往从没见过人脸上洋溢出这种天赐之福的欢乐光辉，却没料到如今居然在另一个国家，觉察到了一点那样的光辉，那种心灵上的感受和主的显灵反映在老约翰·谢德那张朴实的皱脸上。整个春季，我一直保持夜间的监视，观察到了他在仲夏时分干那项神奇的活儿的情况，这真叫我高兴啊！我准确地掌握了时间地点，到时候必定选择最佳的观察点，从那里追随他的灵感思路。我那个双筒望远镜会从远处找到他在不同的地点干活儿，我会对准焦距，全神贯注地注视：夜间，他楼上的书房亮着灯，一面友好的镜子给我反映出他耸起的肩膀和那支他不断用来挖挖耳朵的铅笔（时不时还审视一番笔铅，甚至放在嘴里尝一尝）；午前，他在楼下书房的破碎阴影里鬼鬼祟祟地走来走去，只见一个闪亮的高脚杯静静地从文件柜那儿晃到小台架，又从小台架那儿晃到书架，如果必要的话，就给藏在但丁胸像后面；天热的日子里，在那棚架似的小门廊的藤蔓当中，我的视线透过那儿的花环，可以瞥见他的胳膊肘儿倚在桌上一块油布上面，胖乎乎的拳头支着发皱的太阳穴。由于透镜和光线上的小事故，再加上藤架和叶片的干扰，我经常看不清他的脸；也许是大自然有意这样安排，不让一位像是掠夺的人看到生长的奥秘吧；不过有时，诗人在他房前的草坪上遛来遛去，或是在草坪尽头那张长凳上坐一会儿，或是在他宠爱的那棵山核桃树下逗留片刻，我就能辨认出那种热情洋溢、狂喜和敬畏的神情，他就是在这种心态下，追随那些在他脑中用言词表达的形象；我也明白，甭管我这位持不可知论的朋友对此会怎样加以否认，那当儿，主必定跟他同在。

某些夜晚，在我的邻居通常就寝之前，我从我那三处优越地点观察到那栋房子有好长一段时间三面都漆黑一片，可是那种漆黑又叫我相信他们夫妇俩在家，因为他们那辆汽车停放在车房近旁，并没开走——我不信他俩会徒步出门去了，真要是那样，他们会让门廊那盏灯亮着。后来我经过一番思索和推理，查明灯光大缺那天是七月十一日，正是谢德完成他那首长诗第二章那天。那天夜里狂风大作，又黑又热。我蹑手蹑脚地穿过灌木丛，走到他们住宅的后面。起先我还当这第四面也黑糊糊的，也就没必要再调查下去了，我正在体验一种古怪的解脱感时，忽然发现过去从没去过的房子后面一个小客厅的窗户露出微微亮光。那扇窗户大敞着。一盏高脚灯，带着样儿像羊皮纸的遮罩，照亮了那间屋子尽头，我看得见希碧尔和约翰在那边呐；她背朝着我，两腿并拢斜身坐在长沙发上，约翰则坐在长沙发近旁一个厚坐垫上，好像正在慢慢把刚玩完一局忍耐[1]的散乱纸牌收拢起来。希碧尔一会儿晃动蜷缩的身子，一会儿擤擤鼻子；约翰那张脸则布满斑斑泪痕。说实话，我当时还没闹清我这位朋友用什么类型纸张写稿呢，我不禁纳闷儿一局纸牌游戏的结局怎么竟会让人这样泪流满面。我本来跪在弹性挺厉害的黄杨木树篱里，为了急于看得更清楚些，便站起来，一不小心碰翻了垃圾筒盖儿，造成哐啷一声响。这当然会被误认为是风刮的，希碧尔素来讨厌风，立刻离开高处那个休息处，走过来砰的一声把窗户关上，还嘎嘎地把遮光帘也拉下

1 Patience，一种单人纸牌游戏。

来了。

我怀着沉重和困惑的心情蹑手蹑脚地返回我那毫无乐趣的住处。几天过后，大概是圣斯威逊节[1]那天，心情依然十分沉重，困惑之谜倒给解开了，因为我在小日记本那个日期下面发现有“*promnad vespert mid J. S.*”[2]那种期望的记载，可是又使性子把它划掉了，且因用力过猛，笔铅在半中腰断了。那天我等我的朋友出来一块儿在巷子里散散步，等啊等的，最后夕阳的红光都变成了幽暗的灰色，我只好朝他家前门走去，心里犹犹豫豫，琢磨那儿的昏暗和静寂，围着那幢房子转悠。这一次后身那个小客厅里一点亮光也没有，厨房里倒亮着平凡的灯光，我辨认出一张粉刷过的桌子一头，希碧尔正坐在旁边，满脸带着欣喜若狂的神情，真叫人会以为她准是刚想出一个新食谱似的。那扇后门微敞着，我轻叩一声就把门推开了，投进去几句欢快的话，我发现谢德正坐在那张桌子另一头，念给她听一些我猜想大概是他那首诗的片断。他俩一见我进来大吃一惊。诗人脱口而出一句不宜在此刊印出来的诅咒，把手里那摞索引卡片往桌上一掼。后来他把这一时冲动的怒气爆发归咎于戴着老花眼镜，错把一位受欢迎的朋友当成了一名闯进门的推销员；不过我得说他那种举动真叫我震惊不已，大为震惊咧，并且使我当时倾向于把接下来发生的事都看成是恶意的表示。“好了，那就请坐，”希碧尔说，“喝杯咖啡吧。”（胜利者往往都慷慨大

1　圣斯威逊节是在五月十五日，据认为该日下雨则将持续下四十天。

2　意为“跟约·谢一块儿散步。”

方。）我接受了，因为我倒想看看有我在场，朗诵是否还会继续下去。结果使我大失所望。“我本来以为，”我只好对我的朋友说，“你会出来跟我一块儿遛个弯儿呢。”他一边为自己辩解说身子不大舒服，一边接着挖他那个烟斗，挖得那么狠，真像是挖空我的心脏似的。

我当时不仅了解到谢德经常把自己累积写好的诗篇念给希碧尔听，而且现在还认识到她也同样经常叫他从誊清的诗稿上减少或干脆去掉任何有关我不断提供给他的那个宏伟的赞巴拉题材，我由于不大了解诗作的进展情况，还一直盲目轻信那会成为一条编织全诗的丰富主线呢！

那树木葱茏的山丘更高一点的地方当时矗立着——我相信现在还依然矗立着——苏顿博士那座装有护墙楔形板的房子；山丘顶上，查教授那栋超级现代化别墅也永远会存在下去，您从他那个屋顶平台朝南望去，可以俯瞰到三个相连的沉郁的大湖泊——奥米茄、奥泽罗和泽罗[1]（三个被早期开拓者篡改的印第安人名字，篡改得好提供一些似是而非的派生意义和陈腐的隐喻）。在那座山丘北面，杜尔威奇路连接那条通往华兹史密斯大学的公路；至于那所大学，我倒不想多说，部分原因是读者致函该校公关办公室就会很方便地得到各式各样的指南小册子，无需我在这里嚼舌，不过主要还是因为我想在提到华兹史密斯大学时该比描述哥尔斯华斯和谢德两家住宅时尽量简短

1　Omega 是希腊语二十四个字母中最后一个，有终点、结局之意。Zero 是零的意思，又有最低点、没有、全无的含意。

些；总之，只想传达这一事实：这家学院距离他们两家要比他们两家之间的距离远得多。这也许是首次通过文体效果来反映距离给人带来的隐痛吧，首次使地形测量概念在一系列按透视法缩短的句子里得以体现吧。

那条公路朝东蜿蜒四公里，通过一个美丽的居民区，那里有不同等级的两边倾斜的草坪，然后便叉开，分成两条道：一条朝左，通往纽卫镇和它期待完工的飞机场；另一条直通校园。于是出现了那些疯狂喧嚣的楼房，那些设计得毫无瑕疵的宿舍楼——一些响彻着丛林爵士乐的疯人院，接着是那个宏伟的行政办公宫殿啦，那些砖墙啦，那些拱廊啦，那些绿丝绒般和绿玉髓般的方块草地啦，斯宾塞[1]楼和它那个百合花池啦，那座小教堂啦，新讲演厅啦，图书馆啦，那栋内有我们的教室和办公室的、监狱般的大楼啦（从今以后改称为谢德楼），那条两旁栽种着所有莎士比亚提到过的树木的著名林阴道啦；远处传来一阵嗡嗡声，暗示高班学生正在捉弄欺凌低班学生；还有那座天文馆的青绿色圆屋顶，一缕缕一团团的藤枝卷须；那座由白杨树遮荫、备有古罗马式梯层座位的足球场，夏日里空空旷旷，只有一个两眼出神的小伙子在操纵一架——控制在一长段距离范围内嗡嗡盘旋的——摩托动力的模型飞机。

噢，天哪，真正干点什么吧。

---

1 Herbert Spencer（1820—1903），英国哲学家，著有《心理学原理》、《第一原理》等，认为进化论普遍适用，一切结构中的一切变化都在不断变异。

49行：糙皮山核桃小树

一种山核桃树。我们这位诗人跟英国大师们共同使用了那种把树木连带树液和树荫移植到诗篇里去的高贵窍门。多年以前，我们的王后迪莎，她宠爱的树木则是蓝花楹和掌叶铁线蕨，从她那个摘记本里抄出约翰·谢德那本短诗集《赫柏之杯》中的一首四行诗。我禁不住要在这儿（从我一九五九年四月六日收到的一封寄自法国南方的来信中）摘引如下：

神圣的树

银杏叶子，银光闪闪，
垂落时像个麝香葡萄，
而在体形上又像个歪张翅翼的
老派过时的蝴蝶。

纽卫镇那座圣公会教堂（参见第549行注释）兴建时，推土机机下留情，没铲掉那些神圣的树，而是绕了个弧形圈儿；那些树在校园里那条所谓莎士比亚林阴道尽头，是由一名天才园林学家（瑞普伯格）种的。我闹不清这一点是否至关重要，不过诗中第二行确实有个猫戏老鼠[1]的把戏，而且“树”在赞

1　指麝香葡萄，英文是“Muscat”，由老鼠（mouse）和猫（cat）两字合成的谐音。

巴拉语中是“格拉道斯”[1]。

57 行：我小女儿那架秋千的幽灵

在这一行下面，谢德在草稿上轻轻划掉了下列几行：

灯光良好；那盏阅读时用的长颈台灯；
每扇门皆有钥匙。你那位现代建筑师
跟心理学家相勾结：在设计双亲的
两间卧室时，坚持装上不带锁的门，
好让未来江湖郎中治疗的未来病人，在回顾时，
可以发现那种使他完全释放受压抑情绪的场景。

61 行：电视天线，状似巨大回形针

我在第 71—72 行注释中提到的那篇讣文，要不是其中摘引了谢德未发表过的一首诗，就显得空洞而相当乏味了。那首（由希碧尔·谢德提供的）诗，被说成“显然是我们的诗人在六月底，也就是说我们的诗人在逝世前不到一个月的时间里创作的，因此可以说是我们的诗人写下的最后一首诗。”

1　指“格拉道斯”与“格拉杜斯”在读音上相近。

现附录如下：

秋　千

那落日夕阳的余晖
照亮了房顶上电视
那巨大回形针天线；

那球形门拉手阴影
在太阳落山时像是
门上的一个棒球棍；

那只红衣凤头鸟
喜欢栖息在树梢
发出吱喂、吱喂、吱喂的鸣声；

那树下晃动的空荡荡的小秋千：
这些物件样样都使我
心胆俱裂，肝肠痛断。

我让我的诗人的读者自行判定这首微型小诗究竟有没有可能是诗人把它的题材重复到长诗这部分之前几天写的。我个人猜测那是相当早期的成果（上面并没标出创作年代，不过应当注明写于他的爱女去世后不久的某日才对）。谢德想必是翻阅他的一些旧纸片，看看有什么可以借用而写进《微暗的火》（我们那位讣告撰写者根本就不知道有这首长诗存在），结果挖掘出这首小诗而且利用上了。

62行：经常

经常，大都是在夜间，贯穿在一九五九年整个春季，我为自己的性命提心吊胆。离群索居的地方向来是撒旦魔王喜欢光临的游戏场。我没法形容我那种孤独和痛苦的深度。我那位知名的邻居当然就住在那条小巷对面；有一段时间，我接受了一个放荡的青年做房客（他经常在午夜过后很久才回家）。可我还是要着重指出那种孤独的冰冷核心，对一个被迫流亡异乡的人来说，真是叫人很不好受。尽人皆知赞巴拉人怎样遭受过弑君的厄运：仅仅在一个世纪（一七〇〇年至一八〇〇年）里就有两位王后、三位国王和十四名王位觊觎者暴死，有的被勒死，有的被刺死，有的被毒死，有的被淹死。这个哥尔斯华斯城堡在黄昏过后就变得尤其荒凉，昏暗得跟我头脑里的阴影色彩不相上下。隐秘的窸窸窣窣声啦，踩在去年枯叶上的脚步声啦，一阵没来由的风啦，一条巡视垃圾筒的狗儿啦——样样在我听来都像是一头四处觅食的嗜血动物在活动。我不断在几扇窗户前踱来踱去，丝睡帽浸透了汗水。赤裸的胸脯像个正在解冻的池塘；有时候，我用法官那管猎枪武装起来，敢于公然蔑视平台上的恐怖。我料想大概就是在那时分，在那些类似假面舞会那类欺骗性的春夜，树木内部的孳长声残酷地模仿我头脑里那些过去的死亡噼啪爆裂声；我料想大概就是在那时分，在那些可怕的夜晚，我习惯于向我邻居家中的窗户求援，期望从中得到些许安慰(参见第47—48行注释)。诗人又犯了心脏病（参见第691行和注释)，导致窗户在半夜里大亮，我被叫到他们家，一阵忙乱，同情啦，咖啡啦，打电话啦，赞巴拉草药啦（还真起了神奇的疗效作用！），谢德活了过来，偎在我怀中哭哭啼啼（“得了，得了，约翰”）；自从经过那次一阵大乱的温暖友情之后，我还有什么不肯贡献出来呢。但是，在三月份那些黑夜里，他们家却跟棺材里一样黑暗。等到后来我观察得筋疲力尽，四周犹如坟墓里那样阴冷，我只好上楼躺在我那无伴的双人床上，屏息躺着——我仿佛那时才神志清醒地活着，总算熬过我在祖国处境危险的那些夜晚，当时随时随刻都会有一帮情绪激昂的革命分子闯进门来，把我带出去，推搡到一堵月光照亮的大墙前面。一辆汽车飞快的奔驰声或一辆卡车吱吱嘎嘎的呻吟声，犹如生命美好的解脱和死亡可怕的阴影古怪相混地到来：那阴影会出现在我的门前吗？那些幽灵般的凶手会来杀害我吗？他们会立刻毙了我——或者把这位被氯仿麻醉过去的学者偷运回赞巴拉，红色的[1]赞巴拉，让

1　原文为俄文，*rodnaya*。

他在那儿面对一个亮得耀眼的细颈盛水瓶和一排坐在审判席上欣喜若狂的法官吗?

有时候，我心想只有自我毁灭这一招儿才可能有望骗过那些正前来的残酷杀手，他们与其说出现在一般的公路上，不如说活跃在我体内、耳鼓里、脉搏里和头颅里，不停地在我身上翻筋斗，围绕我的心脏乱转悠，使我昏昏沉沉地打起瞌睡，可又让那个醉醺醺、无可救药而又令人难忘的鲍勃返回来睡到原是坎蒂达或蒂的床铺上去那阵响声惊醒。正如前言里简短提到过那样，我后来把他轰走了；接下来几个夜晚，无论是酒啦，音乐啦，祈祷啦，都没能减轻我的恐惧。不过，另一方面，那些温暖的春天倒也还能叫人忍受，我在学院里的讲课人人都深感满意，我还决定出席任何有份参加的社交集会。然而，欢乐的晚会之后，那种伺机谋害的阴谋又会斜身曳步挨近过来，那种悄悄的蠕动啦，那种暂时的停顿啦，那种噼噼啪啪的爆裂声，又复出现。

这座哥尔斯华斯城堡有多扇通往户外的门，甭管我每天睡觉前怎样查过门户和楼下各扇百叶窗，翌日清晨我总还是发现有的没锁上，有的没别好插销，这儿有点松动，那儿有点儆敞着，总会现出那么一丁点儿透着狡猾和令人起疑的样儿。有一天夜里，我亲眼见到那只黑猫一扭一扭地下到地下室去，我在那儿一处环境优美的地方给它准备好了厕所设备，可是没过几分钟它又突然出现在我的音乐室门槛那儿，那当儿我正处于失眠状态，刚听到一张瓦格纳[1]音乐唱片半当腰，只见它拱起背脊，炫耀脖颈上一个白丝蝴蝶结呐，那当然绝不可能是它自己系上去的。我连忙拨“11111”电话号码，没多大工夫就开始跟一名警察研究是否会有罪犯潜入。他呢，津津有味地大喝我调制的烈性樱桃甜酒；然而，甭管是谁破门而入，却都没留下一丁点儿痕迹。生性残忍的人很容易想出高招儿来让那个受他的诡计折磨的人要么相信他有迫害狂，要么自信真有个杀手在潜步追踪，要么相信自己犯了幻觉毛病。幻觉！我清楚地知道在我拒绝过的一些向我献殷勤的年轻讲师当中至少有一个爱搞恶作剧的邪恶家伙；这事我早已知晓，因为我参加过一次蛮愉快而且成功的师生聚会（我在那个场合曾经兴高采烈地脱掉外衣，向一些乐意观看的学生露了几手赞巴拉摔跤运动员惯用的几种挺有趣儿的擒拿术），回家之后就发现我的衣兜里有一张用词粗鲁的匿名纸条，上书：“你可真有糟糕的 hal……s[2]，傻瓜”，意思明明是指“hallucinations”（幻觉），尽管一名恶意的评论家会从那些不够数的虚点推断出小个子匿名先生虽然在教一年级大学生英语，却几乎拼不出这个词汇。

1　Richard Wagner（1813—1883），德国作曲家，毕生致力于歌剧的改革与创新，作品有歌剧《漂泊的荷兰人》、《纽伦堡名歌手》和歌剧四联剧《尼伯龙根的指环》等。

2　纳博科夫传记作家布·博伊德（B.Boyd）认为根据五个虚点来判断，这里指的是“halitosis”（口臭）而不是“hallucinations”（幻觉），暗指文中的摔跤表演显示金波特是个迫害狂的家伙，且口臭得叫人难以接近。[见博伊德：《纳博科夫传》（美国年代卷），普林斯顿大学出版社，一九九一年，第432页。]

我乐意在此顺便汇报一下，复活节过后不久，我那些恐惧便消失得无影无踪，一去不复返。另一名房客住进那间不是艾尔菲娜就是贝蒂的房间，我给那个家伙取了个绰号，管他叫肥土王子巴尔退则[1]，他生活得倒蛮有规律，每天九点上床一直呼呼睡到次日大天亮六点，还在院子里种些天芥菜花（*Heliotropium turgenevi*）。这种花的香味长期有效地唤起人怀念一个遥远的北方国度的黄昏，那儿花园里的长凳和一座彩漆木屋。

70 行：那崭新的电视

在（注明七月三日的）草稿上，这句下面还有几行没编号码的诗句，可能是打算用在这首长诗的后一部分。它们没给真正划掉，却伴有一个写在页边空白处的问号，另有一条弯弯曲曲的线侵犯了其中个别字：

有些事件，古怪的偶发事件，
给了我象征意义。它们就像
一些飘飘荡荡而失去的明喻，
无线牵引，无所依附。因此，

1　Balthasar，是敬拜婴孩耶稣的三博士之一，又有大号香槟酒瓶（可容四百十六盎司）之意。

那位北方国王铤而走险地越狱
只因他那四十几名追随者那夜
化装成他，仿效着他的逃跑，
才使他的逃亡终于得以成功——

要不是国王那些秘密拥护者，一些英勇浪漫而胆大妄为的人，雷厉风行地纷纷乔装改扮成逃亡的国王，布下迷阵，那他想必根本就到不了这个西海岸。他们都穿上红毛线衫，戴上红便帽，装扮成他的模样，突然出现在这儿那儿，彻底把革命派警察搞糊涂了。有些爱搞恶作剧的家伙其实比国王少俊得多，不过这也没关系，因为山区老百姓的棚屋里和那些出售垂钓用的蠕虫、姜饼和吉列牌[1]刀片的守旧村庄的小店铺里挂着的御像，那上面的国王自从他加冕登基以来一直就没变老。在那次著名事件的过程中，还流传了一幅有趣儿的漫画：一名假扮国王的欢乐小丑，从克隆伯克里饭店平台上，搭乘那运送旅客前去克隆冰川游览的滑动升降椅，像只红色飞蛾，倏地升空飞翔而去，他身后隔开两把椅子的座位上有个垂头丧气、没戴帽子的警察两眼发愣地缓慢追逐。令人发噱的是那位假国王在快到扎营地点之前，竟想法儿从一根支撑牵引缆索的标杆上爬下来逃之夭夭（另参见第 149 和第 171 行注释）。

1　原文为俄文，*zhiletka*。

71行：双亲

赫尔利教授以一种值得称道的敏捷速度，在诗人逝世还不到一个月的时间里就发表了一篇赞扬约翰·谢德发表过的诗作的评论文章。那是刊登在一份我一时忘了刊名、发行量不大的文艺评论杂志上面的，有人在芝加哥拿给我看了，我当时正开车从纽卫镇到赛达恩去，中途在那个秋季阴冷的山区逗留了两三天。

评论论坛应由平和的学术讨论来主宰，而不是抨击那篇小小讣告中荒谬缺点的场所。我之所以提到它，是因为在其中发现了一些有关诗人双亲的细节。他的父亲塞缪尔·谢德，死于一九〇二年，享年五十岁，青年时期学过医学，后出任埃克斯顿外科手术器械公司副总裁。然而，我们那位善于辞令的讣告撰稿人说他主要的爱好却在于“羽族研究”那一方面，并称“有一种鸟以他的姓氏命名为谢德丝鸟（*Bombycilla Shadei*）”（这当然干脆称作“谢德”就成了）。诗人的母亲，闺名为卡萝琳·路金，协助丈夫著述，给他那部《墨西哥鸟类》绘制了优美插图，这本专著我记得在我朋友家里见到过。讣告作者没弄清的地方是路金这个姓氏来源于圣徒路加[1]，其他如路考克、路克松和路卡什威奇等姓氏也如出一辙。这仅代表众多例子当中的一个，那种貌似不规则却源于父名而活生生继承

1 Luke，《圣经》中早期基督教教会人物，相传原为医生，曾随保罗（Paul）到各地传教，《路加福音》和《使徒行传》为其所著。

下来的姓氏，围着一个卵石般的普通教名不断增多起来，有时是以奇形怪状出现的。路金那家人出身于埃塞克斯郡[1]一个古老家族。其他诸如赖迈尔[2]、斯克里威纳[3]、林奈[4](使羊皮纸生辉的人)、波特金[5]（制造狭颈小口鞋之类的花哨鞋鞋匠）等上千上万姓氏，其实都是跟行当有关而派生出来的。我的一名苏格兰籍家庭教师，惯于把任何一栋摇摇欲坠的老楼房都叫做“赫尔利[6]房子”。不过，这方面的话说得也够多的了，就此打住。

至于其他一些有关约翰·谢德在大学里的学术研究和他那异常平凡一生中的中年时代事迹，读者可以自行从那位教授那篇文章里查寻。总的说来，那篇文章，要不是具有某些特色使之——该用什么措词来形容好呢——活跃起来，想必会是一篇乏味透顶的玩意儿。因此，其中只有一处提及我那位朋友的杰作（那一摞整洁的卡片，在我写到这儿时，正像一批巨额财富的金锭似的搁在我桌上的阳光这儿呢），我怀着病态的喜悦心情在此录下那句话：“就在我们的诗人不幸早逝之前，他似乎正在着手写一首自传体长诗。”这次死亡事件的真相也彻底让那位教授歪曲了，他是报社记者先生们的一名忠实追随者——

---

1 Essex，英国英格兰郡名。

2 Rymer，有面粉商之意。

3 Scrivener，有抄写员、文书之意。

4 Limner，有画匠之意。

5 Botkin，有制造长颈酒瓶者之意。

6 Hurley，有爱尔兰式曲棍球所用的曲棍之意。

也许是为了政治原因——严重歪曲了那名杀人犯的动机和目的，没等到审判他就妄加判断——可惜的是那一审判没法儿在这尘世间进行了（参见我最后一个注释）。不过，当然啦，那篇讣文最突出的一大特点就是只字未提那段使约翰在一生最后几个月里活跃起来的光辉灿烂的友谊。

我的朋友记不得他爹的形象。那位国王在他爹阿尔方国王驾崩的时候还不到三岁，也同样回忆不起来他爹的长相，然而古怪的却是他倒蛮清楚地记得一张老照片上他手里握着的那个巧克力糖做的小型单翼飞机，那是那位坐在机舱里的沉郁的飞行员生平最后一张照片（摄于一九一八年圣诞节）；我们这位国王当时还是个圆脸蛋的娃娃呢，赶巧不情愿而且挺不舒服地张开四肢坐在那名飞行员的膝头上，手里握着那块飞机模型巧克力呐。

糊涂王阿尔方（1873—1918；执政于一九〇〇至一九一八年，大多数人名词典中则为一九〇〇至一九一九年，这是由于赶巧碰到历法由旧历改为新历所造成的一种笨拙的处理），这个绰号是安费希艾特里克斯[1]给取的，该人并非是个不友好的作家，经常在自由派报纸上发表一些即兴小诗（把我的首都取名为“乌拉诺格勒”这个绰号的也是此公！）。阿尔方国土那种精神恍惚的健忘症简直发展到了无可救药的地步。他又是个蹩脚的语言学家，只会支配那么几句法语和丹麦语，可是每

1　原文是“Amphitheatricus”，有露天圆形剧场或竞技场之意。

逢他不得不向他的臣民——一群偏僻山谷里目瞪口呆的乡巴佬，他是由于飞机出了故障而迫降在那里的——发表一通讲话时，头脑里某个控制不住的转换器就会起作用，他便顺口诌出那些外国话，还在论题上加点拉丁语增添风趣。大多数有关他精神恍惚大发作的趣闻轶事太过愚蠢幼稚而粗鄙不堪，不便在这里玷污宝贵的篇幅；不过其中有一件我并不觉得特别好笑的事却惹得谢德那么狂笑不止（而且通过那间师生公共休息室，回了我几句他添油加醋联想到的十分猥亵的话），使我不得不在这里拿它作个例子（同时也为了作出纠正）。第一次世界大战前的一个夏季，一位（我理解在这世界上少得多么难以选出来的）某王国的皇帝前来我们这个艰难的小国做一次极为不平常而讨好的访问，我爹便带领他和一位年轻的赞巴拉翻译（性别我空缺着，按下不表），乘坐一辆新买来的定做的汽车到乡镇作一次短途游览。阿尔方国王出访一向不带御警队，这次也一样，他亲自轻快地驾车，似乎很叫他的贵宾担惊害怕。在返回途中，离昂哈瓦市还有二十多公里之处，阿尔方国王决定停下来修理一下车。他笨笨咧咧地修理马达的时候，那位皇帝和翻译就在公路边上几棵松树树荫下等待；阿尔方国王回到昂哈瓦之后，一再受到相当焦急的询问，才渐渐意识到他把某人落下了（“什么皇帝？”是他留下的唯一一句令人难忘的话[1]）。总的说来，凡是有关我提供的素材（或者我认为是素材

1 此处“话”原文为法文“*mot*”。

的东西），我都一再嘱咐我这位诗人务必用文字把它们记录下来，万勿在闲谈扯淡中扩散；然而，即使是诗人，也同样是凡人啊。

阿尔方国王的健忘症却古怪地跟一股对机械玩意儿的热情爱好，尤其是对飞行设备的爱好，混在一块儿了。一九一二年，他想方设法乘坐一架伞状的法布尔式“水上飞机”升空，结果差点儿在尼特拉和英德拉之间的海域里淹死。他撞毁过两架法尔芒[1]式飞机，三架赞巴拉自制的机器玩意儿和一架心爱的桑托斯·杜蒙特[2]式“蜻蜓”号。一九一六年，一架单翼机“布兰达四世”号特地为他制造好了，制造者是经常出任他的“飞机参谋”的彼得·古塞夫上校（后来是一位先驱跳伞员，七十多岁时成为一名空前伟大的跳伞者），但那也是一架致他于死命的飞机。天使们选择十二月里一个晴朗而不太冷的日子的上午，撒下天罗地网捕捉他那温和而纯洁的灵魂，阿尔方国王当时正独自驾驶那架飞机在空中试着来个垂直下降再翻个筋斗的高难动作表演，那是安德烈·卡楚

1　亨利·法尔芒（Henry Farman，1874—1958）和莫里斯·法尔芒（Maurice Farman，1877—1964）兄弟，法国飞机飞行员、设计师和制造家，对航空事业有重大贡献，早期制造的是瓦赞式双翼机，一九一二年兄弟合办法尔芒工厂制造军用飞机和教练机，一九一七年制造第一架远程客机“歌利亚巨人”号，一九一九年起在巴黎和伦敦之间定期航班飞行。

2　Santos Dumont（1873—1932），巴西航空业发展的先驱者，有动力装置的气球和重于空气的航空器的研制者和飞行家，在欧洲一度被称为“航空之父”。一八九一年全家迁居欧洲，以后二十七年中设计的飞艇、单翼机和双翼机多次获奖。一九〇九年最后设计的最杰出的单翼机“蜻蜓”号，突出之处在于机体小（翼长五点五米，发动机三十马力）。一九二八年返回巴西，一九三二年逝世，在里约热内卢举行了国葬。

林亲王，俄罗斯著名特技飞行员和第一次世界大战的英雄，在加特契纳[1]给他表演过的绝技。那架小“布兰达”忽然出了什么毛病，看上去无法控制地朝下俯冲。在他后面上空，古塞夫上校（这时已是瑞尔公爵）和王后在一架考德隆式双翼飞机上，拍下不少起先像是一次壮丽优美的花样变换而接着就大成问题的照片。在那千钧一发的时刻，阿尔方国王居然设法使机器恢复好转，又成了掌握重心的能手，可是紧接着他便机毁人亡地撞在一处海滨荒地上正在兴建的一座饭店高楼的脚手架上，真好像那是特地等着御驾光临似的。布兰达王后后来下令铲平那座严重损坏而尚未完工的楼房，在原地另建起一座顶上有架奇形怪状的铜制飞机模型的不雅观的花岗石纪念碑取而代之。那些描绘了整个儿那场大灾难的放大了的光溜溜的照片，让八岁的查尔斯·扎威尔在一名秘书的书橱里发现了。您在几张可怕的照片上可以辨认出那位满不在乎的飞行员的肩膀和皮革头盔，而且在那一整套照片的倒数第二张上，您清晰地看到他在飞机撞得白花花粉碎之前还恢复信心而得意洋洋地举起一只手呐。那个男孩儿看过之后，从此夜间经常做噩梦，可他的母后却压根儿也不知道孩子曾经看过那些该死的记录。

他多多少少记得他的母后的模样——一名女骑师，高大壮实，宽肩膀，红彤彤的脸膛。一位表亲向她保证她的儿子在令

---

1 Gatchina，俄罗斯圣彼得堡市附近二十四公里处一城市。

人钦佩的堪贝尔先生的教导下会安全而幸福，那位先生教过不少顺从的小公主怎样把蝴蝶摊开来，怎样欣赏罗纳德勋爵[1]的挽歌。可以这么说吧，他一辈子为之献身的众多的癖好都是些轻便的祭坛，从蠹鱼研究到猎熊，而且能在徒步旅行中滔滔不绝地把《麦克白》从头到尾背诵一遍；可他却一点也不关心那些受他托管的孩子的道德品行，喜欢女郎更胜过男孩儿，而且从不插手干预赞巴拉内部复杂激烈的火拼。他待了十年光景，一九三二年就到另一个外国宫廷去高就了。当时，我们的王子十七岁，已经开始一半时间在大学念书，一半时间在部队里受训。这是他生平最美好的一段时期。他压根儿拿不准什么使他更感到乐趣，究竟是对诗歌——尤其是对英国诗歌——进行研究呢，还是参加军队游行，或是在化装舞会上跟男孩扮的女孩和女孩扮的男孩跳舞。他的母后突然在一九三六年七月二十一日因患一种起因不明的血液症而去世，那种病也曾折磨过她的老母和奶奶。就在去世前一天，她还好好的呐——查尔斯·扎威尔到格林戴尔伍德那座所谓的公爵大厦参加通宵舞会去了：当时那是一种跟异性正规交往的途径，比以前的种种娱乐新鲜些。黎明四点钟左右，曙光开始染红树顶，染红法尔克山，使它状似一个粉红色锥体，那位国王在王宫大院一扇大铁门前停

1 *Lord Ronald*，英国诗人阿尔弗雷德·丁尼生（Alfred Tennyson，1809—1892）的“Lady Clare Vere de Vere”一诗中的人物。丁尼生一八五〇年为纪念他的好友阿瑟·哈勒姆而作的挽歌集《悼念》大受欢迎，并赢得维多利亚女王的友谊，被封为桂冠诗人。他的主要诗作有《夏洛蒂小姐》、《尤利西斯》、《国王叙事诗》等，称号为丁尼生勋爵。

下他那辆马力十足的汽车。空气那么清新，亮光那么富有诗意，他和身边三位朋友决定步行穿过椴树丛走到客人所住的孔雀宾馆去。他和他那位柏拉图式好友奥塔尔穿着燕尾服，不过两人的大礼帽方才都在公路上让风刮跑了。王宫城堡壕沟的斜坡和外崖的景致显得端庄古板，正反阴影更增强了那种气氛，他们四个人站在幼小椴树下，忽然都有一种古怪的感受。奥塔尔是个招人喜欢的小贵族，特大的鼻子，稀疏的头发，带着两个情人儿，一个是十八岁的菲法尔达（后来跟他结了婚），另一个是十七岁的弗萝尔（我们在另两个注释中还会遇到她），两个姑娘都是王后宠爱的女侍臣菲丽尔女伯爵的女儿。人往往不由自主地眷恋那种景色，就跟人在优越有利的时候往往依依不舍一样，事后才领悟到人的生活一瞬间就会起彻底变化。奥塔尔当时就处在这种心态中，他带着困惑的表情眺望远处王后居住区那边的楼房窗户；两个姑娘肩并肩地站在他身旁，她俩身穿闪亮的外衣，两腿修长，小鼻子粉红，绿眼睛现出犯困的神情，耳环动人地熠熠放光。那扇大铁门那儿，甭管什么时候，一向出现的人都不多，一条小道沿着那里展开，连接那条朝东的公路。一个手里拿着一小块亲自烘烤的糕饼的庄稼婆，无疑是那名哨兵的母亲，见那个没刮胡子、黑发的年轻 *nattdett*（夜猫子）还没从他那个沉闷的岗亭下岗，便独自坐在虎爪式柱座的石头上，用女性纳闷儿的目光仰望着楼房那些萤火虫般的烛光从这个窗户到那个窗户来回闪烁；两名工人扶着他们的自行车也在注视着那些怪亮光；另一个蓄着两撇海象那种末端下垂的长胡须的醉汉，不断摇摇晃晃地走来走去，时而还轻轻拍拍椴树树干。在这种呆滞的生活中，人往往会注意到一些次要细节。那位国王就发现一些微红的泥浆弄脏了那两辆自行车车身，而且前轮彼此平行地朝同一个方向转动呐。突然之间，从丁香花丛当中那条陡峭的小径——一条抄近路通往王后居住区的道路——那位女伯爵慌慌张张奔跑下来，被她那件带褶裥的长袍折边绊倒了；与此同时，从王宫另一头有七位枢密元老，都穿着正规大礼服，分别拿着各种葡萄干蛋糕般大小的王位标志复制件，从石阶上庄严地匆匆大步走下来，那位女伯爵却抢先了他们一步，大声吐露了那一噩耗。那名醉汉开始唱起一首有关“小卡尔——小嘎子”的下流民谣，接着一个筋斗栽进那条半月形沟渠里。要在一首诗的简短注解里一清二楚地讲明一座设防城堡里的条条通道，那是不大容易的一件事；有鉴于此，我早在六月里向约翰·谢德叙述我在若干注释里提到过的事（参见，比如说，第130行注释），那段时期就给他画过一张昂哈瓦王宫内部各个房间、平台、棱堡和娱乐场所的平面图。那张用几种颜色的墨水画在一大块（长三十英寸、宽二十英寸的）硬卡纸板上的详图，除非给毁掉或让人偷走了，想必还在我七月中旬最后一次见到它存放的地方放着呐，也就是在通往所谓的水果室那条小走廊的一个凹壁里，那架老织布机对面的大黑箱子上面呐。要是没在那儿放着，那就到楼上他的书房里四处找找。我为此事曾致函谢德夫人，可她却没回信。如果那张图纸还在，我想请求她，并不提高嗓门，而是十分谦卑地，就像那位国王最低下的臣民那样低声下气地乞求立刻恢复他的权益(那张图纸是我的，而且上面签署了“金波特”这个姓氏，在那后边还盖了一个黑色象棋棋子儿那样的国王王冠)，把它包好，邮包上注明*万勿折叠*字样，挂号寄给我的出版商，以便这部著作再版时制版附加进去供读者参阅。甭管我以往有过多么大的干劲儿，我的精力最近已经衰退，再加上要命的头疼毛病，现在我根本就不可能再有绘制另一幅那样的平面图所需要的出色记忆力和聚精会神的目力啦。那个黑箱子是放在另一个个儿更大的棕色或褐色的箱子上面；在那个黑糊糊的旮旯里，我想，还有一个剥制的狐狸或郊狼在箱子旁边立着呐。

79 行：一个认为《启示录》预言已实现的人

草稿上，这一行的页边空白处还有两行，只有一行能辨认得出如下字迹：

夜晚是赞颂白昼的时辰

我很有把握相信我这位朋友在这里试图编入他们夫妇俩曾经听我在轻松愉快时刻摘引过的某些诗句，我们赞巴拉那部相当于《老埃达》[1]文集里的一首十分优美的四行诗，一位无名氏把它译成如下英诗（是克尔贝的译文吗？）：

智者在黄昏时赞颂白昼，
赞颂那已经去世的妻子，
那十字冰层，那跌跤的
新娘和那匹稳健的马儿。

80行：我的卧室

我们的王子喜欢弗萝尔，把她当作亲妹妹那样看待，不过没有一点乱伦邪念或继发的同性恋并发症。她长着一张苍白的脸，凸出的颧骨，明亮的眼睛和鬈曲的黑发。传闻那位上流社会的雕塑家兼诗人阿尔诺曾经携带着一个瓷杯和一双灰姑娘的拖鞋四处寻访模特儿，找了好几个月，最后终于在弗萝尔身上找到了他所需要的一切，把她的乳房和双脚利用在他那幅题名为《莉莉丝[2]唤回亚当》的创作上面了，可我当然不是这类微妙事儿的行家。她的情人奥塔尔说，你在她身后走道儿而她也知道你在她身后走道儿，她就会摇晃她那苗条的腰肢和臀部，

1 《埃达》是古代冰岛两部著名文学作品集的合称。其一为《老埃达》（*The Elder Edda*），亦称《诗体埃达》（*The Poetic Edda*）；另一为《新埃达》（*The Younger Edda*），亦称《散文埃达》（*The Prose Edda*）。

2 Lilith，犹太民间传说中亚当的第一个妻子。

现出极其富有艺术性的姿态，就跟阿拉伯姑娘在专门学堂里受到巴黎拉皮条专家训练过的那种姿势一样，那些专家后来当然都给勒死了。他还说，弗萝尔走道儿时优雅地摆动她那对靠拢得挺紧的娇弱脚踝，是阿尔诺描绘一个 miragarl（“海市蜃楼的姑娘”）那首诗中的一对“珍贵宝石”；为了换取那对宝石，“一位时光沙漠里的梦想国王愿出三百头骆驼和三处喷泉。”

On ságaren werém tremkín tri stána
Verbálala wod gév ut trí phantána

(我注上了重音节。)

那位王子并不在意这种矫揉造作的胡扯（那也许是她母亲一手策划的），让人们去重复它吧，他只把她看成是位胞妹，芬芳而时髦，爱噘起那抹了口红的小嘴，爱用高卢[1]人那种阴郁[2]而模糊的方式表达自己想表达的那点意思。她沉着地顶撞那位爱唠叨的神经质女伯爵，叫王子觉得挺有趣儿。他喜欢跟她跳舞——只跟她跳舞。她抚摩他的手或者张嘴无声地吻他那已让舞会后苍白破晓的煤烟弄脏的面颊，他从来也没感到局促不安。他弃她而去享受更加男子气概的欢乐，她似乎也并不在乎；她会面带亲密的表妹那种克制而暧昧的微笑，在一辆汽车

1 Gaul，古代欧洲西部的一个地区，包括今日的法国、比利时、卢森堡以及荷兰、瑞士、德国和意大利北部的部分地区。

2 原文为法文，*maussade*。

暗处或一家卡巴莱[1]昏暗亮光里再次跟他相遇。

布兰达王后逝世和他加冕登基之间的四十天也许是他平生最难熬的一段时光。他过去一点也不爱他的母后，如今觉得内心那种无望无助的悔恨变成了一种对她的幽灵病态的恐惧。那位女伯爵好像总在他旁边，总在他身边窸窸窣窣地转悠，还让他跟一个专作灵媒的富有经验的美国佬一起搞桌灵转[2]降神会[3]那类玩意儿；在那种场合，王后的灵魂，就像她本人生前经常在那种灵应牌乩板[4]上跟索尔摩道斯·陶尔法厄斯或阿·拉·华莱士[5]聊天那样，如今她也轻快地在那块板上用英文写下："查尔斯赶快爱花儿花儿花儿[6]吧。"一位让女伯爵彻底贿赂收买的精神病科老大夫，长得连外表也像只烂洋梨，叫王子确信他的种种恶习已经不知不觉地害死了他的老娘，如果他不放弃鸡奸那一怪癖，还会继续"在内心杀害她"。宫廷阴谋是一种把你牢牢缠住的鬼怪般蜘蛛，你越想拼命挣脱，它越会吐丝把你恶毒地牢牢缠住不放。我们这位王子年轻没经验，再加失眠搞得他心神恍惚，根本就没有一点反抗能力。女伯爵

---

1 Cabaret，一种带有歌舞表演的餐馆或酒吧。

2 table-turning，指桌子的非人力转动，关亡术用以表示亡人显灵的一种手法。

3 Séance，一种以鬼神附体者为中心人物设法与鬼魂通话的集会。

4 Planchette，一种三角形或心形小板，上置铅笔，迷信能在神灵指引下自动写出神的启示。

5 A.R.Wallace（1823—1913），英国博物学家，以提出生物进化的自然选择学说而著名。

6 花儿指弗萝尔（Fleur）。Fleur，法文，花儿。

花了一大笔钱收买了王子的 *kamergrum*（内侍），王子的保镖，甚至大部分宫廷大臣。她还开始睡在他那单身卧室旁边的一小间前室里。他那间卧室在高大的西南堡顶端一套华丽宽敞的环形套间里，那里原是他爹静居休养的地方，现在墙里还有一条有趣的滑道直通大厅下面一个圆形游泳池，使得年轻王子也可以像他爹当年那样开始每天的生活，那就是把他那张军用帆布床旁边一扇门板滑动开，翻身骨碌进滑道，嗖的一下子直接冲入亮晶晶的水中。查尔斯·扎威尔不光是为了睡觉用，还为了别的需要，在地板上那块波斯地毯当中放置一个所谓的扁而宽大的叶片形垫子，即一个有一张床三倍大、镶着华丽荷叶边的巨大椭圆形天鹅绒垫子。弗萝尔现在就睡在那个宽敞的窝里，蜷缩在当中凹陷处，盖一块真熊猫皮床罩，那是一群表示良好祝愿的亚洲人在他登基时刻刚从西藏火速运送来的。女伯爵住进去的那间前室有内部楼梯和浴室，而且也靠一个移动门跟西厢楼相通。我闹不清弗萝尔的母亲给了她什么指点或指令，反正那个小妞儿证实自己是个蹩脚的勾引者。她像个文疯子，一个劲儿试着修理一把裂了的古旧的中提琴，要不就摆出一副忧伤的姿态坐着，手里拿着两管都是音调哀伤而微弱的古旧笛子比来比去。这时候，王子一身土耳其装束打扮，懒洋洋地斜身躺坐在他爹那把大椅子上，两腿跨出一边的扶手，啪啪地翻阅一卷《赞巴拉史》，时而抄下几段，时而从那把坐椅边上凹陷的壁龛里摸出一副开车戴的老式风镜啦，一枚黑色蛋白石戒指啦，一团巧克力糖银色包装纸啦，或者一枚外国星形勋章。

傍晚天气暖和。他俩这样荒谬地同居一室的第二天，她光着身子，只穿一件无扣无袖的睡衣上身。一看到她裸露的四肢和三个耗子洞（赞巴拉解剖学），他就感到一阵恶心；他一边踱来踱去，思考自己的登基发言，一边会两眼并不看她，朝她那边扔过去她的短裤或者一件毛巾布罩袍。有时候，他回到那把舒服的老椅子那边去，会发现她坐在那儿哀伤地凝视那部历史书上一名 *bogtur*（古代战士）的照片呐。他就会两眼依旧看着他的拍纸簿，同时一下子把她从椅子上猛力揪开；她只好伸个懒腰，走向窗座和灰尘扑扑的太阳光柱那边去；可是没过多会儿，她又会试着偎依着他，他呢，不得不要么用一只手把她钻过来的卷发脑袋推开，另一只手还在写着什么，要么把她的两只小粉爪子从他的袖子或腰带上分别掰开。

夜间虽然有她在场，却并没能使他不失眠，不过起码不使布兰达王后强大的鬼魂挨近。在筋疲力尽和打瞌睡之间，他会玩弄些小把戏，诸如站起来，朝弗萝尔的光膀子上倒一点细颈盛水瓶里的水，好扑灭那上面映照的微微月光，等等。那位女伯爵在她的兽穴里打着声音响亮的呼噜。他彻夜不眠地待在前厅（在那儿才慢慢陷入梦乡），前厅外面那道阴冷的黑走廊里，紧挨着他那扇上锁的门的彩色大理石地上，躺着三四排他那些新来的小侍从，有的在打盹儿，有的在啜泣呜咽，那一大堆作为贡品的男孩儿来自特鲁斯、图斯卡尼和阿尔巴诺兰德各地。

他醒来时发现弗萝尔正拿着一把梳子站在他的——毋宁说他爹或他爷爷的——穿衣镜前面，那是一个能映出无限风光的三屏镜，一面妙不可言的镜子，上面有钻石刻写的制作人博凯的苏达格[1]签名。她在镜子前面转来转去：一种隐秘的反映装置便在镜子深处集合了无数裸体，一群花团锦簇的优美而哀伤的姑娘，在清晰的远方渐渐变得越来越小，或者突然变成一个个山林水泽的仙女，弗萝尔低声说其中有些肯定像她那些祖辈年轻时候的模样儿——一些站在目所能及的浅溪水里、梳理头发的乡村小妞儿，随后是那古老传说里的郁郁沉思的美人鱼，再靠后则一切均消失得无影无踪。

第三个夜晚，蓦地从墙内楼梯上传来一阵极响的嗵嗵脚步声，进来了首席枢密官、三名人民院议员和新警卫团头头。有趣的是，那个让一名乐师的孙女当王后的主意竟惹火了大部分人民院议员。查尔斯·扎威尔和弗萝尔那段纯洁的罗曼史也就由此而告终，弗萝尔长得漂亮却并不讨人厌（正像有些猫儿比起别的猫儿较少引起脾气好的狗儿反感那样，那条狗儿也经过训练要容忍异类那股难闻的臭味儿）。两位女郎只好拎着她们的白色手提箱和几件过时的老乐器磨磨蹭蹭地回到王宫偏院去了。接着便出现一阵松了口气的迹象——前厅那扇门轰隆一声欢乐地滑开了，成群的小侍从一窝蜂似的涌了进去。

那位王子还要经过十三个年头更富有戏剧性的折磨才在一九四九年跟佩恩女公爵迪莎结了婚，这在第 275 行和第

---

1 Sudarg of Bokay，其中 Sudarg Bokay 两字反过来读则为“Jacob Gradus”，即本书中的杀手“贾考柏·格拉杜斯”。格拉杜斯亦为一玻璃工。此处反过来读则意味着镜中影像，而格拉杜斯也是一位影子派成员。

433—434 行的注释中作了详尽描述，研读谢德诗作的学生到时候就会看到的，不用着急。接下来几个夏季都很凉快。可怜的弗萝尔还在宫中，却叫人难以辨认出来了。那位年老的女伯爵在一九五〇年玻璃动物展览会失火时在人群拥挤的门厅遇难身亡，此后迪莎倒跟弗萝尔交了朋友；那次火灾几乎把展品毁了一大部分，格拉杜斯协助救火队在广场上清理出一块地方，用来绞死那些没加入工会的纵火犯，或至少是被误认为是纵火犯的人（两名困惑不解的丹麦游客）。我们年轻的王后也许是对她这位脸色苍白的女侍从有了点微妙的同情吧，国王也时不时瞥见弗萝尔借助一扇尖顶式窗户射进来的光芒照亮一张音乐会节目单，或者听见她在下房里奏出软弱无力的音乐。国王独身时住的那间漂亮卧室还会在第 130 行注释中提到，却是作为他在那场冗长乏味而没必要的赞巴拉革命开始时被“监禁起来而尚有优厚待遇的”囚室了。

85 行：曾见到过罗马教皇

指庇护十世[1]，吉奥赛普·麦尔契奥莱·萨尔托（1835—1914），一九〇三年至一九一四年任教皇。

1　Pius X（1835—1914），意大利籍教皇（1903—1914），曾谴责现代派神学，反对天主教民主党运动和法国的政教分离，策划编纂新的教会法规。

86 行：莫德姑妈

莫德·谢德（1869—1950），塞缪尔·谢德的姐姐。莫德死的时候，（生于一九三四年的）海丝尔并不像第 90 行所指的那样还是个“婴儿”。我觉得她的绘画并不招人喜欢，却挺有趣儿。莫德姑妈的性格也远非老处女那种性格，她的生性讥讽的态度有时想必会使纽卫镇那帮高雅的夫人大为震惊。

90—93 行：她的房间，等等。

在草稿上，代替定稿的原是下列诗句：

……………………………………她的房间
我们依然保持着原样。她的一些零星杂物
叫我们忆起她的风格。那种树叶石棺
（一个月形天蚕蛾的干瘪皱缩的蚕茧）

我那部字典解释那种飞蛾是“一种浅绿色带尾的大蚕蛾。它的毛虫在核桃树上觅食”。我猜想谢德改动了这个段落，大概是因为他这个飞蛾的名字跟下一行出现的“月亮”这个词汇撞了车。

91 行：零星杂物

那些零星杂物当中有一本剪贴簿，里面贴着莫德姑妈在一段时期（1937—1949）从报刊上剪下来的一些出于用词不当而犯下性质可笑或怪诞的谬误玩意儿。约翰·谢德有一天让我看了那个系列当中的头一件和末一件；我觉得，叫人非常高兴的是，那两件恰恰互有关联，都发生在同一份家庭刊物《生活》上面，那份杂志平素一向由于对男性的奥秘采取过分拘谨态度而闻名于世，所以您想象得到这种事叫那些家庭多么大吃一惊，或者可以说搔到了痒处。头一件出自一九三七年五月十日那期第 67 页，上面刊登的一则广告宣传一种魔爪牌裤扣（顺便说一句，这可真是个会抓得很紧而引起痛苦的商标名称）。图片展示一位年轻男士在一群欣喜若狂的女郎好友当中洋溢着雄赳赳的男子汉气概，题词是：您会感到惊奇，您裤子上遮盖着的苍蝇[1]竟能如此显著地得到改善。另一件出自一九四九年三月二十八日那期第 126 页，上面刊登的一则广告宣传海内丝无花果树叶牌男用三角裤。图片展示一位现代夏娃，躲在一棵盆栽的智慧之树后面，崇拜地偷觑一位穿着一条相当普通而干净的内裤、两眼斜睨的年轻亚当，他穿的那种广告宣传的三角裤前端扎眼地显出壮实的阴影，题词是“没有什么能胜过一块遮羞布[2]”。

1　此处原文是“fly”，既有遮盖着的纽扣之意，也有苍蝇之意。

2　此处原文是“fig leaf”，既有无花果树叶，即源于亚当与夏娃故事的男性裸体画像或雕刻中常见的遮蔽阴部的叶形物之意，也有遮羞布之意。

我认为人世间必定有一个假丘比特的特种颠覆集团——一群没有毛发的又胖又小的精灵，受到撒旦魔鬼的指使，在极为神圣的地方搞些令人作呕的恶作剧。

92 行：那凸面玻璃镇纸

那些陈旧的恐怖景象古怪而鬼迷心窍地萦绕在我们这位诗人脑海中。我从一张报纸上剪下新近重新刊登的他的一首旧诗，其中也追忆而保存了他这位游客赞赏的一处风景：

眺 望 山 景

在山峦和双目之间，
距离那小精灵拉上
一道多情的蓝色薄雾面纱，
那空间存在的本质性组织。
一股清风徐徐吹临苍松翠柏，我
加入众人那一阵喝彩激赏。

但是我们皆知美景不会常驻，
山峦弱不禁风地难以久等——
即使如同嵌印在玻璃镇纸里一般
嵌印在我心坎，也无法使之重现。

98 行：查普曼[1] 的荷马

此处提到的显然是济慈那首（在美国常被摘引的）著名十四行诗的题名；印刷工人由于心不在焉，竟把另一篇文章里提到那首诗的文字离奇古怪地误排在一篇体育报道里了。至于其他一些生动有趣的误排，请参阅第 802 行注释。

101 行：没有一个自由人需要上帝

您在思考人类创造力的历史长河中那些数不清的思想家和诗人，发现他们思想上的自由都因宗教信仰而得到增强，却不是受到阻碍时，那就不得不对这句轻松自在的警句是否明智打个问号（另参见第 549 行注释）。

109 行：虹彩云

一朵彩虹色小云块，赞巴拉语中为 *muderperlwelk*。此处这个词，我相信，是谢德自己创造的。在誊写的清稿（七月四

---

1 George Chapman（约 1559—1634），英国诗人，剧作家，一六一一年与一六一六年先后发表所译的《伊利亚特》和《奥德赛》，其中不少章节译得优美动人，济慈因而写有十四行诗《初读查普曼译荷马史诗》（一八一五）。

日，第9张卡片）中，他在这个词上面还用铅笔写了“孔雀羽支”这个字。查“孔雀羽支”是某种人工制作的有羽毛和金属丝等的虫形钓鱼钩躯干，又称“桤木”躯干。这是这家汽车旅馆老板——一位热情的渔夫，告诉我的。（参见第634行中的“彩虹般奇异”那一词句。）

119行：苏顿博士

这是把两个人的姓氏拆开重新组合的姓氏。其一以“苏”打头，另一个则以“顿”殿尾。那二位都是住在我们这座山丘上、早已退休的著名医学界人士，也都是谢德一家深交的老朋友；其中一位有个女儿，如今是希碧尔参加的那个俱乐部的主席。这也就是我在第181行和第1000行的注释中使之形象化的那位苏顿博士。第986行诗中也提到了这位老先生。

120—121行：五分钟等于四十盎司细沙，等等

这一行左端与之平行的页边空白处注有这样一句话：“在中世纪，一小时等于四百八十盎司细沙或二万二千五百六十个原子。”

我没法核对这一说明，没法核对诗人有关五分钟（即三百

秒）的计算，因为我闹不明白怎么能用三百来除四百八十，反过来也一样根本不可能，不过也许只是因为我太疲劳而无能为力了。约翰·谢德写诗写到这里那一天（七月四日），职业杀手格拉杜斯正准备离开赞巴拉，穿越东半球，坚定不移地干他那桩铸成大错的蠢事（参见第 181 行注释）。

130 行：我从未拍过皮球，也从未挥过板球棍

说老实话，我也压根儿不擅长足球和板球这两项运动，可我是一名还算够格的骑师，一名健壮而非正统的滑雪爱好者，一名优秀的游泳健儿，一名耍花招的摔跤员和一名热情不减的攀岩选手。

在草稿上，第 130 行下面原有四行诗让谢德舍弃了，而偏爱誊清稿上的几句（第 131 行等）。那起步失误的四句为：

孩子们在一座城堡里游戏玩耍
发现某个堆满玩具的旧壁橱里
动物和面具后面有一扇滑动门
［四个字给狠狠划掉了］一条秘密通道——

相比之下，孰优孰劣，一直悬而未决。推测我们的诗人大概打算把这几句附在他叙述自己在经常晕厥发作的童年时代偶

尔发现的一些神秘事物的段落里吧。他舍弃了这几行，真叫我感到十分惋惜。我深表遗憾，不仅因为这几句具有其固有的美——这是很了不起的——而且也因为其中的景象是谢德受到我讲给他听的一些事的启发而写下来的。我在写这些注释的过程中，已经多次提起赞巴拉末代国王查尔斯·扎威尔的奇遇以及我这位朋友对我讲的那位国王的许多轶事所产生的浓厚兴趣。那张保存了这段异文的卡片上面注有七月四日这个日期，内容恰是那天傍晚我们俩在纽卫和杜尔威奇几条芬芳小巷里散步漫谈的直接反响。“再给我多讲点什么吧。”他一边说，一边往一棵山毛榉树干上磕空他那个烟斗；那当儿，彩云逗留在空中不散，远处山坡上那栋亮着灯光的房子里，谢德夫人正安安静静地坐着欣赏一出戏剧录像片呐；我呢，便兴高采烈地同意我这位朋友的要求。

于是我就简略地描述那位国王发现自己在那次叛乱头几个月里所处的古怪境地。他有趣儿地觉得自己就像那种把王逼到角落里使他成为孤家寡人的象棋残局中所剩下来的唯一一个黑棋子儿。保王党人，至少还有温民党（温和民主党）人，先前若能顶得住几海里外一个处于优势的强大警察国家源源不断向赞巴拉革命输入的不干不净的黄金和机器人一般的部队，那么如今他们想必仍然可以阻止这个国家转变成为一个现代暴政的平庸国家。那位国王，尽管处于绝境，却拒绝退位。他高傲而乖僻，被俘后给关在他那个玫瑰红砖铺地的王宫里，从王宫一个角楼那儿用双筒望远镜可以望见一些轻巧自如的年轻人在一个宛如神话中的体育俱乐部里耸身跃入游泳池，还可以望见那位身穿一套老式法兰绒衣服的英国大使跟他的巴斯克人[1]教练在那好似天堂般遥远的沙地网球场上打网球。山峦显得多么宁静啊，西边苍穹染着多么温柔瑰丽的色彩啊！

在那个城市薄雾笼罩的某处，每天都发生叫人恶心的暴力活动啦，逮捕啦，处死啦，但是那个了不起的城市依旧平稳地运行，咖啡馆里人声鼎沸，王家剧院上演精彩的剧目。事实上，只有王宫里弥漫着一股极为阴郁的气氛。那些面孔板得冷冰冰、肩膀耸得又高又挺的长官们[2]叫那些里里外外把守王宫的卫兵执行严格纪律。那帮极端拘谨的清教徒便把宫里的酒窖全都封了，把所有的女仆也都从王宫南侧轰走了。那些女侍从，当然早在国王当年把王后放逐到她在法国里维埃拉[3]的别墅去的时候，就已经离开。感谢老天爷，她倒幸免熬度王宫被污染的那些可怕的日子！

每扇门前都站着守卫，宴会大厅里也有三名，另有四名在图书馆里荡来荡去，那里的深处似乎还藏匿着所有那些叛逆家伙的身影。在留下的少数几位宫廷侍从的卧室里，每间都给安插了武装的寄生虫，他们不是跟穿号衣的老男仆一块儿畅饮被禁的糖蜜酒，就是跟穿制服的年轻小僮狎昵作耍。而且在那个

1 Basque，欧洲比利牛斯山西部地区的古老居民，绝大多数居住在西班牙北部，是欧洲保存本民族风格、服饰最多的一个民族。

2 原文为俄文，*komizars*。

3 Riviera，假日游憩胜地，在法国东南部和意大利西北部。

宗谱纹章大礼堂里，您肯定有把握发现言谈粗俗的小丑试想挤进那个空心骑士钢制甲胄里头去。那些一度弥漫着康乃馨和丁香花香味儿的宽敞寝室里如今散发着一股多么难闻的皮革和山羊的臭烘烘的味儿啊！

这支庞大的队伍主要由两伙人组成：一伙是从图勒征召来的，看上去样儿挺凶猛，却是相当无害的大老粗士兵；另一伙是那家著名玻璃工厂里的一些沉默寡言、彬彬有礼的极端分子，那场革命首先就是从那家工厂爆发的。如今有件事倒可以给泄露出来了（因为那人今已安居巴黎），那就是那个卫队里至少有一名英勇的保王派那么有效地装扮成一名反叛分子，竟使那帮毫不猜疑的卫兵哥儿们反倒像是一些拙劣假冒的家伙。实际上，奥登碰巧是赞巴拉一位最著名的演员，每逢王家剧院献艺时都受到热烈欢迎。被俘的国王通过奥登一直跟外界他的追随者保持联系，那些人包括年轻贵族啦，艺术家啦，学院里的运动员啦，赌徒啦，黑玫瑰武士啦，击剑俱乐部会员啦，还有其他一些上流社会人士、投机家和冒险家。各种谣传迭起，有的说那位俘虏很快就会受到一个特别法庭的审判，有的说表面上他会给转移到另一处拘禁地去，而实际上会给毙掉。那些策划营救国王的人尽管天天都在研究怎样能让他逃出虎口，可是做的计划却过多地停留在审美阶段而缺少实际可行的行动价值。一艘马力大的快艇给准备在赞巴拉西部靠近布拉威克（蓝湾）的一个海边洞穴里，而且连绵的高山把那座城市跟海滨区隔开了；想象那映在岩石壁和快艇上的透明而波动的海水影儿倒是相当撩人的，可是没有一位策划者想得出好办法能使国王安全地通过层层设防的把守而从王宫城堡里逃出来。

国王给拘留在王宫西南角的塔楼里，仍有奢侈的享受。第三个月初，也就是八月的一天，他被指控利用一面花花公子使用的手镜，配合阳光，从他那高处窗户朝外打信号。那个俯瞰广阔天地的权利由此而给剥夺，因为那不仅会助长阴谋诡计，而且也使那位高高在上的观测者产生一种对那些住在楼下看管他的狱卒的优越感。因此，一天夜里，国王那张帆布床和盆盆罐罐都给转移到王宫另一边一间凄凉的堆破烂儿的小房间里去了，不过这次是在底层一楼里了。很久以前，那里原是他爷爷索古斯三世的化妆室。索古斯逝世（一九〇〇年）后，他那间装饰华丽的卧室便给改成了那么一小间教堂，毗邻的这间小屋子，由于给搬走了大穿衣镜和绿丝沙发，很快就退化成现在这种已保持五十年不变的样子：一间阴暗肮脏而狭小的屋子，一边墙角有个上了锁的箱子，另一边墙角立着一架废弃不用的老式缝纫机。屋外是大理石地面的长廊，沿着北侧伸展下去，朝西急转弯，形成王宫西南角这一区的一条通廊。室内唯一一扇窗户朝南面对一个小庭院，一度安着一块极好的、梦境似的彩色玻璃，上面刻着一只黄鹂和一个神情茫然的猎人，可是最近那片绝妙的林景让一个足球踢碎了，现在新装上一块普通玻璃，窗外还给安上了栏栅。室内西墙上，那个粉刷过的壁橱门上方，挂着一幅镶在黑绒框架里的大照片。那被指控从塔楼传递消息的阳光，尽管微弱，却成千上万次短暂重复地照射，已经使那张照片发黄；照片上展示了那位早已被人遗忘的外国女演员伊丽丝·阿赫特浪漫风流的侧影和裸露的宽肩膀，传说她在一八八八年猝死之前，多年来一直是索古斯国王的情妇。对面的东墙上有一扇样儿轻浮的门，颜色跟室内另一扇唯一（通往走廊）的门的青绿色相同，一度通往那个老流氓的卧室，如今用搭扣牢固地扣上了；门上那个水晶球形把手也已不知去向；那扇门位于东侧墙两幅原属于这套房间腐朽时代的、如今已无人理会的版画旁边。它们并不是那种真打算让人欣赏的画儿，而只是屈尊作为装饰走廊或接待室的、通常给看成为精巧的画片而存在的：一幅是蹩脚而沉郁地模仿特尼尔斯[1]的《佛兰德[2]节日》，另一幅一度是挂在儿童室里的，那里面犯困的常客一向把画面上的前景看成是一片起泡沫的波浪，而不是如今模模糊糊显现的一群忧郁的羊。

国王叹口气，开始脱衣就寝。他那张帆布床和一个床头柜已经给安置在东北角面朝窗户那一边。东边是那扇青绿色门；北边是那扇通往走廊的门；西边，那个壁橱门；南边，那扇窗户。他脱下的黑色运动茄克衫和白裤子，都让他以前那个仆从的仆从拿走了。国王穿着睡衣坐在床边上。那个小厮又返回来，拿来一双摩洛哥皮拖鞋，给他主人两只倦怠的脚套上，然后拿着那双脱下来的浅口轻便鞋走了出去。国王晃来晃去的

---

1 David Teniers（1610—1690），佛兰德画家，当过尼德兰摄政王威廉大公的宫廷画师，以农民风俗画著称，亦作宗教和神话题材的画。作品有《乡村节日》、《理发店》等。

2 Flamande，比利时和法国的地区名。

目光最后停留在那扇半启的窗户上，从窗口可以望见灯光暗淡的庭院一部分，两名守卫正坐在那里一棵由栅栏围住的杨树下面的石凳上玩兰斯克内特牌戏[1]呐。这个夏夜，天上无星，四处静寂，远方时而出现静静的闪电光芒。一只小蝙蝠样儿的飞蛾振翅围着那个放在长凳上的灯笼瞎转悠，直到一名赌徒用帽子把它打翻在地为止。国王连连打呵欠，那两名让烛光照亮的玩牌家伙在他的泪目棱镜中颤来颤去而渐渐消失。他那困倦的目光，从这一面墙转移到另一面墙。那扇通往走廊的门微微敞着，可以听到卫兵走来走去的脚步声。壁橱门上方的伊丽丝·阿赫特端平肩膀，没理他，目光在望着别的方向。一只蟋蟀在吱吱鸣叫。那盏床灯微弱的亮光，只够照亮壁橱门锁上插着的一把镀金钥匙。那把钥匙上的一点闪亮火花突然使那名囚犯的头脑里燃起一阵奇妙的熊熊烈火。

现在我们得暂时撇开一九五八年八月中旬不表，而倒叙三十年前五月里某日下午的情景；那当儿，国王还只是个肤色黝黑的十三岁男孩儿，晒黑的那个食指上戴着一枚银戒指。他的母亲布兰达王后到维也纳和罗马去了。他有几个好伙伴，可是论亲密关系，谁也比不上瑞尔公爵奥莱格。在那个年代，贵族出身的男孩儿在节日——我们这个北方国家挺长的春季里节日可多哩——都穿无袖运动衫，白色短袜，带扣的黑鞋和那种叫做“好挺括”的很紧很短的短裤。我真想能把这种服装图样

1 Lansquenet，源出德语 Landsknecht 一词，是一种德国的纸牌赌博游戏，又有雇佣兵之意。

剪下来提供给读者，就像儿童从那种备有剪刀的娃娃图样硬纸板上把那个纸娃娃剪下来那样。这多多少少会使这些正在摧毁我脑子的黑魆魆的夜晚亮一点。两个男孩儿都是瓦兰吉亚人[1]儿童时代长着长腿、相貌英俊的男童样板。奥莱格十二岁，是公爵学校足球队最优秀的中锋。他在澡堂子里光着油亮的身子时，那粗壮的生殖器可跟他那少女般优雅的气质形成强烈反差。他又是个经常出没于农牧场所的小神仙。那天下午，一场暴雨把王宫花园里春天的树叶洗刷得十分光洁；噢，波斯丁香怒放的花朵，在那扇淌着绿水、布满紫晶色污渍的玻璃窗外面，多么无奈地摇曳歪倒啊！孩子们只好在室内玩耍。奥莱格还没来，他到底会不会来啊？

年轻王子忽然想挖掘出一套宝贵的玩具（那是一位最近被暗杀身亡的外国君主当年赠送的礼物），去年复活节时，那套玩意儿曾经使他和奥莱格着迷，可是后来就跟其他艺术性玩具的命运一样给撇在一边了，那类独特的玩意儿皆像泡沫一般使他们欢喜一阵子，随后就丧失特色而退居到博物馆，让人遗忘了。这当儿，王子非常想再找到的玩具是一套装在一个槌木游戏用具箱那么大的盒子里的精制马戏班玩具。他巴望找到它；他的两眼，他的脑子，以及那种跟他的拇指球相配合的脑神经，都生动地记得那些臀部装饰着闪亮金片的棕色男孩杂技演员啦，一个戴着轮状皱领的优美而忧郁的小

1 Varangian，公元九世纪进入俄罗斯的北欧人，曾在罗立克（Rurik）率领下建立了第一个俄罗斯王朝，即罗立克王朝。

丑啦，尤其是那三头用磨光的木料做的小象，关节那么灵巧地活动，您可以让那健壮的动物踮起一只前腿竖起来，或者用后腿稳健地站立在一个红圈小白桶上面。自从奥莱格上次来访，至今已经过去快两个星期了，那一次两个男孩儿首次经允许睡在同一张床上；他俩那种不当行为所引起的刺痛，以及那种向往再过一次那类夜晚的激情，这当儿交织在我们这位年轻王子的心头，使他发窘地心想还是躲避到早先那些较为清白的游戏里去为妥。

他的英文家庭老师，自从那次在曼戴沃树林里野餐，扭伤了脚踝之后，不得不在床上养伤，那套马戏班玩意儿收藏在哪儿他也不清楚，建议王子到西走廊尽头那间堆破烂儿的屋子里去找一找。王子便到那里去了。会不会是那个满布灰尘的黑箱子？样儿看上去令人可憎，肯定不是。那间屋子由于靠近喧哗的阴沟排水管，外面下雨声叫人听起来响得更厉害。会不会在那个壁橱里呢？那个镀金钥匙给勉强地转动了，橱里三层搁板和底层都塞满了杂七杂八的东西：一块上面还残存着不少颜色碴儿的调色板啦，一满杯筹码啦，一个搔背用的象牙痒痒挠儿啦，一本王后的哥哥、他大舅康玛尔译的《雅典的泰门》赞巴拉文三十二开本啦，一个海滩边的 situla（装沙土玩儿的小提桶）啦，一枚从他已故老爹的小装饰品盒里意外给转移到他那个装卵石贝壳的提桶里的四十五克拉蓝宝石啦，一节一指长的粉笔啦，还有一块早已被遗忘的、上面设计着纵横交错人物图像的游戏方块板。他正打算往壁橱里别处找找，挪开一块黑丝绒布那当儿，布的一角不知怎的被拽住在搁板后面了，他便使点劲儿揪它，弄得那块搁板微微移动了，证明那是可以给移开的，而且就在那块板角下方、壁橱后层露出了一个锁眼儿，那把镀金钥匙恰好也能插进去。

他迫不及待地把另两层搁板上的杂物（主要是些旧衣服旧鞋）全都清理开，把那两层搁板像当中那层一样给挪开，连忙用钥匙开壁橱后层那扇滑动的门锁。玩具小象早已给丢置脑后，他蓦地站在一道秘密通道门口。里面黑咕隆咚，啥也看不见，但是洞穴里面应他咳嗽的那种空空洞洞的音响，充满诱惑力，预示里面一定大有名堂。他便匆匆赶回他自己的住区去取两个手电筒和一个计步器。正当他返回来的时候，奥莱格来了，手里拿着一朵郁金香。他自从上次来过王宫之后，已经把一头柔软的金色卷发剪短，年轻王子觉得：嗯，我知道他会与众不同的。但是，奥莱格紧锁金色双眉，俯耳倾听这一发现时，年轻王子从对方柔软的深红色耳朵得到的耳鬓厮磨的温暖，从对方连连点头接受进内探察的态度，体会到他这个亲密的同榻伙伴一点也没变。

包尚先生在堪贝尔先生床榻旁一坐下来下盘棋，举起双拳选择头一步该走的棋子儿那当儿，年轻王子便带着奥莱格走到那个神奇的壁橱前。一段铺着绿地毯的隐秘的楼梯[1]台阶，稳重而静穆地通向那个石板地面的地下通道。严格说来，只有一

1 原文为法文，*escalier dérobé*。

段路算是在“地下”，那是从这间堆破烂儿的屋子旁边的西南走廊下面挖起，穿过一排排房屋底下，穿过王家公园桦树林阴道底下，然后再穿过学院大街、科里奥兰纳斯巷和泰门小街那三条横向街道底下，不过还没到达最终目的地。除此之外，这条通道便神秘迂回地适应接下来遇到的各种结构，时而穿过一个堡垒，就跟一管铅笔穿进袖珍日记本里的铅笔套儿一样，时而又穿过一座大厦的地窖，那儿的通道又多又暗，不会让人发现这种偷偷摸摸的入侵。随后，在漫长的岁月里，由于周围石层给敲凿的间或影响，或者由于时光本身盲目的戳弄，这条废弃的通道和外界构成了某种神秘的联系，因为这儿那儿出现了一些不可思议的隙缝和渗透，全都又狭又深，真把人搞得神经错乱，不过可以推断有的是来自一潭臭沟水，说明上面是护城河，有的是来自灰土味儿的草坪和土地，表明头顶上方挨近一座碉堡前面的斜坡；在某处，那条通道蔓延穿过一栋公爵大别墅儿间素以收集各类沙漠植物而闻名的温室底层，漏下来的沙子一时改变了人的脚步声。奥莱格走在前面：他那有模有样的屁股包在靛蓝色棉布裤子里活跃地摆动；他自己那种兴致勃勃的光辉而不是手中的烛台，仿佛以跳跃的亮光在照亮那低矮的穹顶和挤压的石墙。年轻王子的手电筒光炬照在奥莱格身后地上，好像给他那裸露的腿股后面涂上了一层白粉。空气霉臭而冷冽。奇异的地洞屡屡出现。接着那条通道微微朝上攀升，他俩终于到达尽头，那个计步器标出一千八百八十八码。一扇绿门出现在他俩面前，壁橱门上那把神奇的钥匙令人高兴地一插就插进了绿门的锁眼儿；要不是门那边传来一阵古怪的声音，使我们两位探险家顿住的话，那把钥匙想必就会完成让人顺利推开门的任务。两个可怕的声音，一男一女，时而激动地拔高，时而又沙哑地降低，两人正用赞巴拉西部渔民说的古特尼话对着辱骂。一声可憎的威胁吓得那个女人尖声惊叫。接着突然一阵沉默，随即是那个男人嘟哝出那么一句信口表示同意的简短话语（“好极了，我亲爱的”或是“不能再好了”），这可比先前传过来的话更加阴森可怖。

年轻王子和他的朋友，彼此并没商量就惊慌地掉转方向，计步器狂乱地搏搏跳动，两人拔腿从原路奔回。奥莱格把那三个搁板摆回原处之后，喘着气说，“我的妈哟！”两人奔上楼梯，年轻王子对奥莱格说，“你背上可全都沾满了白灰。”哥儿俩发现包尚和堪贝尔刚下完那盘棋，结果是平局。这时已经接近午饭时间。大人吩咐两个孩子去洗洗脏手。方才冒险时的那阵激动已由另一种兴奋所取代。他俩把门锁上，单独相处。雨滴滴答答的轻叩声不碍他们的事。两人都处于男儿亢奋的状态，发出鸽子那样的呻吟。

我在这个注释里详尽追忆往事，费了不少工夫对往事的来龙去脉和污点进行描述，却在国王头脑里只是一掠而过。某些故人，这里谈到的就是其中一位，都会像这位那样蛰伏三十年而没露面，他们所处的环境在这段时期里也经历了灾难性变化。年轻王子在发现那条秘密通道之后不久便得了肺炎，差点儿死掉，在他陷入昏迷那阵儿，他一忽儿会随着一个亮圆盘儿探索一条没有尽头的隧道，一忽儿又会紧紧抓牢他那发烧熔化的腰腿胯骨。为了恢复元气，他被送到南欧去休养了三个季度。奥莱格十五岁时在一次滑雪事故中丧了命，这倒有助于忘却他俩那次冒险的经历。如今倒需要一次国内革命才使那条秘密通道得以再现。

国王确定那名守卫吱吱嘎嘎的脚步声已经离得很远，便走过去打开那个壁橱。现在里面已经空空如也，只有那一小本《雅典的泰门》赞巴拉译本还躺在旮旯里，底层格子里塞着几件旧运动衣和几双旧运动鞋。脚步声这当儿又转回来了。他不敢再继续察看，赶紧把壁橱门关上。

他分明得在十分安全的短暂时刻里，悄没声儿地完成一系列小动作：进入壁橱，从里面锁上，挪开搁板，打开暗门，再摆回搁板，溜进咧着大口的黑暗，关上暗门，把它锁上。估计这一全过程得需九十秒吧。

他走出房间，进入走廊，那名守卫，一名长得倒蛮英俊却蠢得叫人难以置信的极端分子，顿时朝他走来。“我有点紧急的要求，”国王说。“我想，哈尔，在睡觉之前弹会儿钢琴。”哈尔（如果那真是他的名字）便领他到音乐室去，国王知道奥登一直在那里的一架盖着布的竖琴边值班。奥登是个长着红褐色眉毛、身材魁梧的爱尔兰人，眼下他那个粉红脑袋戴着一顶俄罗斯工厂工人那种鸭舌轻便帽。国王坐在那架贝赫斯坦牌钢琴前丁丁当当弹起琴来；等到他俩单独相处时，他就一边用一只手弹琴，一边嘴里简短地透露发现的情况。“压根儿就没听说过什么通道，”奥登嘟囔道，一脸疑惑，就像一名棋手经人指出该怎样走棋就不会输掉时的神情。国王陛下绝对有把握吗？国王陛下当然有把握。他认为那条通道能让人逃离王宫吗？肯定能行。

可是奥登过一会儿就得离开，因为当晚要去参加演出《人鱼》，他说那是一出至少有三十年没上演过的很精彩的老情节剧。国王说，“我倒相当满意自己这出情节剧哩。”奥登叹息一声，皱紧眉头，慢慢穿上他那件皮外衣。今天夜里可什么也不能干。他如果要求长官让他留下继续值班，那只会引起疑心，而一丁点猜疑都会带来毁灭性后果。明天他会找个机会来察看一下那条新的逃亡之路，如果那真是一条可行之路，而不是一条死胡同，那就好办了。查理（陛下）可否答应在这之前千万先别轻举妄动？“可他们越来越逼近过来啦，”国王说，暗指从画廊那边传来的敲击和撕扯声。“不一定会”，奥登说，“一小时，也许两小时，他们才挪动一寸。可我眼下得走啦，”他眏一下眼，暗示一名严肃的胖卫兵来接他的班。

那个新政权一直坚定不移却相当错误地相信王室的珠宝藏在王宫某处，已经雇用两名外国专家（参见第681行注释）前来协助搜寻。这项美差已经进行了一个月光景。那两名俄罗斯人把议事厅和其他几间宫殿大厅几乎完全拆毁之后，如今已把他们的活儿转移到画廊那一部分，里面陈列着曾使好几代赞巴拉王子和公主着迷的爱斯坦画的一些大型油画。由于没本事画得很像，爱斯坦便明智地局限于画些肖像画免费赠送的传统作风，在这方面他表现出自己是位惊人的错视画派[1]大师，善于在他那些死气沉沉的高贵模特儿周围画些各种花样的物件，而且是怀着极大的热情，运用高超的技巧，安排坠落的花瓣或磨光的框架；相比之下，那些模特儿越发显得死气沉沉。但是，在这类画像当中，爱斯坦还在一些上面采取了一种怪诞的花招：除了用木片或羊毛，金片或丝绒，作为画面上的装饰之外，他还会插入一件实物，而那样东西在别处则是用颜色画的。这种手法无疑是想加强他的画作的实质感和色调感，却显得有点品位不高，不仅暴露爱斯坦的天赋所存在的主要缺陷，而且也揭示这样一个基本事实，那就是说，“真美”既不是纯艺术的主体，也不是它的客体，纯艺术自有它本身独特的真实，跟公众眼中一般的“真实”毫无关系。不过，还是让咱们返回头来谈谈咱们那些技术专家吧，他们正沿着画廊敲敲打打，越来越挨近国王和奥登站着准备分手的那个转弯的地方。那儿的墙上挂着一幅前珍宝保管大臣、老朽的柯奈尔伯爵的肖像画，画中他的手指放在一个刻着纹章的浮雕匣子上，匣子面对观众那一面嵌着一块货真价实的长方形铜片，而且在匣子顶端暗处，那位艺术家用透视法画了一个盘子，上面完美地盛着一个裂成两半的脑子般的核桃仁儿[2]。

“他们来得可真不是时候。”奥登用他的母语悄声说，那名胖卫兵在角落那边相当孤单地行了一个枪托砰的一声碰地

1 trompe l’oeil，一种立体感强而逼真的画法。

2 核桃仁儿（Kernel）跟画像上那位柯奈尔（Kernel）伯爵的姓氏相同。

的军礼。

那两名苏联专家想当然地认为他们会在那块真金属片后面找到一个真正贮藏库，这倒也情有可原。这当儿，他们正在琢磨究竟该把那一小块饰片撬开来好呢，还是干脆把那整幅画卸下来好；不过，我们倒可以稍微抢先一步，叫读者放心，那个贮藏库，一个墙里的长方形窟窿，确实存在，可里面除了有点核桃碎壳儿之外，啥玩意儿也没有。

某处一道铁幕已经升上去，露出一幅油画，上面画的是山林水泽的仙女和睡莲的自然美景。“明天我会给您拿来您的笛子！”奥登用本地方言意味深长地喊道，微笑着招招手，已经消失在薄雾中，退回到远处他那个戏剧世界里去了。

那名胖卫兵领着国王回他的房间，把他转交给英俊的哈尔。时间已经是九点半。国王准备上床睡觉。那名侍从，一个阴阳怪气的无赖，照例给他拿来一杯临睡前喝的掺牛奶的白兰地，拿走他的睡袍和拖鞋。那家伙刚走出房间，国王又把他叫住，吩咐他把灯关上，于是一只胳膊又伸进来，一只戴手套的手摸索着找到开关，把灯关上。窗外远方依然时不时有闪电在颤动。国王在黑暗中喝完那杯酒，把那个平底无脚酒杯放回床头柜，微微当的一声碰到一个钢制的手电筒，这是考虑周到的当局给准备的，以备近来时常出现断电故障时使用。

他睡不着，转过头来望着门底下那道隙缝的亮光。没多会儿，门轻轻开了，那个英俊的年轻狱卒探头进来窥视。国王头脑里霎时闪现一个小小的怪念头，可那个小伙子只是前来通知他的囚犯，说他要到邻近庭院里去跟他的哥们儿聚聚，这扇门在他回来之前得给锁上。不过，这位前国王如果需要什么，可以从窗口唤他。“你要离开多久？”国王问道。“*Yeg Ved ik*〔我不知道〕。”那名守卫答道。“晚安，坏小子，”国王说。

他等待那名守卫的身影进入庭院，另外几个图勒小伙子正在那儿欢迎他参加他们的赌局呐，然后这位国王便在这种绝对保险的黑暗中从壁橱底层里摸索出几件衣服胡乱穿上，一件摸着像是一条滑雪裤，另一件闻着像是一件旧毛线衫。又摸出一双轻便运动鞋和一顶带耳褡的羊毛帽子。接着他便完成心里先前排演过的全套动作。正当他移开第二层搁板时，一样什么小东西当的轻声滚落在地上了，他猜出那是什么玩意儿，就把它拾起来作为避邪的护身符带在身边。

他在没让地洞完全吞没之前一直不敢按手电筒开关，他也经不起万一绊倒而弄出来的响声所造成的后果，因此他只好想办法怎样才能不出差错地从那十八级看不见的台阶下到底层去，结果便多多少少像个胆怯的登山新手那样屁股挨着克隆山长满苔藓的岩石，坐着出溜下去。这时他那手电筒射出的暗光，就是他最亲密的伙伴，奥莱格的鬼魂，自由的幽灵。他体验到一种痛苦和欢愉相掺和的心情，一种脉脉含情的欢欣，这种欢欣他曾经在加冕登基那天体验过，那当儿他走向他的宝座，几小节妙极了的深沉浓郁的乐曲（是谁劳心费神创作的他可一直没查明）传入他的耳中；他还闻到那个弯身扫掉脚凳上一片玫瑰花瓣的漂亮小僮头上搽的发油味儿；

这时他借着手电筒的亮光发现自己穿得真是荒唐可笑极了，浑身上下一码儿红。

那条秘密通道似乎变得更脏了。周围外来的入侵，比起两个穿着薄运动衫和短裤、冻得浑身直哆嗦的男孩儿探查那天更加明显了。阴沟渗下来的水形成的乳色水潭扩展了，一只病蝙蝠像个打着破伞的瘸子，正沿着水边行走。一摊他记得的彩色沙土上还有三十年前奥莱格留下的脚印儿，就像一名埃及儿童的温驯羚羊三千年前在尼罗河流域的蓝砖地上留下而经太阳晒干的脚爪印儿那样不朽。另外，那条通道穿过一座博物馆地基时，不知怎的，出现了一尊从哪里游荡下来的、被放逐处理的、引导鬼魂进入下界的向导墨丘利[1]的无头雕像和一个裂开的巨爵[2]，后者上面显现两个黑人影儿在一个黑手掌下面掷骰子呐。

地下通道最后一转弯，终止在那扇绿色门前；门前随随便便堆放着不少木板，那位逃亡者迈过去的时候没少摔跟头。他用钥匙转动门锁，正想推开门，却被一块挺沉的黑布挡住了。他摸索着布上那些垂直的皱褶，好歹寻找个出口，这时手电筒微弱的亮光眨了眨眼就灭了，他便顺手把它扔掉，隐隐听见它消失在底层，化为乌有。国王伸开两臂戳弄那巧克力味儿的布料皱褶，这当儿尽管存在危险，心里也拿不准身在何处，他

1 Mercury，罗马神话中众神的信使，司商业、手工技艺、智巧、辩术、旅行以至欺诈和盗窃的神，亦是向导。

2 Krater，古希腊和古罗马人用来冲淡酒的一种容器。

却由于自己那阵滑稽可笑的动作，起先还能有所控制，后来竟面对一片狂乱起伏的波浪，不由得想到那其实是舞台上的一道帷幕，自己正像一个紧张的演员徒劳地想横穿过去。就在这十分叫人着恼的当儿，那阵怪诞的感觉，竟在他还没终于挣脱帷幕进入那间灯光暗淡、杂乱无章的*lumbarkamer*[1]之前，就使他解开了那条通道之谜；那个房间原来是王家剧院后台伊丽丝·阿赫特使用过的化妆室。自她死后，那儿依旧保持着原样：一间满是灰尘、阴暗而狭小的房间，跟外边的过道相通，演员们在排练时常会溜达到那儿去。神话剧的好几大块布景靠在墙上，把上面挂着的一大幅灰尘扑扑、丝绒镶边的索古斯国王的御照遮住了一大半，相片上那位国王蓄着浓密的唇髭，戴着夹鼻眼镜，佩戴着多枚勋章，正是那条一公里长的地下通道当年使他得以放肆地跟伊丽丝幽会那个时期的形象。

这位穿着一身鲜红色衣服的逃亡者眨了眨眼就走向过道。那里通往一连串化妆室。一阵暴风雨般的喝彩声从远处传来，随即渐趋消失。另外一些远处的响声表明幕间休息开始了，几位身穿戏装的演员从国王身边走过，他认出其中一位是奥登，后者穿着一件带铜扣子的丝绒茄克衫、灯笼裤和条纹长袜，完全是一身古特尼渔民周末的打扮，手上还紧握着一把他刚用来刺死他情人的硬纸板匕首。“老天爷！”他一看到国王，不禁惊呼一声。

---

1 破旧东西堆藏室。

奥登连忙从一堆戏装里捡出两件斗篷，把国王推向那段通往大街的楼梯那边去。同时，这事在楼梯平台那里一伙抽烟的人当中引起一阵骚动。一个老阴谋家，凭借他奉承讨好几位极端派官员而得到了舞台监督的职位，突然用哆里哆嗦的手指指着国王，可是由于严重的结巴而没能吐出那句愤怒得牙齿格格作响的、认出国王的话。国王连忙拉下帽子两边的耳褡遮住面容——在那段窄楼梯最后一级上差点儿摔个大马趴。外面在下雨。一处水潭映出他那红彤彤的身影。几辆汽车停放在一条横巷里，奥登也一向把他那辆跑车泊在那里。他突然发现车不见了，不免大吃一惊，接着松了一大口气，想起那天晚上他把车停放在另一条邻近的巷子里了（参见第 149 行怪有趣儿的注释）。

131—132 行：我是那惨遭杀害的连雀的阴影，凶手是窗玻璃那片虚假的远景。

这首长诗开首两行美妙悦耳的声调在这里又给重新用上。那种拖长的重复音调由于第 132 行词汇的精巧变化而避免了单调感，其中倒数第二个词汇和韵脚之间的半谐音听起来给人一种倦倦的乐趣，像是某一首不大记得的哀歌的回声，旋律要比歌词更有意义。今天，那片“虚假的远景”所在之地确实已经履行了它那可怕的任务，只有我们现在这首诗里还残存着它旧有的“影子”；我们在读这些诗句时，不禁悟出一些比镜像把戏和蜃景闪光更多的东西。我们在格拉杜斯这个形象中感到厄运的到来，他在自己和可怜的谢德相隔之间，几里几里地蚕食掉那片“虚假的远景”。他本人在急切而盲目的追逐中，也将会遇到一种会把他毁灭的反应。

尽管格拉杜斯利用各种运输工具——出租汽车啦，市郊列车啦，自动扶梯啦，飞机啦——可是不知怎的，人们在心目中看到并感觉到的却总是他一只手拎着一个黑旅行袋，另一手握着一把马马虎虎收拢起来的伞，持续不断地在空中飞行，越过大地和大海。那股推动他的力量，无疑是谢德这首诗本身所起的神奇作用，那种诗体的结构气势，那股强有力的抑扬格动力。这种向前推进的不可阻挡的命运，以前可压根儿也没采用过这样一种给人以美感的形式来表达过（至于那名超凡的流浪汉逼近过来的其他形象，参见第 17 行注释）。

137 行：双纽线

我这部叫人厌烦的旧字典解释它为“一种不可缩小的四切面双圆曲线”。我闹不明白这跟骑自行车又有什么关系，怀疑谢德这个短语根本就毫无真实意义。就跟其他前辈诗人一样，他在这里似乎着迷于求得谐音而误入了歧途。

举个突出的例子，还有什么词汇能比“*coramen*”这个词藻更响亮更华丽，更能使人联想到和谐美和雕塑美？这个词藻其实只是一种粗皮带，赞巴拉牧人用它把自己那份简陋的口粮和破毯子拴在他那几匹最温驯的牛身上，然后驱赶它们到 *vebodar*（高原草地）去吃草。

143 行：一个上弦的玩具

我相当走运居然见到过那个玩具咧！那是在五月或六月份里，一天晚上我到我朋友家去，向他提起他曾经有一次说过家里储存着他爷爷，一个性格古怪的牧师，收集的一批小册子。我发现他正在沉郁地等待几位客人（我相信准是他那个系里的成员和他们的夫人）前来赴宴。他倒挺乐意地带我下到地下室去找找，但是在几堆满布灰尘的书刊当中翻查一阵之后，说他会另找个时间把它们找出来。就是在那当儿，我见到了那个玩具立在一个架子上，位于一个烛台和一个缺了指针的闹钟之间。他料想我大概会认为那是他过世的女儿的玩具，就连忙解释说那玩意儿的年代古老得跟他的岁数差不多。那个男孩儿是个锡制彩色小黑人，侧边有个锁眼儿，宽度不值得一提，两旁只是好歹焊接上的两根细棍儿，前面那个独轮小推车如今已经弯曲损坏。他一边用袖子拂掉上面的灰尘，一边说他是把它当作一种死亡的象征[1]来保存的——因为他在童年时代有一天正

1 原文为拉丁文，*memento mori*。

玩它的时候，忽然发作了一阵古怪的晕厥。希碧尔从上面传下来的一阵喊声，把我们的交谈打断了；不过没关系，反正现在那个发锈的上弦玩具又可以活动啦，因为那把上弦的钥匙如今在我手里呐。

149 行：一只脚在山顶上

贝拉山脉，一条长两百米的崎岖山脉，没有绵延到赞巴拉半岛北端（基本上是由一条不可逾越的运河使之与疯狂的大陆割断了），把赞巴拉分割成两部分，一部分是包括昂哈瓦和其他诸如阿若斯、格林戴尔伍德等城镇的繁华东区，另一部分则是古朴的渔村和优美的海滨胜地的狭长西区。两条柏油公路通往两处海滨：一条旧公路避开险阻，起先沿着东区山坡朝北到达奥戴瓦拉、耶斯勒夫和安伯拉，然后在那个半岛最北端朝西拐弯；另一条新公路则是一条蜿蜒曲折的高质量公路，从昂哈瓦正北穿越山脉向西抵达柏莱格山，旅游小册子上称人们顺着这条公路走可以经历一次“风景优美的旅程”。此外，许多不同地点还有不少小道越过山峦，通往那些均没超过海拔五千英尺的山口关隘；有些山峰高两千英尺，仲夏时分顶峰还积着白雪，其中最高最险峻的是格利特丁山；晴天人站在它的峰顶朝东观望，视线越过惊奇湾，可以辨认出一片朦朦胧胧的彩虹，据说那边是俄罗斯。

我们的两位朋友逃离剧院之后，打算开车沿着那条旧公路朝北走二十英里，然后朝左拐入一条人迹罕见的土路，最终可以使他俩抵达卡尔派主要隐蔽处，一座位于贝拉山脉东西斜坡枞树丛中的男爵城堡。但是，那位警惕的结巴颏子最终还是痉挛地爆出了要说的话；于是各处电话铃声大作；那两名逃亡者还没驶行十几英里，就看到前方暗处忽然亮起一堆火焰，在那新旧两条公路交叉处现出一段至少能把两条路一下子全都挡住的路障。

奥登连忙掉转车头，一见到机会就朝西转入山峦。那条把他俩吞没的又窄又颠簸的小道，经过一个柴棚，到达一处激流，再由一长段吱吱嘎嘎响的木板桥跨越过去，不一会儿，终止在一片经人砍伐而剩下来的凌乱的树桩前。他俩来到了曼戴沃树林边缘。乌黑的天空响起隆隆雷声。

两人抬头观望片刻。斜坡让黑夜和树丛遮没了。一名善于登山的人从这里爬上去——要是能设法从那片黑压压的山林挤过去，走上一条正规小径的话——就可以在黎明时分到达柏莱格山隘口。两人决定就在这里分手，查理奔向那个藏在远方海边洞穴里的宝物，奥登留下来作为诱饵。他说他会耸人听闻地乔装改扮，诱导敌人来一次愉快的追逐，并且跟其他同伙取得联系。奥登的母亲是美国人，出生在新英格兰纽卫镇。据说她是世界上第一位乘飞机打猎的女人，射杀野狼，我相信，也射杀别的动物。

一阵握手，一道闪电。国王便趟进又黑又湿的蕨草丛；那股气味，那种花边缎带般的弹性，那片混合着柔软草木和陡坡之地，不禁使他想起当年曾经在这一带野餐过——在这森林里的另一边，不过还是在山这一边更高一点的地方，当时他还是个小男孩儿，堪贝尔先生在砾石地上扭伤了脚踝，不得不一边抽着烟斗，一边让两名健壮的侍从抬下山去。总的说来，都是些乏味无聊的回忆。附近是不是有间猎舍——就在希尔夫哈尔瀑布那边？射猎松鸡和山鹬——那是他那去世的母亲布兰达王后，一位爱骑马、男子汉气概的王后最喜欢的一项运动。眼下跟当初一样，黑压压的树林里下着密雨，您如果站住，就听得见心脏在怦怦跳，听得见远处激流在轰鸣。现在几点钟了，*kot or*？[1] 他按一下他的打簧表，那只表并不气馁，发出嘶的一声响，便丁当报出十点二十一分。

谁要是试过在黑夜里费劲地爬一个陡坡，穿过蔓藤纠结的不友好的杂草林木，都会理解我们这位爬山的老兄面对多么艰难的任务呵。他坚持不懈地爬了两个多小时光景，让树桩绊倒啦，跌入坑坑洼洼的沟壑啦，紧紧抓牢肉眼看不见的灌木啦，拨开无穷无尽的松柏针叶啦，连身上那件斗篷都丢掉了。他心想是不是最好蜷缩在莽林下层灌木丛里，等到黎明时分再走。忽然前方闪现一点亮光，没多会儿他发觉自己踉踉跄跄地踏上了一块新近刚刈过的滑溜溜的草地。一条狗汪汪吠叫起来。一块小石头在他脚底下滚动。他明白自己挨近了山边一家 *bore*

1 几点钟了？

（农舍）。他也意识到自己一个跟斗栽进了一条烂泥深沟里。

那个满脸皱纹的庄稼汉和他的胖老婆，活像单调乏味的古老传说中的人物，错把这位浑身湿透的逃亡者当成一名离群失散的、性格古怪的露营者了，欢迎他进屋歇一歇，避避雨。他被让到一间暖和的厨房里烘干衣服，还吃上了一顿面包和干酪那种像童话里的美餐，喝上了一大碗山间的蜂蜜酒。他的种种感受（感激啦，精疲力竭啦，舒适暖和啦，昏昏欲睡啦，等等）都是那么显而易见，无须乎再在这里多费唇舌描述。火炉里燃着的落叶松树根噼噼啪啪响着，他坐在炉子熊熊的火焰和一盏小标灯抖动的亮光之间的一把摇椅上打盹儿，失去的王国形形色色的影子都聚集在摇椅周围闪动；那盏带钩形嘴的陶制标灯，很像一盏古罗马灯，挂在一个架子上方，架子上面摆着一些寒碜而花里胡哨的珠子小玩意儿和珠母贝，在他眼里，变成了一群密集的微小士兵在拼死拼活地混战。黎明时分，头一阵牛铃铛声响起时，他醒了，脖颈皱缩酸疼，发现房主人站在外间屋一个自然环境造成的潮湿角落里，就请那位善良的*grunter*（山间庄稼汉）给他指出一条前往隘口最近的路。“我去把懒惰的嘎儿叫醒，”庄稼汉说。

一段粗木楼梯通向阁楼。庄稼汉把他那粗糙的手扶在那粗糙的栏杆上，朝上面黑洞洞的地方粗哑地喊道：“嘎儿，嘎儿！”这个名字尽管男女都能用，严格说来却是个男性小名，国王巴望看到从阁楼里露出一个好似金发小天使那样裸露着双膝的山野小男孩儿，没料到那儿却出现一个披头散发的淘气姑娘，身上只穿着一件长达她那粉红小腿肚那儿的男人衬衫，脚蹬一双过大的粗革厚底皮鞋。没多会儿，就像一场戏里迅速换装换形那样，她再度出现时，尽管黄头发还松松散散而垂直地耷拉着，那件脏衬衫却已由一件脏套衫取代，两腿也让灯芯绒裤子裹住了。她爹让她带领那个陌生人到一处地点，从那里他可以很容易去到隘口。甭管她那圆脸蛋儿上的扁平鼻子想必多么吸引当地的羊倌，一种不高兴的困倦脸色还是损毁了她的容颜。不过嘛，她倒很乐意遵守她爹的嘱咐。庄稼汉的老婆正在厨房里，一边哼着一支古老的小曲儿，一边忙着锅盘碗灶呐。

国王离开之前，问了房主人的名字，得知他叫格里夫，又从兜儿里掏出一枚碰巧带着的唯一的旧金币，请对方收下。格里夫执意不肯收，一边还在谢绝争辩，一边费劲地用钥匙开锁，拉开门闩，打开两三扇挺重的门。国王瞥视厨房里那位老太太一眼，得到她一眨眼表示同意的意思，就不声不响地把那枚金币放在壁炉台上一个紫色海贝壳旁边；那儿有一张彩色图片靠在那个贝壳上面，展现了一位漂亮的禁卫军军官和他那位裸露肩膀的夫人——敬爱的卡尔国王——二十多年前的模样儿；他的年轻王后，一个气呼呼的处女，煤黑的头发，冰蓝的眼睛。

天上的繁星刚刚消逝。他跟随那个姑娘和一条欢快的牧羊犬走上荒山野岭那条簇叶丛生的小道；在高山这一带，曙光犹如舞台上的灯光，使路上的露珠闪现红宝石般的光泽。空气也似乎给上了釉染了色。这条小道沿着悬崖峭壁渐渐朝上攀登，散发的寒气像坟墓里一样冷冽，但是在峭壁对面，那些生长在下层的枞树树顶上，游丝般的阳光正在这儿那儿开始编织温暖的网络；这种温暖在另一处转弯的地方围住了那位逃亡者，一只黑蝴蝶飞舞着落在一处多卵石的斜坡上。小道越来越窄，逐渐下降到一堆杂乱的砾石当中。那个姑娘用手指着前方的斜坡。国王点了点头，说道："那你回家去吧。我要在这儿先歇会儿，然后再独自上路。"

他在一堆矮树丛近旁的草地上坐下，呼吸着新鲜空气。那条气喘吁吁的狗儿在他脚边躺下来。嘎儿头一次露出微笑。赞巴拉的山野姑娘通常都只是些情欲放荡的机体罢了，嘎儿也不例外。她在他身边一安顿下来，便哈腰把厚实的灰毛线衫套过头发蓬松的脑袋脱下来，裸露出她的后背和凝脂般雪白[1]的乳房，同时向她那位发窘的伙伴滔滔不绝地说些成年女人不干不净的刺激语。她正要接着脱光衣服，国王却打个手势制止了她。他站起来，对她的一切好意表示感谢，拍拍那条天真无邪的狗儿。接着，国王便迈着轻快步伐，一次头也没回，径直朝那覆盖着草皮的斜坡走去。

他都走到了一个周围堆着不少大石头的小水潭前，还在格格笑那个小娼妇困惑不解的狼狈样儿呐；多年以前，他从克隆山那岩石累累的边沿到这里来过一两次。这当儿，他通过洞穴拱顶的隙缝——大自然侵蚀的杰作——瞥视那个闪闪发光的水潭。洞穴拱顶低矮，他只好哈着腰下到水边去。在那犹如蓝色

1　法语，*blanc-mangé*，也有牛奶杏仁糕或白肉冻似的意思。

玻璃镜面一般的水面上，他看到自己的猩红色身影，可是真够怪的，乍一看似乎出现了视觉上的幻觉，那个身影并非映现在他脚边，却出现在较远的地方；此外，那个影像还伴有他身子上方突出的一块岩架映出的弯曲的涟漪影子。那个神奇的影像使他陷入一阵紧张情绪，最终那股紧张的应力使水面上的映像一下子绷断了，岩架上那个像他一样穿着红毛线衫、戴着红便帽的幽灵也一转身便消失了，而他这个观察者却纹丝没动。他走到水潭跟前，这次见到水上映出一个真影儿，比刚才那个欺骗他的影子要大得多，也清晰得多。他绕着水潭走了一圈，那个假国王方才站在上面的岩架在蔚蓝的天空衬托下明显地突了出来，可是上面已经空空如也。那种 *alfear*（小精灵引起的无法控制的恐惧）使他左右肩胛骨之间不住颤抖。他低声祈祷一句，在胸前画个十字，便果断地朝隘口走去。邻近山脊高处有个 *steinmann*（为登山纪念而堆起的石堆）扣着一顶羊毛红便帽，在向他致意。他继续跋涉朝前走去，内心却像个圆锥柱子那样朝上顶撞戳痛他的嗓子眼儿；过了片刻，他又站住估计一下形势，究竟从前面的碎石陡坡攀登上去呢，还是沿着右边那条迂回于布满苔藓的岩石当中、长着类似黄龙胆根植物的狭长草地一蹴而过。他最后选择了后一条道，在预定时间抵达了那个隘口。

巉岩险崖使路边的景象变化万千。那些 *nippern*（圆顶山）朝南的斜坡覆盖着岩石野草，有的地方亮，有的地方暗。北面那些渐渐消融的青灰绿诸色的山峦——顶峰披雪的法尔克山啦，雪崩而呈扇形的穆特拉山啦，帕山（孔雀山）和别的山啦——都让又窄又暗的峡谷隔开，棉絮似的浮云穿插其间，好像是待在那些朝后退缩的山脊之间不让它们的侧边相互擦着似的。越过它们，格利特丁山便隐隐呈现在顶后面的一片青色中，锯齿般的边沿像箔片那样闪亮；南面的薄雾遮蔽了更远一些的山脊，它们排成一列无止境的长队，渐渐不同层次而柔和地消失在天边。

隘口到达了，花岗岩和重心都给克服了；但是一段最险峻的路程还在前面。西面那些连绵不断的斜坡，丛生着低矮的灌木，通向下面闪烁的海边。直到这时，山峦一直隔开了国王和海湾；眼下他已经站在顶峰，暴露在阳光直射下。国王便开始下山。

三个小时后，他踏上了平地。果园里有两个干活儿的老太婆慢慢直起腰来，目光紧紧追随着他。他经过包斯考贝尔[1]松林，快要到达布拉威克码头时，忽然有辆黑色警车从一条横道拐弯呼啸而来，在他身边刹住：“这个玩笑未免开得太过分了，”那名司机说。“一百个小丑已经给抓起来塞进昂哈瓦监狱，那位前国王肯定在他们里面。我们这儿的监牢太小，再也装不下更多的国王。下一次再见到一个假扮的家伙，可就要当场格杀勿论啦。你的真名实姓叫什么，查理？”“我是一名英国游客，”国王答道。“好了，不管怎么说，劳驾把你那件红毛

1 Boscobel，虚构的赞巴拉王室的消夏别墅场所。

线衫脱掉。还有那顶红帽子。拿过来！”那名警察把衣帽朝车厢后面一扔，便开车走了。

国王继续朝前走；他把蓝睡衣上身的下摆掖进滑雪裤腰里，倒也轻易地给当成了一件花哨的衬衫。一粒小卵石滚进了他左脚那只鞋里，可他太累了，懒得脱鞋把它抖搂出来。

他认出了那家海滨饭店，多年前他曾经隐名埋姓地跟两名有趣儿的、挺有趣儿的水手在那里吃过一顿中饭。这当儿，几名配备重武器的极端分子混杂在常规游客当中，正在那条排列着盆栽的天竺葵的走廊里喝啤酒；游客里有几位在忙着给远方朋友写信。一只戴手套的手穿过天竺葵递给国王一张美术明信片，他发现上面用潦草的字迹写着：“继续朝瑞穴进发。*Bon Voyage*[1]！”国王便装出随随便便溜达的样儿，走到堤岸尽头。

这是一个阳光明媚、微风吹拂的下午，西边地平线像个发亮的真空吸尘器那样吮吸着人的渴望的心灵。这当儿，国王在他的旅程最关键的时刻，不住地朝四下里张望，仔细观察几个散步的人，试着判断他们当中哪几位可能是化了装的警探，正等待他一跃过那堵低矮的护墙，走向瑞波逊洞穴，就会猛扑过来把他抓住。只有一张染成王家红色的船帆，带点儿人情味地玷污了那片浩瀚的大海。两个黑色小岛，尼特拉和英德拉（意思是“内部”和“外部”），仿佛在剑拔弩张地对话谈判，正由

1 法文，一路平安。

一个站在低矮护墙那儿的俄罗斯游客拍照留影，那人体格健壮，下巴层叠，长着将军那样肉嘟嘟的后脖子。他那位面容憔悴的夫人披着一块漂浮的、花里胡哨的 *écharpe*[1]，用节奏单调的莫斯科话说，“每一次我一看到那种可怕的毁容，就不由得想起尼娜那个男孩儿。战争真可怕！”“战争？”她的伴侣问道。“那想必是一九五一年玻璃工厂那次爆炸造成的——不是战争。”他俩慢条斯理地经过国王身边，朝他方才来的方向走去。那条面对大海的人行道上，有个男人坐在一张长凳上，身边放着一对双拐，正在阅读昂哈拉《邮报》，头版上刊登着身穿军装的极端分子奥登和扮演男性人鱼的奥登两幅照片。看来王宫的守卫压根儿就没把他的身份认出来，这可真叫人纳闷儿。如今当局正悬赏一大笔钱捉拿他归案。海浪有节奏地拍打着卵石。看报人让刚刚提到的那次爆炸残暴地毁损了面容，经过整容外科手术，只导致那张嵌装修补的脸丑陋不堪，部分格局和轮廓似乎改变了，融合了或分离了，就跟人在哈哈镜里显现腮帮子和下巴颏儿全都稀里歪斜那副怪样儿一样。

从那家餐馆溜达到尽头花岗岩那边去，那段不太长的路程的海滩上这时几乎已经空空旷旷：左边远方有三个渔夫正往一条划船上装褐藻色的渔网；紧靠人行道下面有位老太太，身穿一套圆点花纹衣裙，脑袋上扣着一张三角帽式样的报纸（前国王经人发现——），背朝街道，正坐在海滩上一块圆卵石上织

1 法文，披肩。

毛衣。她把两只用绷带包扎的腿伸开在沙滩上面；身旁一边摆着一双地毯织料做的拖鞋，另一边有一团红毛线球；她时不时扽一扽线头，用胳臂肘儿猛地一拽，使那线团打个滚儿，而毛线也就跟着松开一点，那股劲儿是赞巴拉织毛线人用的那种古老方式。除此之外，人行道上有个小姑娘，穿着迎风鼓起来的裙子，笨笨咧咧而精力充沛地哗啦哗啦地滑旱冰鞋。会不会是警方一个侏儒扮成了一个梳辫子的小妞儿呢？

国王等那对俄罗斯夫妇远去，便走到那张长凳前站住。那个面容镶嵌起来的男人折起报纸，正要张口说话前那一秒钟（冒烟和爆炸之间相隔那瞬间），国王认出他原来是奥登。“一经通知即可复原。”奥登边说，边扯自己的腮帮子，展示五颜六色的半透明薄膜怎样粘附在他脸上，按照挤压改变了脸的轮廓。“一个懂礼貌的人，”他又补充道，“通常从不贴近观察一个可怜的家伙毁损了的面容。”“我这是在寻找 *shpiks*（便衣）呐。”国王说。“一整天，”奥登答道，“他们都在这个码头巡逻转悠。眼下他们正在吃饭呐。”“我也饿得慌，渴得很，”国王说。“快艇上有些吃的。让那些俄罗斯人快点消失吧。那个孩子咱们不必担心。”“海滩上坐着的那个娘儿们呢？”“那是年轻的曼戴沃男爵——去年跟别人决斗的那个家伙。咱们走吧。”“能不能把他也带上？”“他不会来的——有老婆和一个娃娃。走吧，查理，走吧，陛下。”“可他是我加冕登基那天，在我宝座边上伺候的小僮啊。”他俩就这样一边交谈，一边走到瑞波逊洞穴。我相信读者诸君一定蛮欣赏这个注释吧。

162行：用他那纯净的口舌，等等

这只是形容一个乡下姑娘羞怯接吻的迂回说法罢了；不过整个这一段落倒具有浓厚的巴洛克风格[1]。我童年时幸福健康，压根儿没犯过谢德所体验的那种昏厥发作之类的病症。他患的想必是一种轻微的癫痫，神经在轨道同一拐弯处同一地点出了轨，一连好几周天天如此，直到那个损坏地点天然修复完好为止。那些紫铜色胸脯的铁路工人，倚着铁锹，目光追随小心滑过去的快车车窗，谁会忘记他们闪亮着汗珠的温厚面孔呢？

167行：有一阵，等等

这首诗（写在第14张卡片上的）第二章，开笔于七月五日他六十大寿那天（参见第181行“今天”那个注释）。噢，我这里笔误了——改成六十岁。

169行：死后复生

参见第549行注释。

1　巴洛克风格，十七至十八世纪流行于欧洲的一种过分雕琢的怪诞的建筑风格，在文学艺术上指以结构复杂和意象新奇而模糊为特征的风格。

171 行：一项大阴谋

国王都逃走了差不多一年光景，那帮极端分子却还深信他和奥登没离开赞巴拉。这种错误只能归咎于那类注定要贯穿于最有权势的暴政全过程当中的愚蠢特征。善良的历史突然使我们那些新统治者有了些嗖嗖呼啸腾空而起的玩意儿玩玩，那些空中飞行器和一切跟它们有关之物真让他们鬼迷了心窍。一位重要的逃亡者如果不乘坐飞机逃跑，那似乎是不大可能想象的事。国王和那位演员走下王家剧院的楼梯之后，没过几分钟，空中和陆地上的每架飞机便都受到了严密监视——这就是那个政府的效率。随后几个星期里，没有一架私人或商业飞机允许起飞；海关对过境旅客的检查也变得极其严格，时间拖得很长，结果搞得国际航班全都决定取消中途在昂哈瓦停留。另外也出了几起伤亡事故。一个载人气球给兴高采烈地击落了，那名驾驶员（一位知名的气象学家）掉在惊奇湾里淹死了。一名从邻国莱普兰德基地驾机起飞执行救济任务的飞行员在浓雾中迷失了方向，受到赞巴拉战斗机的追击骚扰，他只好把飞机降落在一座山峰顶上。干这类事总能找到强词夺理的借口。那些保王派人士一直在密谋制造国王出现在赞巴拉荒野山林里的假象，引诱整团士兵忙不迭地进入我们那崎岖不平的半岛山林中进行搜捕。政府当局还铆足大量荒唐可笑的干劲儿严格甄别数百名给拘捕投入监狱的冒名顶替者。大多数经查明是些搞恶作剧的小丑，便给释放了，恢复了自由；可是，唉，也有少数几位不幸倒下了。随后，在次年春季，从海外传来一则令人目瞪口呆的消息——赞巴拉演员奥登正在巴黎执导一部电影！

现在正确的推测是：奥登要是逃出了国界，那么国王也肯定逃出去了。在极端派政府一次紧急会议上，一张印着大字标题："L'EX-ROI DE ZEMBLA EST-IL À PARIS？[1]"的法国报纸，在一片气氛阴森的沉默中，从这只手传到那只手。宁可说是激怒的报复心理而不是为了国家的战略考虑，促使格拉杜斯为其中一名无名成员的那个秘密组织制定了一项要把那名王家逃亡者消灭掉的计划。真是一帮恶毒的暴徒！他们无异于那伙难忍难熬的恶棍，急想折磨那个出庭作证而使他们终身监禁的正人君子。据闻那帮罪犯狂怒地认为他们渴望用自己的利爪撕扯出他的睾丸的那个逃跑的家伙，如今不是坐在一个阳光明媚的海岛藤架下举办宴会，就是宁静安全地在他膝间爱抚着几个年轻尤物呐——而且还在嗤嗤笑话他们呢！您可以想象那帮家伙得知这种不可饶恕的甜甜蜜蜜的欢乐，真是越琢磨越不是滋味儿，头脑也就随之蛮横而败坏，说真的，还有什么比这种无可奈何的愤怒更叫人痛苦呵。一伙特别忠诚的极端分子，管自己叫做影子派，聚在一起赌咒发誓甭管那位国王今在何处，都要把他找到处死。在某种意义上，他们其实是卡尔派非常相似的孪生兄弟，其中某些人确实有表亲甚至兄弟是国王的追随者。毫

1 法文，前赞巴拉国王在巴黎吗？

无疑问，两派的起源都可以追溯到学生联谊会和军人俱乐部举行的各式各样马马虎虎的宣誓仪式，他们的发展可以从赞成或反对趋附时尚这两种截然相反的态度分辨出来；然而，一位客观的历史学家把一种罗曼蒂克和高尚的魅力同卡尔派联系起来，那么跟它相似的另一派则有必要给人一种绝对有点哥特式风格[1]和凶恶的印象。那个怪物格拉杜斯，一个蝙蝠和螃蟹交配所生的杂种，论年纪，并不比他那个犯癫痫病的同父异母兄弟、玩牌爱作弊的诺杜或那个因试制反物质而失掉一条腿的疯狂的曼戴沃等许多其他影子派成员古怪多少。格拉杜斯久已是各种幼稚的左派组织的成员。他从未杀过人，尽管在他那灰色生活当中有好几次都相当接近于干那种勾当。他后来坚决认为他发现自己被指派去搜寻并谋杀国王，是由纸牌决定给选出来的——不过让咱们别忘记洗牌发牌的那个家伙是诺杜。或许是我们这位老兄的外国血统暗中促成了这一提名，从而免得使任何一个赞巴拉儿子蒙受弑君这一耻辱。咱们可以想象当时那个场面：玻璃工厂附属的试验室里亮着恐怖的霓虹灯，影子派成员那天夜里在那儿开会；那张黑桃 A 摊在瓷砖地上；伏特加斟满在试管里，仰脖一饮而尽；许多只手拍着格拉杜斯圆滚的后背，他便接受众人相当奸诈的祝贺，内心却涌现一股无知的狂喜。我们推测那时刻是一九五九年七月二日零点五分——恰恰也是一位清白无辜的诗人写他生平最

1 Gothic，指以怪诞、恐怖、凄凉、衰败为特征的风格。

后一首诗头儿行那个时辰。

格拉杜斯真是干那种活儿的合适人选吗？可以说也是也不是。当年他迈入青年时代，在一家大而沉闷的硬纸盒制造厂当通讯员时，有一天暗中协助三个哥们儿伏击当地一个男孩子，因为那小子在集市上赢得了一辆摩托车，故而想狠狠揍他一顿。年轻的格拉杜斯找到一把斧子，把一棵树砍倒，树尽管倒了下来，却并没完全挡住他们要捕捉的那个无忧无虑的小伙子常在黄昏时分骑车经过的那条乡间狭路。那个可怜的小伙子名叫劳瑞纳，身材瘦长，样儿娇嫩，骑着摩托车朝那几名无赖埋伏的地点嗖嗖驶来；那伙嫉妒他这种无害的享乐的人想必是恶劣透顶的家伙。说来也真够离奇古怪的，他们躺在那里等待的时候，我们这位未来的弑君者竟在一条沟渠里睡着了，因此错过了那场短暂的殴斗，其间两名袭击者被英勇的劳瑞纳手上戴的指节铜套击倒在地，第三名被摩托车碾过，一辈子成了瘸子。

格拉杜斯压根儿也没在玻璃行当里混出个名堂来，他卖过酒，干过印刷小册子的活儿，可他一再回到玻璃那一行业。他开始制作浮沉子——一种在装满甲醇的管子里上下蹦跳的瓶玻璃小魔鬼玩意儿，在柳絮纷飞那一周沿街叫卖。他还在政府工厂里先当熔制玻璃工，后当玻璃镶色工——我相信，在水手麇集的喧闹而富有特色的卡里克斯哈温市，那个大型公共厕所丑陋不堪的鲜红和琥珀两色玻璃窗，多半应由他负主要责任。他声称是他改进了葡萄种植者和果园主人用来吓唬鸟儿的那种所

谓的 *feuilles-d'alarme*[1] 的闪光和沙沙声。我把一些提到他的注释这样交错安排，结果使得第一个（第 17 行注释，那里简单谈了谈他的其他一些活动）显得顶顶模糊不清，不过嗣后那些注释，随着格拉杜斯逐渐通过时空逼近过来，则变得越来越清楚了。

只有弹簧和螺旋才能使我们这位发条装置的家伙的内心产生活动。人们可以称他为一名清教徒。那呆滞的灵魂里充满一种单调得可怕的厌恶情绪：他厌恶人间的欺骗和不公正。他怀着一种既没有什么话语也不必用话语来表达的木然感情厌恶那两种现象的结合——而这两种品质一向是结合在一起的。那种厌恶，若不是这个家伙不可救药的愚蠢副产品，倒想必是应该值得称道的。他把所有自己不理解的事物一概视作不公正和欺骗性的。他尊崇普通概念，而且是怀着迂腐的执着态度。普遍性是神圣的，特殊性则是邪恶的。一个人穷，另一个人富，究竟是什么把这个人毁了而叫那个人阔了，在他看来，这倒无关紧要，关键在于这种差别本身不公正；这个对此不加谴责的穷人跟那个对此不加理睬的富人都同样邪恶。对事物了解得太多的人，科学家啦，作家啦，数学家啦，结晶学家啦等等人物，并不比国王或神甫强多少：他们手中都掌握一份不公平的权力，而别人则受这种权力的欺骗。一个普通正派的人，应当时刻警惕大自然和街坊邻居的一些诡计多端的欺诈。

赞巴拉这场革命使格拉杜斯心满意足，可也使他不断受到

1 法文，引起鸟儿惊恐的叶片。

挫折。回顾起来，有一件顶顶气煞人的事似乎最有意思，因为那原本属于格拉杜斯期望的那类事物规律的范畴，结果却没办成。一个假冒国王最为出色的人，王牌网球选手朱利叶斯·斯泰恩曼（著名慈善家之子），好几个月一直尽善尽美地模仿敬爱的查尔斯的嗓音在地下广播中发表一系列讲话嘲笑新政府，这可把那帮警察搞得困惑恼怒到极点。后来他给抓住了，接受一个包括格拉杜斯在内的特别委员会的审判，被判处死刑。行刑队笨手笨脚地执行了任务，可是没过多久，那个英勇无畏的小伙子经人发现竟在一家省级医院里养伤复元呐。格拉杜斯一听说此事，火冒万丈，气得少见的勃然大怒——这倒并非因为其中具有王家的阴谋诡计，而是因为这种干净利落、诚实无欺、有条有序的死亡过程竟然受到了一种不干不净、毫不正直、目无法纪的手法干预。他没跟任何人商量就直奔那家医院，冲了进去，在一间拥挤的病房里找到了朱利叶斯，向他连射两枪，都没打中，随后一名身材魁梧的男护士夺下了他的枪支。他气急败坏地奔回总部，又带着十来名士兵返回，可那位病人却已经没影儿了。

这类事真叫人痛恨——可是格拉杜斯又有什么办法呢？乱糟糟的命运一直在参与一个反对格拉杜斯的大阴谋。人们怀着一种情有可原的喜悦心情注意到他的同辈可压根儿也没享受过如此亲自出马、迅速除掉他们的受害者那种绝顶刺激的滋味儿。哦，当然啦，格拉杜斯办事积极，有本事，有用途，经常必不可少。在一个阴冷灰蒙蒙的清晨，绞刑架底层窄台阶上积下的前夜粉末白雪，是格拉杜斯给扫掉的，但是那个得登上那几级台阶的人在这人世间最后见到的那张脸并不是格拉杜斯那张皮革般僵硬的长脸。正是格拉杜斯买下那个廉价手提麻包，一个更侥幸的家伙会在里面安上一枚定时炸弹，把它放在一名前狗腿子的床底下。怎样借助虚假的征婚广告设置圈套，谁也比不上格拉杜斯，可是那位上了钩的阔绰的老寡妇受到求爱之后，却被另一个家伙杀害了。那名下台的暴君赤身裸体，嚎啕大哭，在公共广场上给困缚在一块木板上，由人民把他的肉一片一片零碎切割下来吃掉，把他那活生生的身体各部分在他们当中分配掉（就像我年轻时读过的一个意大利暴君故事的情况一样，那个故事使我一辈子成为一名素食主义者），格拉杜斯却并没参加那种地狱般的切割圣礼：他只在一旁指指点点，该用什么样的工具，并且指导切割。

这一切都理应如此；这个世界需要格拉杜斯。不过，格拉杜斯不该杀害国王。威诺格拉杜斯，也绝不该向上帝挑衅。列宁格拉杜斯也不该把他那射豆子的玩具枪瞄准人民，哪怕是在梦中也不该，因为他如果那样做，一双巨大厚实、毛茸茸得出奇的胳膊，就会从他身后一把紧紧抱住他，使劲挤压，挤压，挤压。

172 行：人们和书本

我侥幸带在身边的一个黑皮儿笔记本里，有我摘录的各式各样碰巧使我喜爱的词句（一个从鲍斯威尔的《约翰逊博士传》中摘下来的脚注啦，那些刻在华兹史密斯校园著名林荫道树木上的题词啦，一句圣奥古斯丁[1]的语录啦，等等等等），我发现其中这儿那儿还草草记下了我收集的一些约翰·谢德的堪称典范的谈话，为的是一有机会就在那些可能会对我跟诗人那种友谊感兴趣或咬牙切齿生气的人面前炫耀一下。我相信，他和我的读者都会原谅我在这儿打破这些注释有条不紊的进程而让我这位了不起的朋友亲自发表一些个人意见。

提到书评家时，他说："我压根儿也没对刊印出来的赞扬表示过感谢，尽管有时我也恨不得拥抱一下这位或那位慧眼识英雄的好人那种光辉形象；而且我也压根儿没费心把身子探出窗外，把我的垃圾渣子倒空在某一位可怜的雇佣文人的脑袋瓜子上。我一向采取不偏不倚的态度看待诽谤毁誉和热烈赞许。"金波特："我猜想您漠视这两方面，是因为您把前者看成是个傻瓜在喋喋不休，而把后者只当作一个好心人的一种友好举动罢了，对不对？"谢德："一点儿也不错。"

谈到那个臃肿不堪的俄语系的头头普宁教授，一个把下属管得严极了的家伙（波特金教授幸好在另一个系里任教，没有隶属于那个怪诞的"凡事求全者"）："俄罗斯有那么多了不起的幽默作家，诸如果戈理啦，陀思妥耶夫斯基啦，契诃夫啦，

1 St. Augustine（？ —604），罗马本笃会圣安德烈隐修院院长，五九七年率领教团到英格兰，使英格兰皈依基督教，同年任英格兰坎特伯雷首任基督教大主教。

左琴科[1]啦，还有伊里夫和彼得罗夫[2]那些天才的合著者，俄罗斯知识分子却居然那么缺乏幽默感，也真是咄咄怪事。”

谈起我们俩都认识的某一位挺壮实的熟人那种粗俗的举止时：“那家伙就跟露天烤肉的大师傅那件围裙一样脏里巴唧。”金波特（嘻嘻直笑）：“妙极了！”

谈论学院里讲授莎士比亚时：“首先，不要光谈什么思想啦，什么社会背景啦，而应当训练一年级大学生在《哈姆雷特》或《李尔王》的诗意面前颤抖陶醉才是正理，教他们用脊椎而不是用脑壳来阅读。”金波特：“您特别欣赏那些辞藻华丽的章节，对不对？”谢德：“对，我亲爱的查尔斯，我在它们上面由着性儿打滚儿，就跟一条感恩的杂种狗在一块让一个了不起的丹麦人[3]弄脏的草皮上打滚儿一个样儿。”

关于学生的作业：“我一般总是宽宏大量〔谢德说〕。不过也有些小错儿我不能宽恕。”“举些例子看？”“不读指定必修的书啦。像个白痴那样瞎读一通啦。从中寻找象征啦，比如：‘作者用绿叶这个显著的形象，是因为绿色乃幸福和挫折的象征。’我也惯于给学生打个灾难性的低分，如果他使用‘朴素’

---

1 Mikhail Zoshchenko（1895—1958），俄罗斯讽刺作家，主要讽刺现实生活中的庸人。一九四六年出版的短篇小说集《猴子奇遇记》遭到当局谴责，被前苏联作协除名。逝世后，作品仍大量再版和畅销，表明他仍拥有读者。

2 Ilf（1897—1937）和 Petrov（1903—1942），俄罗斯两位幽默作家，他俩在二十年代末和三十年代的亲密的文学合作，产生了大量著名的讽刺作品。一九二八年出版合作第一部成果集《十二把椅子》，另有《金牛犊》、《一层楼的美国》、《冬尼亚》等幽默作品。

3 指哈姆雷特。

或‘真诚’这类字眼儿来称赞，比如：‘雪莱的风格一向很朴素而美好’，或者‘叶芝总是真诚的。’这种情况十分普遍；我一听到某位评论家说起某位作家真诚，我就明白不是那位评论家就是那位作家准是个蠢货。”金波特：“可我听说高中都在教导这样的思维方式啊？”“所以说，扫帚就应该打那儿开始扫起。一个孩子该有三十位专家教他三十门学科，而不是由一个烦恼疲惫的古板女教师拿一张稻田相片给学生看，告诉他这是中国，因为他对中国什么的根本就一无所知，而且也闹不清经度和纬度之间的区别。”金波特：“对，我同意您的看法。”

181 行：今天

也就是一九五九年七月五日，三一节[1]过后的第六个星期日。谢德在“一大清早”（注明在第 14 张卡片顶端）开始写第二章。全天他都在断断续续地写（一直写到第 208 行）。大部分傍晚和一部分夜间则用于他喜爱的那些十八世纪作家称之为“人间喧闹和虚荣”的社交活动。最后一位客人（骑着自行车）走掉，烟灰缸给收拾干净，窗户全都暗了两三个小时光景之后，半夜三更左右，我从楼上浴室窗户望过去，看到诗人已经回到他那小窝似的书房淡紫色灯光下的书桌前，这段深更半

1　Trinity Sunday，基督教圣灵降临节后的星期日，即复活节后的第八个星期日。

夜的操作使这一章写到了第 230 行（第 18 张卡片）。一个半钟头过后，天蒙蒙亮，我又走进浴室观望，发现灯光转移到卧室那边去了，我宽慰地笑笑，因为根据我的推算，自从第 3999 次起观望以来，只过去了两夜——不过累点倒也没啥关系。几分钟过后，对方窗户里的灯光全灭了，一片漆黑，我便上床睡觉。

七月五日中午，格拉杜斯在另一半球，拿着一本法国护照，在昂哈瓦机场经大雨冲刷过的碎石铺的柏油停机坪上，走向一架开往哥本哈根的俄罗斯商业飞机，这一行动跟谢德一大清早（大西洋沿海地区时间）开始创作或已在床上打好腹稿而坐下来写第二章头几行这档子事，在时间上恰好同步进行。过了差不多二十四小时之后，谢德写到第 230 行那当儿，格拉杜斯在我们驻哥本哈根领事那座避暑别墅里睡个好觉，精神恢复之后，一位重要的影子派人士便带领这位影子派成员走进一家服装店，好使他跟后面（第 286 行和第 408 行）注释里对他衣着的描述相符。今天，我的周期性偏头痛又犯得很厉害。

至于我个人的活动嘛，恐怕从各个方面——感情上也好，创作上也好，社交上也好——来说，都显得叫人非常失望。那一连串倒霉的事从我做那头一件好事的前夜起便开始了。一位年轻朋友——我那乒乓球桌第三名候选人，多次非同小可地违反了交通规章而被吊销了驾驶执照，我便自告奋勇，好意地开我那辆马力十足的克莱斯勒送他回到区区两百公里开外他父母的住宅，结果在一个通宵晚会的过程中，我陷进了一群陌生人——小伙子，老帮子，香水味儿浓得叫人厌烦的姑娘——当中，还有烟火啦，户外烤肉的腾腾烟雾啦，喧闹的嬉戏啦，爵士乐啦，黎明时分下水游泳啦，我就在这样一种乱糟糟的氛围里彻底跟那个傻小子失去了联系，无奈地被迫跳舞唱歌，卷入跟那个男孩的叔伯婶姨众多亲戚那种想象得到的、令人厌烦透顶的叽叽喳喳唠唠叨叨的谈话，最后在那么一种不可思议的方式下，我发现自己又被转移到另一座不同的住宅里另一种氛围不同的聚会，玩了一阵没法形容的客厅游戏，我的胡子差点儿让人剪掉，随后吃了一顿水果米糕之类的早饭，由那位姓氏不明的主人———一个身穿小礼服和马裤、醉醺醺的老傻瓜——跟跟跄跄地带着我转了一圈他的马厩。后来，我总算找到了我那辆汽车（它被开出了马路，停放在一处松林里呐），从司机舱座底下揪出两件湿了巴唧的游泳裤和一只女孩子的银色拖鞋。一夜之间，车闸就不灵了；我开车没走多大工夫，汽油就没了，被迫滞留在一条荒凉的道路上。我返抵阿卡迪时，华兹史密斯学院悦耳的钟声正报傍晚六点，我赌咒发誓今后再也不让人这样套住啦，天真地指望跟我的诗人共度一个安静的夜晚以求慰藉。直到走进门厅看见我先前放在一把椅子上那个系着缎带的扁平硬纸盒，我才意识到差点儿错过了谢德的寿辰庆祝。

没多久以前，我曾经在他的一本书的护封上注意到了这个生日日期，琢磨过他早餐时那副衣着破旧的邋遢样儿，戏耍地用我的胳膊量过他的胳膊，在华盛顿买下一件华丽无比的丝制晨袍，一件适合日本封建时代武士穿的真正东方色彩的龙袍。

那个硬纸盒里装的就是那样东西。

我连忙脱掉衣服，一边哼着我最喜爱的圣歌，一边冲个淋浴。我那位多面手花匠，一面适应我的急需给我搓背按摩，一面告诉我谢德家那天夜里要举办一次盛大的“自助餐”宴会，布兰克参议员（新闻中常报道的一位坦率直言的政治家，约翰的一位表亲）将会出席。

对一个孤孤单单的人来说，这当儿再也没有什么比即兴前去参加一次生日宴会更吸引人了，何况我认为——不，我确信——我那没人接的电话一定响了整整一天的铃声，于是我便愉快地拨了谢德家的电话号码，对方接电话的当然是希碧尔。

“*Bonsoir*[1]，希碧尔。”

“哦，你好，查尔斯。出外玩得挺痛快吧？”

“嗯，说老实话……”

“听我说，我明白你要跟约翰说话，可他眼下正休息呐，我也忙得不可开交。他会给你回电话的，好吗？”

“什么时候——今天晚上？”

“不，我想大概是明天吧。哦，门铃响了。拜拜！”

怪事儿。她家里眼下除了有那个女仆和那名厨师之外，还雇了两个穿白大褂儿的仆役，干吗非得希碧尔本人去应门不可呢？一种虚假的自尊心不容许我去干原本应该干的事——把我那件王家礼物夹在腋下，庄严阔步地走向那家不好客的住宅。

1　法文，晚上好。

天晓得会遇到什么样的接待——说不定会在后门给赏一杯厨房里的雪利酒。我仍然巴望这只是个误会，谢德会打电话过来。真是一阵难忍难熬的等待呵，我一会儿站在这个窗口，一会儿站在那个窗口，独自斟饮一瓶香槟酒，唯一对我产生的后果是一种糟糕透了的 *crapula*（宿醉）。

我从窗帘皱褶后面，从一棵黄杨树后面，目光穿透傍晚的金色薄雾，穿透黑夜乌黑的网眼，一直守望着那块草坪，那座住宅前的车道，那扇大门上的扇形灯，那些珠宝般明亮的窗户。七点一刻，太阳还没完全落山，我听到首位客人到来的车声。噢，接下来那些贵宾我个个儿都看到了。我看见那位年高德劭的苏顿博士，一位头发雪白、脑袋椭圆、身量矮小的完美绅士，跟他的高个儿女儿斯达尔太太——一位丈夫死于战争的寡妇——开着一辆晃晃悠悠的福特来到；我看到一对夫妇，后来我才有幸认识是寇尔特先生，一名当地的律师和他的老婆，他们那辆跌跌撞撞的凯迪拉克先有一半闯进我住宅前面的车道，然后再车灯一闪一闪地慌慌张张朝后退到对面去。我看到一位举世闻名的老作家，被他那文学荣誉和自身多产而平庸的才能那种沉重负担压得弯了腰，从前他和谢德曾是一份不起眼的文学评论刊物的联合编辑，如今总算从那黯淡无光的时代熬出头来了，乘坐一辆出租汽车前来。我看到那个经常给谢德家干些零碎活儿的弗兰克，开着那辆客货两用车离开了；我看到一位退休的鸟类学教授把他的汽车非法停放在公路上，自个儿慢慢溜达过来；我看到那位主办过莫德姑妈最后一次画展的艺术赞助人，由她一位长得像小伙子那样英俊、头发乱蓬蓬的女友陪伴，安坐在她们那辆普莱克斯微型汽车里；我看到弗兰克又转回来，带来了纽卫镇那位古董商、半瞎的卡普伦先生和他的夫人——一个目光鹰般锐利的老婆子；我看到一名韩国研究生身穿小礼服，骑着自行车来到，学院院长身穿一套松松垮垮的西服，徒步走来；我还看到那两个来自旅馆学校的穿白大褂儿的青年，而且认出那个较瘦一点的我很熟悉，十分熟悉，他俩在执行礼仪任务，穿梭在亮处暗处，从这扇窗户前走到那扇窗户前，就像两个火星人似地忙个不停，马提尼酒[1]和高杯酒[2]交错来回。最后，八点半那当儿（我料想那位女主人已经开始像惯常等得不耐烦时那样啪啪按响自己的每个指头关节），一辆尺寸挺长的高级黑色轿车，光溜溜的官方色彩，煞气阴森，滑进那条车道光环；那名黑人胖司机忙着打开车门时，我怜悯地看到我们的诗人出现在门口，上装翻领纽孔上别着一朵白花，酒喝得满面通红，龇牙咧嘴地露出欢迎的笑容。

次日清晨，我一看到希碧尔开车出门去接那个不睡在他们家里的女仆露碧，便拿着那个包得挺漂亮、由于送晚了而显出有点抱怨样儿的硬纸盒走到对面去。我在他们车库前面的地上发现一个 *buchmann*，一小堆从图书馆借来的书，显然是希碧尔忘在那儿了。我受好奇心的驱使，弯腰看一眼：大多数是福

1 martini，一种杜松子酒、苦艾酒等混合而成的鸡尾酒。

2 Highball，用威士忌或白兰地等烈酒掺水或汽水和冰块制成的饮料，盛在高玻璃杯内饮用。

克纳先生的大作；转瞬间，希碧尔回来了，车胎在砾石地上嘶地一声刹住在我身边。我便把我的礼物和那些书，整整一大摞全放在她的膝头。多谢我的好意——可那个硬盒子是什么啊？只是送给约翰的一件小礼物。一件小礼物？咦，昨天不是他的生日吗？哦，是啊，可是过生日毕竟不过是一种习俗罢了，没什么意思，对不？习俗也罢，没意思也罢，昨天可也是我的生日——仅仅在年龄上相差了十六年，就是这样。哎呀，真没想到！祝贺你，祝贺你生日快乐。昨天的宴会开得怎么样？嗯，那种宴会什么样子，你心里也有数（这当儿我伸手往兜儿里掏摸另一本书——一本她料想不到的书）。是啊，都来了什么贵客啊？噢，还不是那些你已经认识一辈子因此不得不每年请一次的朋友，像当年跟我们一块儿上中学的班·卡普伦和迪克·寇尔特那帮人啦，那位住在华盛顿的亲戚啦，还有你和约翰都认为他的小说虚假得厉害的那位作家。我们没邀请你，是因为我们晓得你会觉得这类事儿多么单调乏味。真没想到这就是我留给他们的印象。

“谈到小说，我倒要说几句，”我开口道，“您该记得咱们，您、您的老伴和我，有一次认为普鲁斯特那部粗糙的佳作是个庞大而恐怖的神话故事，一个梦，完全跟法国任何历史时代任何可能有的人都沾不到一点边儿；也是个关于两性的 *travestissement*[1]，一出绝妙的笑剧，富有天才的词汇和诗意，别

---

1 法文，滑稽模拟。

无他意；那些叫人难以置信的粗鲁无礼的女主人，请让我说下去，那些更加粗鲁无礼的客人，陀思妥耶夫斯基式的老一套喧闹和托尔斯泰式的微妙的势利一再重复而扩展到叫人难以忍受的长度，可爱的海景啦，令人感伤的林阴道啦，请别插嘴，容我说下去，那种亦明亦暗的效果堪与那些最伟大的英国诗人作品的效果相媲美，一簇簇隐喻被人——我想，大概是科克托[1]——称作一种‘空中花园的幻景’，另外，我还没说完呐，一场发生在一个年轻的金发恶棍（那个虚构的马塞尔）和一个不大可能存在的*jeune fille*[2]之间的恋情简直让人觉得味同嚼蜡，牵强附会，而且荒谬得很，那个姑娘有贴上去的假乳房，渥伦斯基[3]（和列文[4]）那种厚实的脖颈，一张丘比特的屁股那样的脸蛋儿；但是——现在让我悦耳动听地把话讲完——我们错了，希碧尔，我们错在否认那个矮个子*beau ténébreux*[5]有那种唤起‘人情味儿’的能力：都在那儿呐，都在那儿呐——也许有点十八甚至十七世纪的风格，不过都在那儿呐，请浏览，蜘蛛啊[6]，反复浏览，这本书〔把书递过去〕，您会发现书里夹着我当年在法国买的一个漂亮书签，我

---

1 Jean Cocteau（1889—1963），法国诗人、小说家、戏剧家，作品有诗集《好望角》，小说《调皮捣蛋的孩子们》，剧本《爆炸装置》等。

2 法文，年轻姑娘。

3 4 Vronski, Lyovin，均为托尔斯泰《安娜·卡列尼娜》中的人物。

5 法文，阴郁的花花公子。

6 此处是一文字游戏，反复浏览（Redips）一词颠倒过来拼写则成蜘蛛（spider），也有指责希碧尔为蜘蛛之意。

想让约翰保存。*Au revoir*[1]，希碧尔，我得走啦。我的电话好像在响呐。”

我是个很狡猾的赞巴拉人。以备万一用得上，我总在兜里揣着巴黎七星诗社丛书一九五四年版的普鲁斯特那部作品第三卷，也就是末一卷，我在第269—271页上勾出一些段落。德·莫特马尔夫人举办晚会，决定不把德·瓦尔古夫人列入她所“挑选的客人”名单中，打算次日给她写封短信，说“亲爱的伊迪丝，我很想念你，昨夜我没十分期望你来（伊迪丝纳闷儿：她根本没请我，怎么可能期望我去呢？），因为我晓得你对这类晚会不会太感兴趣，甚至可以说正相反，那会叫你厌烦咧。”

关于约翰·谢德最后一次过生日的盛况，就说这么多了。

181—182行：连雀……蚱蝉

第1至4行和第131行里那只连雀又来到我们身边。它还会在这首长诗末一行里出现；另一只蚱蝉撇下它的空壳，会在第236至244行里扬扬得意地鸣叫哩。

1 法文，再见。

189 行：斯达奥沃·布卢[1]

参见第 627 行注释。这个姓氏倒叫人想起王室追鹅游戏，可这里却用涂了漆的锡制小飞机玩意儿追着玩：毋宁说是一种白费力气的追逐，根本就追不着（接着往下看 209 那一小方块）。

209 行：逐渐的衰朽

时空本身就是衰朽嘛；格拉杜斯朝西飞行；他已经抵达灰蓝色哥本哈根（见第 181 行注释）。后天（七月七日）他将前往巴黎。他已经飞速穿过这首诗，不见了——目前又使我们的篇幅黯淡无光。

213—214 行：一则三段论

这则三段论没准儿会使小孩子高兴。我们后来在生活中才认识到其实我们自个儿就是那些“别人”。

1　斯达奥沃·布卢（Starover Blue）这个姓名读起来有“蓝天那边的星”（Star over blue）之意，暗喻国王已逃至天边外。

230行：家中的一个鬼魂

我最近到芝加哥去拜访过谢德的前任秘书珍·普罗沃斯特，她告诉我不少关于海丝尔的事，比她爹说的还要多；谢德总是不大愿意提起他那已故的女儿，而我先前也没预见到今天会干这种探索并评论他人的活儿，根本就没竭力要求他谈谈这方面的事，好让他向我倾诉衷肠。说真的，他倒在全诗这一章里相当彻底地吐露了真情，把海丝尔描绘得颇为清楚完整，也许是为了照顾严谨的结构而有点过分完整了，不免让读者觉得，如此详尽扩展却把别的更丰富多彩、更珍贵的事都给排挤掉了，造成了损失。但是，作为一名注释者，甭管他该收集并传达的资料多么枯燥乏味，都应该责无旁贷地把它们披露出来，因此就有了这个注释。

看来那是在一九五〇年初，那起谷仓事件（参见第347行注释）则要到很久以后才发生呢，十六岁的海丝尔卷入了一种持续长达近一个月之久的骇人听闻的“心灵致动”[1]现象。最初，人们揣测那个敲击作响搞恶作剧的鬼有意让人相信那种骚动是刚死不久的莫德姑妈的鬼魂干的；头一个活动起来的物件是她生前豢养的一条半瘫痪的匐狗[2]（我们国家称之为“垂柳狗”）所用的那个竹篮子。希碧尔在那个畜类的主人一

1 psychokinetic，又称远距致动，心灵学术语，认为精神集中于远处之物体，使之转动或发生变化，如转骰、翻牌等。

2 Skye terrier，或称斯凯㹴狗，一种苏格兰种的长毛短腿狗。

住进医院就把它消灭了，惹得海丝尔捶胸顿足，伤心得狂怒不已。一天上午，那个竹篮子突然从那间“保持着原样”的圣所（参见第90—98行）里窜出来，沿着走廊飞行，经过谢德正在里面干活儿的书房那扇敞着的门前；他看到那个篮子飕的飞过，把里面装的寒伧的东西——一块破烂的盖布啦，一根橡皮骨头啦，一部分褪色的褥垫啦——统统抖落了出来。第二天，这种行动现场转移到了餐厅，那里挂着的一幅莫德姑妈的油画（《柏树和蝙蝠》）竟给翻了个个儿，画面冲墙了。另外一些怪事儿接踵而至，诸如她那本剪贴簿（参见第91行注释）自行飞了一小段路程；当然还有各种敲敲打打声，尤其是发生在那间圣所里的响声，无疑会把隔壁卧室里安安静静睡觉的海丝尔吵醒。但是，那个搞恶作剧的鬼很快就想不出什么跟莫德姑妈相关的主意了，于是就变得不拘一格。在这种情况下，所有局限于物件玩出的各种无聊陈腐的把戏，全在这次事件中给发挥出来了。厨房里的平底锅自行当的一声掉在地上啦；冰箱里发现一个（也许还冻得不大结实的）雪球啦；希碧尔有一两次看到一个盘子就像人扔铁饼那样飞起来，安全地落在沙发上啦；住宅里四处的灯不断自行亮起来啦；椅子都自动摇摇晃晃地聚集到那个无路可通的餐具室里去啦；地板上发现一段儿神秘的绳子啦；半夜三更肉眼看不见的一群狂欢暴饮的人从楼梯上踉踉跄跄走下来的响声啦；冬天一个清晨，谢德起床后看看外边天气如何，竟发现他书房里那张小桌令人震惊地立在户外雪地上呐（这倒也许使他在写第5—12行诗时起了点儿潜意识作用)，上面放着的他那部像圣经一样宝贵的韦伯斯特字典居然给翻到“M”[1]字头那一部分。

我料想谢德夫妇，要么至少是约翰·谢德，在那段时期里体验到一种怪不稳定的感觉，仿佛运行得很平稳的日常生活有一部分脱了钩似的，你会发觉汽车的一个轮胎在你身旁滚过去，或者方向盘脱落了。我那位可怜的朋友不由得回想起自己童年时代那种突发的昏厥，纳闷儿这是不是通过传宗接代而保留下来的同一毛病的新遗传变种。试图把这些丢脸的可怕现象瞒住左邻右舍，并不是谢德最关心的事。他只是有点担惊受怕，内心撕扯着，充满一种怜悯的感情，因为他们那个爱激动、虚弱、笨手笨脚而又挺古板的姑娘，看来对这些现象与其说害怕、倒不如说更感到有趣儿；谢德和希碧尔毫不怀疑在某种特殊意义上她就是这种骚动的代理人；他们把这些骚动看成是体现(容我这里摘引珍·普说的原话)“精神错乱的一种外延或发泄”。他们对此没有什么办法可想，部分原因是他们厌恶现代巫术般的精神病学，主要却还是因为他们怕海丝尔，怕伤害她。但是，他们跟学识丰富的老派学者苏顿博士进行了一次秘密交谈之后，心情便显得好多了。接着，他俩就考虑迁居，要么更加确切地说，彼此经常大声谈论这件事，好让一个可能会偷听的人听到，结果那个魔鬼便突然一下子不见了，就

1 莫德(Maud)姑妈的名字是以“M”字母打头的。

跟莫斯科维[1]冷冽的狂风，跟我们东海岸三月里猛刮的飓风那样一下子收敛了，接下来的清晨，你便听到鸟儿的啾啾声，旗帜松垂不动，人间一切又各安其位。那种怪现象彻底消失了，即使没让人忘记，也至少不再有人提起；然而，多么古怪的是我们居然没有察觉那个从一个神经质孩子的虚弱躯体蹦出来的赫拉克勒斯[2]和莫德姑妈那吵吵闹闹的鬼魂之间存在着一种神秘的相似迹象；多么古怪的是我们一味相信首先提出来的解释，就在推理上感到心满意足了，殊不知科学现象和超自然现象，体力上的奇迹和精神上的奇迹，都像所有上帝之道那样令人费解。

231 行：多么荒唐可笑呵，等等

草稿上（注明日期为七月六日）在这里分叉出一段漂亮的异文，其中有一处出现了一个奇怪的空缺：

古怪的冥界住着所有我们的死产儿，
宠物复活了，病人也成长得十分好，
在到达那里之前已经泯灭无存的人：

1 moskovett，俄国古称，原为一二七一年以莫斯科为中心而建立的封建大王国，逐渐并吞周围的公国，完成统一大业。

2 Hercules，罗马神话中主神宙斯之子，力大无穷，曾完成十二项英雄事迹。

可怜的斯威夫特老头儿，可怜的——，可怜的波德莱尔

那一个破折号究竟代表什么呢？除非是谢德想给予“波德莱尔”这个姓氏中那个无音的“e”以诗韵上的音值，这一点我敢保证他决不会在写英诗时这样做（试比较第501行的“拉伯雷”），那么这里需要填补上的那个姓氏就得符合抑扬格韵律，顿挫合拍。在人所共知的那些变成疯子或者陷入老年痴呆而成了傻子的知名诗人、画家和哲学家等等人物当中，我们倒是可以找到许多合适的人选。谢德是否由于这类人物过于庞杂而没法做出合乎逻辑的选择，就干脆留出空白，而依赖那种帮助诗人摆脱困境的神秘力量在它自行认为合适的时候再把它填上呢？要么另有别的缘故——某种模糊的直觉，某种预知的顾虑，不许可他写下那个著名人士而又恰好是他的亲密朋友的姓氏？或许他不愿冒风险，因为家中那位读者可能会对他打算提出来的那个姓氏表示反对？真要是到了这种地步，那又何必非要在这段凄凄惨惨的上下文里提起那个姓氏不可呢？大脑里那种隐晦的想法真叫人捉摸不透呵。

238行：翠绿空壳

我明白这是一个长成的蝉蜕留在树干上的半透明空壳儿，它自己已经爬上树干露了出来。谢德说他有一次在三百名学生

的课堂里问大伙儿，结果只有三位知道蝉长得什么样儿。一些无知无识的移民管它叫做“蝗虫”[1]，那当然只是蚱蜢；拉封丹那首诗*La Cigale et la Fourmi*[2]的好几代英译者也都犯了同样错误（参见第243—244行）。那个蚱蝉的姐妹篇，那只蚂蚁，将被嵌在琥珀里，永垂不朽。

我们俩经常在傍晚一边散步，一边漫谈，次数不算少，（根据我的记载）六月里至少有九次，七月份头三个星期里却骤减至两次（不要紧，这会在别处给我找补回来的！）。我的朋友在这种时刻时常有点卖俏地用他那根拐棍儿尖端指出各种稀有的自然物种。他乐此不疲地依靠这些例子说明我们这个在阿巴拉契亚海拔一千五百英尺高的特殊地点，这个加拿大地带和偏南地带离奇混合的地区，照他的话来说，“争取到了”南北各类鸟儿、昆虫和植物相聚一堂的大杂烩景象。就像大多数文学界著名人士那样，谢德似乎也并没意识到一个终于把他这样一位难得见到的天才垄断过来据为己有的谦卑仰慕者更感兴趣的是跟他谈论文学和人生，而不是听他讲什么出现在纽卫镇的“黛安娜”（大概是一种花儿）和“亚特兰蒂斯”（大概又是另一种花儿）之类的劳什子。我特别记得（七月六日）一次傍晚的漫步十分惹人恼怒，那本是我们的诗人怀着崇高而慷慨大方的心情赏给我的，以便补偿前次对我的伤害（参见，反复参见，第181行注释），回报我送给他的那

1 美国人其实把蝉也叫做“Locust”（蝗虫）。这里暗指金波特的无知。

2 法文，《蚱蝉和蚂蚁》。

个小礼物（我料想他压根儿就没穿过），而且也得到了他那位贤内助的批准，她本人还赏脸陪我们俩走了一段到杜尔威奇树林去的路呢。谢德一直狡猾地离题闲扯自然史，以此来回避跟我谈正事儿，而我则那么歇斯底里地、急赤白脸地、难以控制地非常想知道他在近四五天里究竟已经在诗中写了赞巴拉国王奇遇的哪些部分。我那一贯的缺点——太强的自尊心，阻碍我直截了当地提问以逼他答复，不过我尽量扯回到自己先前谈过的话题——王宫逃亡啦，山中奇遇啦——上面去，好迫使他好歹坦诚交代一点儿。人们总以为一位诗人在创作一首艰难的长诗过程中，一遇机会就会侃侃而谈他的成就和磨难。其实根本就不是那么一回事！我无限小心而温和地发问，得到的却只是哼啊哈的答复："嗯，进行得还可以"，或者"噢，实在不好说"，最后干脆拿阿尔弗烈德国王[1]一桩相当令人生厌的轶事来搪塞，毫不客气地拒绝回答我的问题，据说那位国王喜欢听他的一名挪威侍从讲的故事，可是忙着干别的事情的时候就把他轰开："噢，老套子又来了，"粗鲁的阿尔弗烈德会对那个文文雅雅的挪威人这样说，后者是来把他说过的一则挪威神话再精心编制一个不同的讲法讲给国王听："噢，老套子又来了！"可是后来竟产生这样一个后果，天哪，一位传奇的流亡者，一个受主感悟的北方吟游诗

1　King Alfred（849—899），又称阿尔弗烈德大王，英格兰西南部撒克逊人的韦塞克斯王朝国王。在位期间多次领导抗击丹麦的入侵活动。他颁布法典，组建海军，同时也对文化极感兴趣，首创古英语的散文文体，并编写《盎格鲁–撒克逊编年史》。

人，今天的英国学童竟然只知道他那浅薄的诨名：老套子！

不过嘛！在后来的一个场合，我这位任性而惧内的朋友倒亲切友好得多（参见第802行注释）。

240行，那个在尼斯的英国佬

一九三三年的海鸥当然都死了。不过，您在《伦敦时报》上登一则声明，也许还能得到那位喂海鸥的善人姓名——除非那人是谢德杜撰的，那就另当别论了。四分之一世纪后，我访问尼斯时，当地有一名留胡子的老流浪汉，取代了那名英国人，居然得到当局的容忍或怂恿成为旅游观光一景，他要么像一尊魏尔伦雕像那样站在那儿，一只不爱挑剔的海鸥侧面栖息在他那乱蓬蓬的头发上，要么在光天化日之下蜷缩在海滨人行道上的一张长凳上，背朝着平静的海浪，舒适地打盹儿，在那张长凳下面，他已经把一块块尚未决定喂哪只海鸥的五颜六色吃食整整齐齐排列在一张报纸上面，使之晒干或发酵。不管怎么说，英国人在那里遛弯儿的并不多，尽管我注意到曼通东边那个码头上倒有不少，那儿还为了纪念维多利亚女王树立了一尊庞大的雕像，面带难色地让微风环绕吹着，不过还没揭幕，以代替早先让德国人拆走的那一尊。叫人相当哀怜的是，她宠爱的独角麒麟已经急茬儿地把犄角从罩布里钻了出来。

246 行：……我亲爱的

这是诗人在称呼他的妻子。这一段专门写她的章节（第246—292 行）在结构上是作为一种过渡，以便转移到对他女儿的谈论。不过，我可以声明一下，我们一听到楼上亲爱的希碧尔凶猛刺耳的脚步声响彻在我们脑袋瓜子上方，样样事情就不总是完全“对头”啦！

247 行：希碧尔

约翰·谢德之妻，娘家姓埃隆戴尔[1]（这个姓氏并非源自一个出产铁矿的小山谷，而是从法文“燕子”[2]这个词演变而来的）。论年纪，她比谢德大几个月。我知道她出自加拿大血统的家族，就跟谢德的外婆一样（我如果没完全弄错的话，老太太是希碧尔爷爷的嫡亲表妹）。

打一开始我就尽量对这位嫂夫人极其谦恭有礼，可是打一开始她便讨厌我，不信任我。我后来听说她在大庭广众之下经常管我叫作“一头大象身上的虱子，一个特大号马蝇，一只猕猴身上的蛆，一位天才身上的巨大寄生虫”。我原谅她——无

1　埃隆戴尔（Irondell）这个姓氏起首四个字母“Iron”是铁的意思，后四个字母“dell”是小山谷之意。

2　“燕子”在法语里是“aronde”，与“Irondell”近似谐音。

论是她，还是别人，我一概原谅。

270 行：我这深色的瓦奈萨

这很像一位学者在心灵中寻找一个喜爱的名字，好把一个蝴蝶品种挤进那种令人神往的奥菲士[1]式至高无上的境界，超越那个必然涉及到的艾丝特·万霍姆瑞[2]典故！斯威夫特有首诗（我在这个落后的边远地带无法找到原诗），其中有两行我记得是：

瞧！瓦奈萨青春焕发时
像阿塔兰特[3]之星那样捷足善走

至于那只瓦奈萨蝴蝶，它还会在第 993—995 行（见注释）出现。谢德常说它的古英文名称是“红色彩蝶”，后来简化成为“红蛱蝶”。这是我碰巧熟悉的少数几种蝴蝶中的一种。赞

1 Orpheus，希腊神话中的诗人和歌手，善弹竖琴，弹奏时，猛兽俯首，顽石点头。

2 Esther Vanhomrigh，英国作家斯威夫特的女友和通信者，他把她的姓氏开头的“Van”（万）和她的名字昵称“Essa”（埃萨）合并成为“Vanessa”（瓦奈萨），以此来称呼她。

3 Atalanta，希腊神话中捷足善走的美丽猎女，答应跟能追上她的人结婚，但以死亡作为对失败者的惩罚；希波墨涅斯在竞走时掷三只苹果在路上，趁她拾苹果时而取胜。

巴拉人管它叫做“哈尔瓦尔达”(盾章上那个)，大概是因为它出现在佩恩公爵家族的盾章纹饰上面，易于叫人认出来。它在好几年秋季颇为频繁地出现在王宫花园里，跟一只蜉蝣式的飞蛾结伴拜访米迦勒节紫菀[1]。我曾经见到过红蛱蝶尽情享用汁液渗出的李子，还有一次饱尝一只死兔子呢。那是一种爱闹着玩儿的昆虫。约翰·谢德在走向他的末日（参见，马上参见，我对第993—995行的注释）之前，最后一次指给我看的一个自然物种竟是昆虫界近乎最温驯的一个品种。

我发现我的一些注释颇有斯威夫特式味道。我也天生就是个心情沮丧的人，一个心神不定、爱发牢骚而且疑神疑鬼的人，尽管我也有快活和 *fou rire*[2] 的时刻。

275行：我们俩结婚已达四十载

约翰·谢德和希碧尔·燕子（参见第247行注释）是在一九一九年结为伉俪的，比查尔斯国王娶佩恩女公爵迪莎为妻时整整早了三十年。自打查尔斯一开始执政（一九三六年至一九五八年)，人民议员啦，捕捉鲑鱼的渔民啦，非工会的玻璃装修工啦，部队团体啦，忧心忡忡的亲戚啦，尤其是耶斯勒夫大主教——一个既血腥又圣洁的老头儿，都竭尽全力劝他

1　Michaelmas daisy，因在九月二十九日天使长米迦勒节前后开花而得名。

2　法文，纵声欢笑。

放弃那种不能生育的丰富娱乐而娶个老婆。这倒并非出自道德观念而是关系到继承人的大事。就像对待他的一些前辈，那些好男色的粗鲁王爷那样，神职人员一向对我们这位年轻单身汉那种异教徒习性采取无动于衷的漠视态度，只要求查尔斯做以前所做过的甚至更别扭的事：腾出一个夜晚，合法孕育一位继承人。

他是在一九四七年七月五日生日那天夜里，在他舅父宫中举行的一次假面舞会上首次遇见了芳龄十九的迪莎。她身穿男士服装，像个蒂罗尔[1]小伙子，有点膝外翻[2]毛病，不过英俊而可爱；随后，他便带着她和她的两位表妹（其实是两名男性卫兵，扮成了卖花女），驾驶他那辆神圣的新敞篷车四处游逛，观看各条街道上为庆祝他的诞辰而张灯结彩的辉煌景象啦，公园里的火炬舞[3]啦，焰火啦，以及那些朝上翘起观望的苍白的脸。他拖延了近两年光景，不过其间一直受到一些不近人情而能言善辩的顾问的袭击，最后只好屈服。在结婚前夕，他几乎彻夜独自一人倒锁在寒冷空旷的昂哈瓦大教堂里祈祷。那些自鸣得意的王爷偷偷从几扇红宝石色和紫晶石色玻璃窗户朝里观望着他。他从来也没有这样虔诚地祈求过主给予指导和力量(接着参阅我对第 433—434 行的注释)。

---

1 Tirol，中南欧一地区，在奥地利西部和意大利北部。

2 knock-knee，小腿外翻，两膝异常靠近的畸形，因行走时两膝相碰，故名。

3 fackeltanz，十九世纪普鲁士宫廷婚礼庆典上的一种传统舞蹈，由缓慢的火炬游行组成。

在草稿上，第274行后面原有下列两句冒失的开端：

我喜欢我的姓氏：谢德，*Ombre*[1]，

西班牙语中近乎“人”的意思……

遗憾的是诗人没有继续讨论这个论题——不过倒也让他的读者免于阅读接下来那种令人难堪的亲昵描述。

286行：一架喷气式飞机留下的粉红色尾迹

我也经常提醒我的诗人注意飞机在傍晚空中留下的田园般的美景。可谁又会料到就在（七月七日）那天，谢德（在第23张卡片上末一行）写下这句机智妙诗时，格拉杜斯，化名戴格莱，已从哥本哈根飞往巴黎，完成了他那邪恶旅途的第二段行程呢！连我也出现在阿卡狄[2]，墓碑碑文上的死神如是说。

格拉杜斯在巴黎的活动被影子派成员安排得挺灵巧。他们料想不单单奥登一人而且还包括我们前驻巴黎领事、如今已故的奥斯文·布瑞威特，都会知道能在哪儿找到国王，这一点他们倒猜测得相当正确。他们于是就决定让格拉杜斯先从布瑞威

1　法文，影子。

2　Arcady，即阿卡狄亚，古希腊一山区，在今伯罗奔尼撒半岛中部，以其居民过田园牧歌式淳朴生活著称，今喻世外桃源、闲适乡。

特那儿下手。那位绅士在穆登区有一套公寓房子，只身独居，除去到国家图书馆（在那里读读神智学[1]著作，解解旧报上的国际象棋谜题），很少到别处去，而且也从不接待来访客人。影子派那个灵巧的计划是由于碰上一件幸运的事而形成的。他们觉得格拉杜斯缺乏扮演一名忠诚保王派所必备的心理素质和模仿天才，便建议他最好还是装成一名漠不关心政治的经纪人，一位采取中立立场的小人物，只关心把私人团体委托他从赞巴拉带出去的一批文献分别交给各个合法拥有人而由此换取一笔酬金。赶巧碰上一个反卡尔派的机遇帮了大忙。影子派当中有一位较次要的成员，我们姑且称他为甲男爵，他的老岳父我们姑且称之为乙男爵，是个早已退休的文官，一个怪僻而无害的老头儿，根本没法理解新政权的某些新生面貌。他曾是，要么想当然地被认为是（回顾往事往往会夸大事实），奥斯文·布瑞威特的父亲、已故前外交部长的一位亲密朋友，一直期望有一天能把一包珍贵的家族文献转交给“年轻的”奥斯文（他知道这位世兄肯定不是受新政权欢迎的人物），那批文献是那位老朽的男爵在政府一间办公室的档案柜里偶然发现的。他突然得到通知说时机已到：那批文献可以立刻给送往巴黎。他还经允许附上下列一封短笺：

这是一批属于贵家族的珍贵文献。令先尊曾是在下当年在

1 theosophy，泛指任何神秘主义哲学和神学学说。

海德堡求学时的同窗，又是在下服务于外交界时的师长；这批文献理应被交到这位伟大人物之子手中最为妥善。*verba volant, scripta manent*[1]。

这里指的笔迹是七十年前奥斯文叔祖父、奥戴瓦拉市长左勒·布瑞威特和他的一位表亲、阿若斯市长费兹·布瑞威特之间来往的二百十三封长信。这些通信只是官僚之间的老生常谈和浮夸笑话之类的乏味交流，连当地历史学家可能会看重这类信件通常具有的地方色彩都没有——不过，对一位多愁善感的尊崇祖辈的人来说，什么会使他感兴趣或厌恶，当然就很难说了——而奥斯文·布瑞威特在他以前的下属眼里一向正是那么一个十分尊崇祖辈的家伙。我想在这里暂时中断这种枯燥的评论，而简短地称赞一下奥斯文·布瑞威特。

论外表，他是个满脸病容的人，脑袋秃得像个苍白的坚果。面貌简直毫无特征。他生着一对奶油咖啡色眼睛。人们记得他袖子上总戴着服丧时戴的黑纱。但是，这种毫无生气的外表使人没看出此人内心的优良品质。我现在从闪闪发光的波涛大海这边向英勇的布瑞威特致敬！让他的手和我的手，跨洋过海，在象征性的金光灿灿的阳光轨迹上方，牢牢地紧握一会儿。但愿没有哪家保险公司或航空公司利用这个标志在一份光溜溜的杂志版面上作为标记而把它放在一张照片下面，那张照

1　拉丁文，话语飞逝，笔迹永存。

片显示一位退休商人一见空中小姐供应给他一份五颜六色的小吃，外加她所能提供的其他一切，便不禁流露出一副受宠若惊的傻样儿；而宁愿让这种崇高的握手标记，在我们这个狂热异性恋的乖戾时代，被看成是一种最后而永恒的英勇和自我牺牲的象征。人们多么热烈向往这样一个象征呵，不过这是以词语方式表达出来的，可能会充满在另一位已故朋友的诗篇里，可事实上却并非如此……试想从《微暗的火》（唉，确实微暗得很！）当中寻找我的手紧紧握住可怜的谢德你的手那股热乎劲儿，却白费了工夫，根本就找不到！

不过，还是让咱们回过来说说巴黎屋檐下的人们吧。在奥斯文·布瑞威特身上，英勇这种品质结合着正直、仁慈、尊严以及那种可以委婉称之为“惹人喜欢的天真”的品质。格拉杜斯从飞机场打电话给他，为了增强他的欲望，把乙男爵那封短信（删去了那句摘引的拉丁文警句）念给他听了；布瑞威特只把这当作一桩款待他的乐事，并没大惊小怪。格拉杜斯在电话里没有透露那批“珍贵文献”究竟是啥玩意儿，可是赶巧这位前领事近来一直巴望收回他爹多年前遗赠给一位新近已故的表亲一批价值连城的邮票。那位表亲生前一直跟乙男爵住在同一座楼房里；这位前领事脑子里此时此刻主要想到的就是这种既复杂而又令人欢欣的事，他一边等待来访者，一边并没怀疑这位来自赞巴拉的家伙是不是个危险的骗子，却在琢磨那人会不会把那几大本集邮册一下子全带来，还是会慢慢陆续送回来，好看看他为此可能遭到什么样的痛苦。布瑞威特期望这件事在那天晚上能一下子全了结，因为翌日上午他得住院治疗，说不定还得动手术（他确实去了，而且在手术刀下一命呜呼）。

两名属于敌对派别的特务如果在一场斗智的场合相遇，其中一人若毫无机智，那么效果肯定会变得十分滑稽可笑；设若两人都是笨蛋，那可就乏味无趣了。我倒想看看谁能在那部阴谋和反阴谋的年鉴里找得到比眼下这个煞费苦心写出来的注释余下要描述的场景更笨拙更叫人腻味的范例。

格拉杜斯别别扭扭地坐在一张沙发边缘上（一位疲惫的国王在不到一年前就曾经在那上面斜倚过），掏摸一阵他的公事皮包，递给他的主人一个鼓鼓囊囊的棕色大纸袋，然后移动他的腰腿到另一把椅子上，好靠近布瑞威特坐的那把椅子，舒坦地瞧着对方忙乱地解开绳子。布瑞威特终于打开那个纸包，目瞪口呆地默默注视片刻，开口道：

“得，一场好梦化成泡影。这批通信早在不是一九〇六年就是一九〇七年——不，肯定是一九〇六年——已由费兹·布瑞威特的遗孀印行发表过了——我甚至可能在我的藏书中收有一本咧。再者，这并不是亲笔原信，而是一位抄写员给印刷所抄写的复件——你可以发现两位市长的笔迹一模一样！”

“多有趣儿啊。”格拉杜斯瞟一眼，说道。

“尽管如此，我当然还是对这番好意表示感激。”布瑞威特说。

“我们相信您会的。”格拉杜斯高兴地说。

“乙男爵想必是有点老糊涂了，”布瑞威特接茬儿说，“可我再重复一遍，他的一番好意十分感动人。我料想你带来了这份宝贝，得要点钱吧？”

“应当说给您带来了乐趣，就已经是我们的报酬，”格拉杜斯答道。“不过嘛，容我坦率相告：我们试图把这事办成，可费了不少劲儿，何况我是万里跋涉来到这里的。我还是想向您提出一个小小的安排。您对我们友好，我们也会友好待您。我理解您的存款有点儿——”（微微打个寒酸手势，眨巴一下眼）。

“确实如此。”布瑞威特叹道。

“要是您愿意跟我们携手合作，那您就一个蹦子也不用花。”

“噢，我还有能力付几个钱。”（噘起嘴，耸耸肩）

“我们不需要您的钱，”（伸出手掌，打个交通警勒令停车的手势）“不过嘛，我们的计划是这样的。还有另外几位男爵托我带给另外几位逃亡者的信。其实其中有几封是带给那位最神秘的逃亡者的信。”

“什么！”布瑞威特老实巴交地惊呼道，“难道他们在国内知道国王陛下已经离开赞巴拉了吗？”（我真想打这个可爱的家伙几下屁股。）

“确实知道了，”格拉杜斯一边说，一边搓弄着双手，像畜生那样兴冲冲地呼哧呼哧喘气———一种无疑是天生的本性，因为这家伙当然不可能聪慧地理解到这位前领事的失言无异于破题儿第一遭证实了国王已经身在国外。“确实知道了。”他意味深长地斜睨一眼，又重复道，“您要是能带我觐见‘扎’先生，我将感激不尽。”

奥斯文·布瑞威特一听到这话，错误地理解了那种假象，内心感叹道：当然！我多么迟钝啊！这人确实是我们的人！他左手几个手指不由自主地扭动起来，仿佛在摆弄手底下一个提线傀儡似的，同时目不转睛地追随对话人那种得意的低级手势。一名卡尔派特工人员向他的上司表明自己的身份时，得用一只手打个聋哑人符合“扎”（意为“扎威尔”）这个手语字母的暗号手势，也就是说他一只手端平，食指相当松弛地弯曲着，另外四指隆起（不少人批评这种手势样儿显得过分萎靡不振，如今已由另一种比较雄壮的样式取代）。别人已经在多次场合给布瑞威特打过这种暗号手势，而且都是先由别人给他打的，在打出之前先停顿一会儿——这宁可说是时间上的间歇，而并非是一种实际上的拖延——有点像医生们称之为“先兆”的那种感觉，一种既紧张又模糊的古怪感觉，一种在发病前渗透整个神经系统而出现忽冷忽热、难以言传的烦躁感觉。在眼下这个场合，布瑞威特也感到那股类似神奇的酒劲儿一下子涌上头部。

“行，我准备好了，打给我那个暗号吧。”他渴望地说。

格拉杜斯决计冒险试一下，瞥视着布瑞威特放在膝上那只手：那只手在主人并未觉察的情况下，好像在默默做着手势向格拉杜斯提示似的。他便尽量如法炮制——殊不知那只是所要求的那个暗号的入门而已。

“不，不，”布瑞威特面带宽容的微笑对那个笨拙的新手说。“另一只手，我的朋友。要知道，国王陛下是左撇子啊。”

格拉杜斯又重新试一下——可是那个轻率的小小提示者像个被驱逐的傀儡那样消失了。格拉杜斯只好窘迫地呆视着自己那五个短粗的陌生者，做起一个不熟练而半瘫痪的皮影戏操作人做的各种手势动作，最后打出一个含含糊糊代表“胜利”的“V”字暗号。布瑞威特的微笑开始消失。

布瑞威特（这个姓氏意为象棋智力）一下子收敛笑容，站了起来。要是在大一点的房间而不是这间拥挤而杂乱无章的书房里，他想必就会来回踱步。格拉杜斯这个笨蛋把身上那件很紧的棕色上衣的三个纽扣扣上，接连摇晃几下脑袋。

“我认为，”他气呼呼地说，“人总该公平合理嘛。我给您带来了这批珍贵文献，那您也应回报一下，给我安排一次会见，要么起码该把他的地址告诉我吧。”

“我现在弄明白你是什么人了，”布瑞威特用手指着，嘴里喊道。“你是一名小报记者！来自那家从你兜儿里滋出来的那份廉价丹麦报纸的报社。”（格拉杜斯不由自主地摸索一下那份报，皱起眉头）“我早就巴望他们不要再对我进行骚扰！真是庸俗而烦人！肿瘤也好，流亡也好，一位国王的尊严也好，在你看来，没有一样是神圣的。”（唉，这不单单对格拉杜斯来说是确实的——阿卡狄也有不少他这样的家伙持这种态度。）

格拉杜斯坐在那儿，木然呆视着他那双带有麻点纹孔鞋盖儿的赤褐色新皮鞋。三楼下面有一辆救护车急不可待地呼啸着驶过黑暗的街道。布瑞威特忽然冲那撂搁在桌上的祖传文件发起火来。他抓起那堆整整齐齐的信，连带那张包装纸，把它们一下子统统扔在字纸篓里。那根绳子掉在外面了，恰恰落在格拉杜斯脚前，他弯腰把它拾起来，添加在那批笔迹里。

“请马上离开这儿，”可怜的布瑞威特说。“我的腹股沟痛得都快叫我发疯啦。我已经有三夜没睡觉了。你们这帮新闻记者都是一伙固执的家伙，而我呢，也固执得很。你休想从我这儿打听到任何有关我那位国王一星半点的消息。滚吧！”

他站在楼梯平台上，等待那位来访者走下楼梯抵达前门那儿。那扇门一开一关；没多会儿，楼梯那边的自动开关的电灯随着猛踢一脚的响声熄灭了。

287 行：当你哼着歌儿，收拾

那张有（第 287—289 行）这一段落的（第 24 张）卡片上注明是写于七月七日那天；我在自己那个小记事本这个日期下面发现有这样的记载：下午三点半去见阿勒特大夫。就跟大多数人去见一位大夫之前有点紧张那样，我在路上想到该先买点镇静剂服用一家伙，以免到时候脉搏跳得太快导致医生误诊。我找到了我要买的那种药剂，就在药店里服下那剂芬芳的药[1]，接着在离开那当儿发现谢德夫妇正打旁边一家店铺里走出来。

1 指缬草酊，一种镇静剂，下文提到的缬草根为其原料。

她拎着一个崭新的旅行手提包。那种担心他们可能要出远门去度假的心情一下子把我刚吞服的药那股劲儿全抵消了。您已经那么习惯于别人的生活跟自己的生活齐头并进，突然间那个平行的卫星来个转向，不免就会使您产生一种昏眩、空虚和备受委屈的感觉。何况他还没完成“我的”那首诗呢！

“打算出外旅游吗？”我面带微笑，指着那个手提包说。

希碧尔像拎兔子耳朵那样把那个包拎起来，跟我的眼神一块儿打量它。

“对，这个月底，”她说。“等约翰一完成他的活儿就去。”

（那首长诗！）

“请问打算去哪儿啊？”（转问约翰。）

谢德先生瞥一眼谢德夫人，她便照例用她那种轻快而随便的口气替他说他们还没拿定主意呐——可能去怀俄明州啦，犹他州啦，蒙大拿州啦，也没准儿会去六千或七千米高的某处租个小木屋。

“浪迹在羽扇豆和白杨树之间。”诗人低沉地说。（幻想着那种场景。）

我便开始大声计算海拔高度，把公尺转换为米制，认为那未免太高了，很不适宜约翰的心脏，可是希碧尔揪揪丈夫的袖子，提醒他还得去买些别的东西呐，于是我刚计算到两千米高度，打了个缬草根味道的嗝儿，就给撇下了。

不过，坏运气偶尔也会给人以微妙的关怀哩！十分钟过后，阿大夫——也给谢德看病——就一本正经地详细告诉我，谢德夫妇已经租下一位朋友在伊多明州[1]边界、犹他纳州赛达恩那里的小型牧场，届时那家人要到别处去游逛。我走出那位大夫诊所，便直奔一家旅行社，拿到一些地图和小册子，仔细研究一番，搞清楚了赛达恩郊外山坡上有两三处小木屋区，就急忙向赛达恩邮局订购些当地明信片，没过几天邮局便给我寄来一批快照，我于是为八月份租订下快照上那种又像俄国农民的小木屋又像难民收容所的一座房子，它倒是备有一间花砖装饰的浴室，租金可比阿巴拉契亚我住的那座城堡要贵得多。谢德夫妇和我都一点也没透露我们暑期休假的去向，可我心里明白，他俩却蒙在鼓里，那是在同一地点。我越是对希碧尔明明要向我隐瞒地址的意图感到恼火，就越是对我预见到自己打扮成蒂罗尔人那种装束从一块大石头后面冷不防冒出来，使约翰脸上展现一丝温顺而高兴的嬉笑那种情景感到美不滋儿的有趣儿。在随后两周里，我让我那些小精灵使我那幻想魔镜里充满粉红和紫红两色的悬崖峭壁啦，黑压压的落叶松啦，蜿蜒小道啦，变成绿草和茂盛蓝花的三齿蒿啦，死亡般苍白的白杨树啦，还有穿着绿短裤的金波特同一批精选的诗人和他们的卑劣夫人一连串没完没了的会见，可我想必是大大搞错了我的符咒，因为赛达恩的山坡既干旱不毛又单调乏味，赫尔利那家人那座摇摇欲坠的小木屋也没有一点生气。

---

1 Idoming，作者虚构的州。

293行：她

诗人的女儿海丝尔·谢德，生于一九三四年，死于一九五七年（参见第230行和347行注释）。

316行：五月里，齿鳞白蛱蝶时常出现在我们那片树林中。

说老实话，我吃不准这是什么意思。我那部字典解释“齿鳞”是“一种石芥花”，“白”指“农场里任何一种纯白种畜类或某种鳞翅目昆虫。”幸好那句写在页边空白处的异文帮了点小忙：

五月里，弗吉尼亚白蛱蝶出没在林中

也许是民间传说中的角色？仙女？要么就是菜粉蝶[1]？

319行：一只林鸳鸯

一个相当别出心裁的比喻。林鸳鸯是一种五彩缤纷的鸟类，一身翡翠绿、紫水晶和红玉髓的色彩，羽毛上还有黑白相

1 Cabbage butterflies，一种普通蝴蝶，其幼虫食卷心菜等植物的叶子。

间的斑纹，比起那受到过分赞扬的白天鹅，真是甭提多么美丽，天鹅只是一种身躯蛇般弯弯曲曲的鹅，长着淡黄绒毛的脏脖颈和蛙人那种黑色橡皮尾翼，根本不成体统。

顺便说一句，美国人一般在给动物命名时反映了那些无知无识的开拓者简单的功利主义思想，还没学会欧洲人给动物取名时那种古朴气质。

334 行：从来也不会是前来找她的

我经常在天空呈现琥珀和玫瑰两色相间的傍晚，左等右等一位打乒乓球的朋友或者老约翰·谢德，那当儿也会纳闷地问："他会前来找我吗？"

347 行：旧谷仓

这个谷仓，毋宁说是个小棚屋，在一九五六年十月份（海丝尔·谢德去世前几个月）发生了"某种怪异现象"，它原本属于一个叫保罗·汉兹奈的庄稼汉所有，那人是个德国血统的怪家伙，有些老派癖好，诸如喜欢剥制动物标本啦，采集研究草本植物啦，等等。通过一种古怪的返祖现象把戏，（据喜欢谈论此人的谢德所说——顺便提一句，这是我这位可爱的朋友唯一变得有点叫人厌烦的时刻说的！）汉兹奈一直倒退到三百年前首批伟大博物学家前辈那样“古怪的德国佬”类型。虽然按学术标准来说，他是个没受过教育的大老粗，对深奥的时空事物毫无真正学识可言，却对身边尘世万象颇有真知灼见，使得约翰·谢德喜欢他大大胜过英文系那帮古板乏味的精英人士。谢德在选择跟他一块儿散步漫谈的伙伴这方面素来十分挑剔，倒乐意跟那个瘦削严肃的德国佬每隔一天在黄昏时分结伴长途步行，穿过林中小径，到杜尔威奇他这位熟朋友的田野去遛个大弯儿。他虽然喜爱挑选正确的单词，却对汉兹奈熟悉“万物之名”那种本事佩服得五体投地——尽管其中不少名称无疑是当地的荒谬怪称，要么是德国习语，要么就是纯属那个老流氓自己杜撰的。

如今他经常跟另一个伙伴遛弯儿了。我清清楚楚地记得有一次在一个美好的傍晚，我的朋友妙语连珠，时而玩弄些词汇首音互换[1]的把戏，时而讲些趣闻轶事；我呢，则殷勤地说些野兔喘息逃生[2]和赞巴拉故事与之对抗！我们俩沿着杜尔威奇树林信步走去，忽然他打断我的话，用手指着花楸树遮荫的小径边沿一个位于布满苔藓的岩石当中的天然洞穴。那个德国乡巴佬以前走到这里必定站住；有一回他的小男孩儿随同他俩散步，在他俩身旁小跑着，一边指着那个地点，一边提供信息，

1 marrowsky，一种文字游戏，偶然或故意把两个首音或音节互换位置，如把“tons of soil”（成吨的土）变成“sons of toil”（劳苦的儿子）。

2 此处系一文字游戏，原文是“harebreath escapes”（野兔喘息逃生），当然原应用“hairbreadth escapes”（千钧一发的逃生），“harebreath”恰与“hairbreadth”谐音。

“爸爸总在这儿撒尿”。另一个比较有点意思的故事在那座山顶那儿等着我呐，那儿有块方形空地，长满柳兰、马利筋和斑鸠菊，大批蝴蝶在飞舞，跟四周丛生的不起眼的小黄花相比，真是形成鲜明对比。汉兹奈的老婆（约摸在一九五〇年）带着男孩儿撇下他走掉之后，他就变卖了田庄（如今已改为一家“免下车”露天电影院），搬到城镇里去居住，可是夏季夜晚他还经常带个睡袋来到田庄地头那边依旧归他所有的那个谷仓里去睡觉；一天夜里，他就在那里面与世长辞。

那个谷仓坐落在谢德用莫德姑妈那根心爱的拐棍儿指着的那片杂草丛生的地方。曾经有一个星期六傍晚，一名在校园旅馆打工的年轻学生跟当地一个顽皮姑娘，为了这个或那个目的，走进那个谷仓，在里面聊天，打个瞌睡，忽然被一阵格格响声和一个飞行亮光吓得魂飞魄散，慌忙奔逃出来。没人真正关心到底是什么把他俩吓得退了出来——究竟是一个给激怒的鬼魂，还是一个遭到拒绝而捣鬼的乡村情郎呢。但是，《华兹史密斯公报》（“一份历史最悠久的美国学生报纸”）拾起这一事件，开始像个调皮的孩童那样刨根问底，非把谜底弄个水落石出不可。一些自封的心灵学者也前去访问了那个地点；整个这档子事由于学院里一批最爱搞恶作剧的臭名昭著的家伙的介入而给搞得沸沸扬扬，竟变成了一出欢腾的闹剧，惹得谢德不得不向当局投诉，结果那个一无用途的谷仓便以构成火灾危险为由而给拆除了。

然而，我从珍·普口中却得知不少更为哀婉动人而迥然不同的情节——这倒叫我明白了我的朋友为什么觉得讲些陈腐的学生恶作剧来款待我比较合适，不过这也使我自己感到遗憾，因为当时我在半当腰也插嘴讲了昂哈瓦大学校史当中的一桩奇闻轶事，使他深表欢迎地中断了自己的谈话，避免接着讲自己一时慌乱而不大自然地提出来的主要话题（因为正如我在前面一个注释里提到过那样，他一向不大愿意提起他那已故的姑娘）。我所谈起的那件事发生在公元一八七六年。不过，算了，还是让咱们回到有关海丝尔·谢德那个话题上来吧。这个姑娘决定亲自出马去调查那种“怪异现象”，好在她选修的一位狡猾的教授主讲的心理学课程班上按要求提交一篇（“无论什么论题都可以的”）书面作业，那位教授当时正在为自己的一篇题为《美国大学生当中的自我神经系统模式》的论文收集论据呐。她的父母允许她去夜访一次那座谷仓，不过得有珍·普——被认为是个可靠的精神支柱——陪同下才成。两个姑娘几乎还没在谷仓里安顿好，外面就骤然起了狂风暴雨，雷电交加，彻夜都没停息，呼啸的风声和霹雳闪电那么戏剧性地围困住她俩所在的那个庇护所，根本没法儿叫人听到看到谷仓里的声响亮光。海丝尔并不甘心，几天后又要求珍再跟她去一趟，珍却拒绝了。珍告诉我她曾经建议让怀特家那对双胞胎（谢德家接受的一对蛮可爱的孪生兄弟）代她前去。但是，海丝尔断然拒绝这种安排，跟她的双亲吵了一架就拿起一盏牛眼灯和一个笔记本只身前往。您想象得到谢德夫妇多么担心以前发生过的那个敲击作响搞恶作剧的鬼魂闹出的那种烦人的事再次出现；永远明智的苏顿博士却断言——闹不清他以什么为依据——这种同一个鬼魂相隔六年之后再次卷入同一类型发作的案例几乎是闻所未闻的。

珍允许我从一份根据海丝尔现场所做的简短笔记整理出来的打字稿摘引几段：

晚间十点十四分：调查开始。

十点二十三分：出现不连贯的刺耳刮擦声。

十点二十五分：一个微暗的小圆亮光，跟一个茶杯垫儿差不多大小，掠过黑墙、木板钉死的窗户和地板；来回变换位置；这儿躲一会儿，那儿歇一会儿，上下来回跳动；仿佛在等待人家闹着玩儿地猛扑过去而倏地闪避开似的。消逝。

十点三十七分：再次出现。

这种记录连续了好几页，可我为了明显的理由不得不放弃逐字摘引了。其间有几次长时间停顿，然后再次出现“刺耳刮擦声”和发亮的小圆圈。海丝尔开始跟它交谈。要是问了那么一个它觉得怪有趣儿的愚蠢问题（“你是鬼火吗？”），它就会狂热地来回冲撞表示否认，而它要对一个阴沉的问题（“你死了吗？”）做出一个阴沉的答复时，就会聚集精力慢慢升高到一个高度，然后重重落下来表示肯定。在一段短暂时间里，它回应她念出来的英文字母，一听到它需要的就蹦跳一下。但是，这种蹦跳渐渐变得越来越不带劲儿了；好不容易才拼出两三个单词之后，那个小亮圆圈儿就像个疲惫的孩子那样发蔫了，最后爬进一个墙缝；可是没多会儿它又突然极其兴奋地飞出来，沿着四面墙瞎转悠，巴不得再恢复那种游戏。海丝尔终于设法从她那忠实的记录中把那一堆拼写出来的杂乱无章的字和毫无意义的音节汇集成一行简短的词组。我照录如下：

pada ata lane pad not ogo old wart alan ther tale feur far rant lant tal told

（帕达　阿塔　兰　帕德　诺德　奥果　奥德　瓦尔特　阿兰　瑟尔　泰尔　弗尔　法尔　兰特　塔尔　图尔德）

那位记录者在她的评述中声明她不得不按次序一遍一遍地念出英文字母，至少从 a 字起首念起，一共念了八十次（幸好“a”这个字母特占优势），可是其中有十七次没得出任何结果。这些依据不同间歇而形成的个个单词只能说是随意拼成的；这些胡话当中倒是有些字母可以给重新组合成别的词组，例如，“war”（战争），“talent”（天才），“her”（她），“arrant”（彻头彻尾）等等，可也构不成一句可以理解的完整的话。[1] 谷仓那

1　据布里安・博伊德在《纳博科夫传》中称，纳博科夫私下曾对他的另一传记作家安德鲁・菲尔德说过，这些胡言乱语实有意义，暗指谷仓鬼魂通过海丝尔对她父亲的忠告，劝她父亲（pada 即 padre）多年后写成微暗（tale 即 pale）的火（feur 即 fire）一诗后勿去（not ogo）老哥尔斯华斯（old wart 即 old Gold-sworth）那条小巷（lant 即 lane），另外“far rant lant”三字实指谢德生命最后一刻所见的那个“Atalanta”蝴蝶，最后“told”一字指谷仓的鬼魂所“告”。见《纳博科夫传》（美国年代卷），普林斯顿大学出版社，一九九一年，第 454 页。

个鬼好像是由于中了风或者由于手电筒照射在天花板上的光柱骤然把他从半睡梦中惊醒一半而口齿不清地胡乱表达了自己对一场给宇宙带来严重后果的军事灾难的看法，可又吞吞吐吐说不清楚似的。在这种情况下，要不是一种恶魔似的力量怂恿我们从那些符咒般的胡言乱语中找出其中奥秘的结构，探求

812　　某种联系，某种饶有兴味儿的联系，

813　　某种在这场游戏当中相互关联的模式，

我们也早就巴不得陷入享福的朦胧遗忘状态而打断一位读者或床头伴侣的不断发问。

我厌恶这种游戏，它叫我的太阳穴痛苦而讨厌地怦怦直跳——可我却怀着一名注释者应有的无限耐心和腻味心情对此进行挑战，无休无止地钻研思考海丝尔那份报告里的残缺不全的音节，以便找到一点跟这个怪可怜的姑娘的命运相关的联系。结果一点线索也没找到。汉兹奈老汉的鬼魂啦，一个暗地里埋伏的淘气鬼留下的玩具手电筒啦，海丝尔本人那种歇斯底里的想象啦，甭管多么离奇，都在这里没法儿给解释成是一种对她即将死亡的预兆，或者跟那种境遇有所联系。

海丝尔对珍说过，要不是一阵又响起来的“刮擦声”突然刺激了她那疲劳的神经，她那份报告的篇幅势必还会长一些。那个方才一直跟她保持一段距离的小圆亮光忽然挑战似地冲撞一下她的两只脚，叫她差点儿从那块权当坐椅的木料上栽下来。她蓦地意识到自己在独自跟一个莫名其妙而或许挺邪恶的家伙待在一块呐，不禁浑身发抖，抖得那么厉害，

肩胛骨关节都差点儿脱了臼，她急忙拔腿奔到繁星点点的天空庇护下面去。熟悉的小路使她镇定了下来，再加上别种小小的象征性抚慰（孤独的蟋蟀啦，孤独的路灯啦），引导她返回家门。她突然站住，迸出一声恐惧的喊叫：一个凝冻成影影绰绰幽灵似的人影儿，从花园里那张让门廊灯光恰好照亮的长凳上站了起来。我闹不清纽卫镇十月份夜间平均温度是多少，可您惊讶地发现一个做父亲的心情竟会那么焦急，使他彻夜在户外等候，身上只穿着睡衣和我送的那样礼物（参见第181行注释）将会取代的那件破烂得都没法儿形容的“浴袍”。

童话故事里一般都有“三个夜晚”，眼下这个令人伤心的童话故事也有那第三个夜晚。这一次她要求双亲跟她一块儿去亲眼目睹那个“会说话的亮光”。第三次进入谷仓的调查记录没给保存下来，不过我倒可以提供给读者下列场景，相信不会太离谱儿：

闹鬼的谷仓

〔漆黑一片。听得见父母女三人在不同的旮旯里轻轻喘气儿。三分钟过去了。〕

父（对母说）：你在那边还舒服吗？

母：怎么说呢。这些土豆袋倒蛮——

女（用蒸汽般的力量）：嘘—嘘—嘘！

〔十五分钟默默过去。眼睛在黑暗中开始在这儿那儿辨认出夜间一些微蓝的隙缝和一颗星星。〕

母：我揣摩那大概是你爹的肚皮——不是个鬼。

女（用口形默示）：真可笑！

（另外十五分钟溜过去了。父深深陷入创作沉思，不偏不倚地叹口气。）

女：我们一天到晚总得唉声叹气吗？

〔又溜过去十五分钟。〕

母：我要是打呼噜就叫鬼掐我一下。

女（过分强调自我克制）：妈！求求你！求求你啦，妈！

〔父嗽嗽喉咙，下定决心不再开口。又过去了十二分钟。〕

母：有没有人知道冰箱里还有好几块奶油泡芙呐？

〔这下可了不得。〕

女（气急败坏地）：你们俩干吗非得叫人扫兴不可？你们俩干吗总是非得叫人扫兴不可？你们俩干吗就不可能消消停停地待着，不招惹人？别碰我！

父：得了，得了，海丝尔，你妈不会再碎嘴子说些什么啦，咱们接着干正事吧——可咱们坐在这儿已经有一个钟头了，再说天也晚了。

〔又过去了两分钟。现世一无希望，来世也残酷无情。听得见海丝尔在黑暗中低泣呜咽。约翰·谢德点亮一盏灯笼。希碧尔点燃一支烟卷儿。休会。〕

那个小圆亮光压根儿也没有出现，可它却闪现在约翰·谢德一首题为《电的本质》的短诗里，一九五八年左右他把它寄给纽约《花花公子和蝴蝶》杂志社，不过在他辞世后才给刊登出来：

那位逝者，文雅的逝者——谁知道？——
竟然寄居在灯泡钨丝里，
而我那床头桌上闪亮着
另一个男人死去的新娘。

或许全城镇都在点燃着
数不清的莎士比亚寄居在内的灯光，
雪莱那炽热发光的灵魂
也正在茫茫黑夜里诱引苍白的飞蛾。

街灯都给编了号，或许
那第九百九十九盏街灯
（透过碧绿树梢闪亮放光）
竟然是我的一位老朋友。

那片灰青色平原上空，
叉形电光闪闪，内中也许居住着

一位受折磨的泰摩兰[1]，

暴君们正在地狱里受肢解而嚎叫。

顺便说一句，科学告诉我们，电流若突然从世界上消失，地球便不仅完蛋，而且也会像个鬼魂那样消逝得无影无踪。

347—348 行：她喜欢倒拼英文词汇

在她爹所举的例子里，有一例非同一般。我敢肯定那是我有一天在我们谈论“镜中字”时，发现了“spider”（蜘蛛）倒过来拼读就成了“redips”（蛋卷冰淇淋），“T. S. Eliot”（托·斯·艾略特）成了“toilest”（听起来像“厕所”）（我至今还记得诗人当时那种呆若木鸡的表情呢）。不过嘛，海丝尔·谢德在某些方面倒也确实像我。

367—370 行：then（时）—pen（栏），again（又是）—explain（解释）

约翰·谢德讲起话来是个道道地地的美国人，在这儿却用

1 Tamerlane，即帖木儿（1336—1405），帖木儿帝国创建者，突厥化的蒙古贵族出身，兴起于撒马尔罕，先后征服西察合台、波斯、阿富汗、印度直至小亚细亚，暴卒于东侵中国途中。

“pen”而不用“explain”来押“again”的韵。这些韵脚相互毗邻的位置也显得奇特。

376 行：诗篇

我相信我（尽管在这个没有藏书的洞穴里）还是猜得出他指的是哪首诗；可我并没去查询，因此不愿点出作者的大名。不管怎么说，我仍然痛惜我这位朋友居然对他同时代那些最卓越的诗人做出如此恶毒的讥刺。

376—377 行：在英国文学中被说成是

草稿上这一句由下面一句更意味深长的——更悦耳动听的——异文所取代：

我们的系主任认为是

尽管这可以理解成是指海丝尔·谢德做学生时那位占据这个职位的家伙（甭管他是谁），读者却可以无可指责地把这个称号适用于那位自一九五七年起出任华兹史密斯学院英文系主任的小保罗·赫身上，他倒是个不错的行政管理人员，却不是位称职的学者。我和他时不时见面（参见前言和第 894 行注释），却不太经常。我隶属的那个系的主任是聂托什达格教授——我们亲昵地管他叫“聂托什卡”。近来周期性偏头痛毛病折磨我到了那种程度，使我有一次不得不在一场音乐会半中腰退席，而我恰恰坐在小保罗·赫旁边，这种毛病当然不干任何陌生人的事，却明明引起别人的关切，十分关切咧。他便从此监视我，而且在约翰·谢德刚一逝世就马上油印一封公开信四处散发，那封信是这样开头的：

英文系一些成员痛苦地关注已故约翰·谢德遗留下来的一首长诗全部或部分手稿的命运。该手稿今不幸落入某人手中。那人不仅非本系成员，根本就不能胜任编辑该诗的任务，而且众所周知该人还患有精神错乱症。不知是否应当采取法律手段，等等。

“法律手段”，当然，别人也同样可以采取嘛。但是不碍事；人的正直愤怒往往会慢慢缓和下来，因为他心满意足地预见到那位积极介入此事的绅士阅读了这里评注的段落便不会再对我朋友那首长诗的命运那么过分担忧啦。骚塞当初喜欢烤一只耗子当晚餐——考虑到那些耗子曾经不识时务地吃掉他家中棋盘里那个象，这事儿就尤其显得滑稽可笑了。

384行：评论蒲柏的书

那本书的书名在哪家学院图书馆里都查得到，即《主赐福的人》，一个借自蒲柏一行诗里的短语，这我记得清楚极了，可惜眼下没法儿在此准确地摘引。那本书主要论述蒲柏的创作技巧，可也对“他那个时代的道德风尚”提出了一些精辟见解。

385—386行：珍·迪恩，彼得·迪恩

分明是借用两个清白无辜的人的名字拼凑出来的假名。我八月份路过芝加哥时拜访了珍·普罗沃斯特，发现她还没结婚呐。她给我看了她堂弟彼得跟几位朋友合影的几张蛮有趣儿的照片。她告诉我——我没理由不信她的话——彼得·普罗沃斯特（我真非常非常希望会见他，可是，唉，他那时在底特律当汽车推销员呐）那次可能有点夸大其词，却绝非撒谎，他当时解释说得去赴约见他的一个最要好的哥们儿，一位年轻运动健将，人们倒希望那个小伙子头戴的“花环”在时间上不要比“一个姑娘头戴的花环要短暂得多”。这样的约会是不能拿轻率或蔑视态度来对待的。珍说她在那场悲剧发生后曾经试图跟谢德夫妇谈谈，后来还给希碧尔写过一封信，却压根儿也没得到回音。我当即向她炫耀了一句新近刚掌握的美国俚语："可不是，这还用你说！"

403—404 行：八点一刻（表针这时呈叉状）

从这里起直到第 474 行，两个主题同步轮流交替地给作了安排：一个是谢德家客厅里的电视节目，另一个可以说是海丝尔（已经被阴影笼罩）的行动全过程的重演，也就是说从彼得前去跟经人介绍的女友初次会面那一时刻起（第 406—407 行），随后又抱歉不得不匆忙离开（第 426—428 行），接着海尔丝前去搭乘公共汽车（第 445—447 行和 457—459 行），到最后看守人发现她的尸体（第 475—477 行）为止。我在编辑这首诗时把有关海尔丝主题的诗句都用了不同的字体以示区别。

整个这套把戏给我的印象是过分冗长而且费力不讨好，尤其是因为这种同步进行的手法早已让福楼拜和乔伊斯用滥了。要不然，这种花样倒也称得上别致。

408 行：一名男性雇员

七月十日，约翰·谢德写这段诗那天，也许就在他开始使用第 33 张索引卡片，在上面写下第 406—416 行那时刻，格拉杜斯正从日内瓦驾驶一辆租来的汽车开往莱克斯，据知奥登拍完了他那部电影之后就一直住在那里他的一位美国老友约瑟夫·斯·拉文德[1]〔这个姓氏来自laundry（洗衣房）而不是出自laund（林间草地）〕的别墅里。我们这位卓越的阴谋家经人告知乔[2]·拉文德收集了一批在法文里称之为*ombrioles*[3]的艺术照片，可他却没被告知那究竟是些啥玩意儿，因此心眼里误认为是些"幻灯风景片"。他那愚蠢的打算是装扮成斯特拉斯堡[4]的一位艺术商的代理人前去拜访，一边跟拉文德和他家中那位客人饮酒闲扯，一边尽力设法拾起国王下落这个话题，探听一些线索。可他却没估计到康纳德·奥登对这类事特别敏感，后者一看到格拉杜斯握手前先露一露空手掌或者每呷一口酒都必定微微点下头，以及其他装模作样的姿态（格拉杜斯尽管并没十分留意别人这种鬼花招，却也学会了），就会从这些表现推断出他甭管出生在哪儿，必定在赞巴拉下层社会环境里混过很长一阵子，因此无疑是一名暗探或更坏的家伙。格拉杜斯也毫不知晓拉文德收藏的那批阴影画片儿（我倒敢肯定乔不会为这种失检行为而感到后悔）是一些把精致的美和极其猥亵的题材相结合起来的玩意儿——搭配着无花果树的裸体女人啦，超级情欲啦，微微遮掩的屁股蛋儿啦，还有些花花搭搭

1 Lavender，有薰衣草之意。

2 Joe，约瑟夫的昵称。

3 法文，阴影画片儿。

4 Strasbourg，法国东北部一城市。

的各种女色媚态。

格拉杜斯一清早从他下榻的日内瓦饭店打电话，试想跟拉文德取得联系，得到的答复是中午之前没法儿给传达到。临到中午，格拉杜斯已经在途中，又打一次电话，这次是在蒙特勒[1]打的。拉文德已经接到传话，欢迎戴格莱先生当日午茶时分前来晤谈。他于是在湖畔一家咖啡馆里吃了一顿午饭，四处遛遛，在一家纪念品商店里打听了一只水晶小长颈鹿的价钱，买了一份报，坐在公园里一张长凳上浏览一番，然后便开车前去。莱克斯郊区那些险峻弯曲的小道叫他迷了路。他来到山坡上一个葡萄园，把车刹住；在一座尚未盖好的房屋崎岖不平的入口处前，三名石匠用三个食指同时给他指出街对面绿林高处拉文德别墅的红屋顶。他决定就把车停在那里，徒步抄近路登上那些像是捷径的石台阶。他费劲儿地沿着峭壁往上攀登，两眼像盯视着兔后足[2]那样盯视着高处一株白杨，那棵树时而遮住山坡上的红屋顶，时而又让它露出来；这当儿，阳光找到乌云一处缺口，不一会儿，空中一个破烂的青窟窿就现出光芒四射的耀眼框边。他感到疲惫不堪，觉出身上那套购自哥本哈根一家店铺的棕色服装这时已经发皱而且冒出一股怪味儿。他一边气喘吁吁地看看手表，一边用一顶也是新买的软毡帽扇扇风，最后终于爬到他方才在下面放弃不走的山间环道盘旋上来的一条横路。他越过去，穿过大门边上一扇小门，踏上一条弯

1 Montreux，瑞士一城市。

2 Rabbit foot，西方迷信，盯视兔后足能避邪。

曲的砾石小径，发现自己已经站在拉文德别墅前面。别墅取名为“Libitina”（丽碧蒂娜[1]），黑铁丝编制的草体字别墅名赫然展现在北边一扇带格栅的窗户上方，三个“i”字母上端那黑点是由嵌进正面墙上三大枚白粉钉子涂了黑焦油的钉头巧妙摹拟的。这种手法和那些朝北的格栅窗户，格拉杜斯以前倒是在瑞士别处的别墅见到过，可他由于对古典典故向来抱有一种置之不理的免疫态度而闹不明白拉文德这种戏谑而可怖地对罗马神话中那位监管死尸和坟墓的女神所表示的敬意，想必也没从中感到什么乐趣。倒是另一件事引起他的注意：从一个角落的窗扉传出有人在弹钢琴的声音，一阵朝气蓬勃的音乐，他后来告诉我，那支乐曲不知怎地竟使他想到一个事先没料到的可能性，一只手不由得飞舞到裤子屁股兜儿那里摸了一下，因为他准备遇见的想必不是拉文德，也不是奥登，而是那位天才的赞美诗作者敬爱的查尔斯。那栋房屋的怪诞造型真把格拉杜斯搞糊涂了，他迟疑不决地站在玻璃走廊前面，这当儿音乐停了。一个身穿绿号衣、上了年纪的男仆从一扇绿旁门走出来，带领他走到另一个入口处。格拉杜斯摆出一种苦练良久却没多大改进的漫不经心的样儿，先用蹩脚的法语，又用更糟的英语，最后用还算不赖的德语，问他宅子里是否住着许多客人。那名男仆只微微一笑，恭敬地领他进入那间音乐室。那位音乐家已经

1　罗马神话中的古意大利享乐女神。后来罗马人把她同冥界王后佩尔塞福涅合在一起，因而关于丽碧蒂娜的传说同死者和死者的埋葬联系起来。在罗马的丽碧蒂娜神庙里，有葬仪需用的一切物品，既出售，也出赁。罗马诗人有时把丽碧蒂娜当作“死亡”的代名词。

消失，三角大钢琴倒还在传出一丝竖琴般的音响，钢琴上面放着一双凉鞋，真像是放在一个百合花池塘边缘上似的。一位身穿亮闪闪的黑衣裙的消瘦女郎从窗座那边僵硬地站起来，介绍自己是拉文德侄儿的家庭女教师。格拉杜斯向她提出非常想见识见识拉文德那套激动人心的收藏品：这很容易给误解成那种在果园里做爱的照片，那位女教师（国王一向冲着她那招人喜欢的脸蛋儿唤她 Mademoiselle Belle[1]，而不是 Mademoiselle Baud[2]）连忙坦称她对主人的业余癖好和收藏的珍品一无所知，建议这位来客不妨到花园里去参观参观："哥登会指给您看他喜爱的花儿。"她说着就冲隔壁一间屋喊一声"哥登！"一个十四五岁瘦高挑儿的男孩儿，样儿倒挺健壮，浑身让阳光晒得呈现油桃般色彩，很不情愿地从里面走出来。他光着身子，只围着一条豹点缠腰布。小平头上的短发比肤色稍浅点儿。他那张可爱而蛮横的脸带着一种既愠怒又狡猾的神情。我们这位心事重重的阴谋家丝毫也没意识到这种微妙的神情，只感受到一种普通的猥亵表情。"哥登是个音乐神童，"鲍德小姐说，那个男孩畏缩一下。"哥登，你带这位先生去参观一下花园，好吗？"那男孩默默同意，只补充说要是没人在意的话，他倒想顺便游会儿泳。他穿上凉鞋便开始带路。在花园里明处暗处串来串去的是这样古怪的一对：一个腰间围着一圈常春藤的优美男孩儿和一个身穿廉价棕色西装、上衣左兜儿里滋出一份折起

1 法文，漂亮小姐。

2 法文，鲍德小姐，Baud 又有蠢驴之意。

来的报纸、神态无精打采的杀手。

“这是那个洞穴，”哥登说，“我有一次跟一个伙伴在里面过了一夜。”格拉杜斯漠然地朝那个满布青苔的凹洞里瞧一眼，可以瞥见里面有块可折叠起来的褥垫，橙色尼龙面儿上有块黯黑污迹。那个男孩儿用贪婪的嘴吮吸几口饮水喷泉的水，然后在他那条黑色游泳裤上擦干两只湿手。格拉杜斯看看手表。他俩继续朝前溜达。“你还什么都没有看到呐。”哥登说。

尽管那栋房子里至少有半打厕所，拉文德先生还是为了亲切怀念他爷爷当年在特拉华州[1]的庄园而在自己那个漂亮花园里一棵最高的白杨树下面设置一间乡间土式茅房。他会为他精选的几位客人——他们也都具有那种忍受得了的幽默感——从附近那间舒适的弹子房里的壁炉架钩子上取下一个绣得很精致的心状软垫，拿着它跟他们一块儿到那个宝座去。

那间茅房的门给打开了，里面墙上有一个男孩儿用木炭乱涂的笔迹：国王到此一游。

“这倒是一张很好的名片，”格拉杜斯勉强一笑，说道，“顺便问一声，那位国王如今在哪儿呐？”

“谁知道，”那个穿着白色网球运动裤的男孩儿用双手往大腿两侧一拍。“那是去年的事了。我猜想他去了蓝色海岸[2]，可我也说不准。”

---

1 Delaware，美国一州名。

2 Côte d'Azur，法国东南部沿地中海一地区，假日游憩胜地，是里维埃拉（Riviera）在法国的部分。

可爱的哥登撒谎了，这小子真够机灵的。他明明知道他那个大个子朋友早已不在欧洲；不过，可爱的哥登还是不该提起里维埃拉，尽管这是确实的；一提到它就顿时使格拉杜斯在内心拍了一下自己的脑门子，因为他知道迪莎王后在那边有座豪华住宅。

这当儿，他俩走到了游泳池。陷入沉思的格拉杜斯一屁股坐在一把帆布凳子上。他该立刻给总部打个电报。没必要再拖延这次访问啦。可是突然离开又会引起别人猜疑。那把凳子在他身下吱吱嘎嘎直响，他环顾四周寻找另一把椅子。那个小瘪三已经在游泳池大理石边缘闭上两眼，挺直身子在仰泳；他那条泰山[1]式三角裤给扔在草皮上。格拉杜斯厌恶地啐口唾沫，朝那座房子走回去。这当儿，那位上了年纪的男仆正从露台台阶上奔下来，用三种语言告诉他室内有他的电话。拉文德先生没能赶回来欢迎深感抱歉，不过愿意在电话里跟戴格莱先生谈一谈。双方过了一阵客套话，停顿片刻，接着拉文德问道："你当然不可能是法国那份黄色小报的一个臭奸细吧？""一个傻？"格拉杜斯把"啥"说成了"傻"。"一个婊子养的臭奸细吧？"格拉杜斯把电话挂断了。

他又回到他的汽车里，朝山坡更高的地方驶去。那条路边上有一块山间空地；九月份一个薄雾明亮的日子，银丝绒花初次斜飘过护墙栏杆空当的隙缝，国王曾经在那里眺望过

1　Tarzan，美国作家埃德加·赖斯·巴勒斯从一九一二年起写的系列小说《人猿泰山》中的一个在非洲丛林长大的白种青年，后屡次拍成电影。

日内瓦湖面上闪烁的阵阵涟漪，同时注意到山坡葡萄园里锡箔做的惊鸟纸人儿闪闪发光地交相呼应。格拉杜斯眼下也站在那里，心情不快地俯瞰那座舒适地蜷伏在防护林里的拉文德别墅，并借助所站的位置优势辨认得出那片草地的一部分和那个游泳池的一角，甚至还辨认出游泳池大理石边缘摆着的一双凉鞋——那个那喀索斯[1]留下的唯一一样东西。人们会设想他准是在纳闷儿，不知该不该在那儿多待会儿，好弄清自己有没有受到愚弄。从远处山坡下面传上来石匠干活儿的丁丁当当声；忽然有一连串飞舞的蝴蝶穿越几处花园，一只纹章般的深褐色蝴蝶，对角条纹红彤彤，*volant en arrière*[2]，越过那堵低矮石墙；与此同时，约翰·谢德正拿起一张新卡片。

413 行：一名仙女……脚尖旋转地前来

草稿上原是一句比这更轻巧更富音乐性的句子：

413　　一个仙女似的小妮子飞快旋转脚尖而来

1 Narcissus，希腊神话中的美少年，因爱恋自己在水中的影子而憔悴致死，死后化为水仙花。

2 法文，在殿后飞着。

417—421行：我上楼去，等等

草稿上本来是下列一段有趣的异文：

417　喧闹的爵士乐一响，我就上楼去
审阅一条校样："诸如这样的诗
'看那瞎眼乞丐在跳舞，跛子在歌唱，
那酒鬼是个英雄，疯子是个国王'
无情时代的情调。"接着传来你呼唤

引号里的句子当然是出自蒲柏的《人论》。您不知道该对哪点更纳闷儿：是蒲柏没找到一个代替"英雄"的单音节词汇（譬如"人"）来适应下面那个名词的定冠词呢，还是谢德故意用较为软弱无力的定稿取代这段妙文。要么就是他害怕冒犯一位真正的国王，干脆把提到国王那一句取消了？回想不久前我压根儿也没闹清楚他是否真像他有一次提到过那样，已经"猜出了我的秘密"（参见第991行注释）。

426行：只差仅仅（泥泞一步）给排列在弗罗斯特之后

这里提到的诗人当然是指（出生于一八七四年的）罗勃特·弗罗斯特。这一行展示了我们这位诗人一贯擅长于把双关语和隐喻相结合起来的手法。在诗歌温度图表上，高温代表低温，低温则代表高温，所以那种使诗歌达到完美结晶程度的低温反而比那种起温吞作用的温度要高。这其实是我们这位谦逊的诗人关于自己的名望所要说的话。

弗罗斯特是一首最伟大的英语短诗的作者，那是美国每个男孩儿都能背诵出来的一首诗[1]，诗中描述了冬天的树林啦，阴沉的黄昏啦，昏暗的空中微微响起好似柔和规劝的马儿铃铛声啦，还有那意义深刻而奇妙的结尾——音节完全相同的末两行[2]，一行谈及个人的具体事物，另一行则涉及普遍的抽象事物。我不敢在这里凭记忆摘引，唯恐用错一个词儿取代了一个小小的宝贵词儿。

约翰·谢德尽管天资出众，也从来不会那样安置他的雪花。

431 行：三月里一个夜晚……从远而近

注意电视节目在这儿多么精巧地跟那个姑娘主题融合在一起（参见第 445 行，更多的精彩景色出现在薄雾中……）。

---

1 指弗罗斯特的著名短诗《雪夜林畔小驻》（*Stopping by Woods on a Snowy Evening*）。

2 即“还要赶多少路才安眠 / 还要赶多少路才安眠”，（And miles to go before I sleep，/And miles to go before I sleep. ）这里引用的是余光中先生的译文。

433—434 行：那片……海洋，我俩曾于一九三三年……游览过

一九三三年，查尔斯王子十八岁，佩恩女公爵迪莎五岁。这里提到的地方是尼斯（参见第 240 行），谢德夫妇在那里度过了该年春季。可是有关我这位朋友以往生活中的许多趣闻轶事，我这里再一次没掌握到什么细节（这该怪谁呢，亲爱的塞？），因此不好说他俩沿着海滨游览时，有没有可能走到了突克角，从那条通常向游客开放的、种有成行夹竹桃的小径那儿瞥见了迪莎王后的爷爷一九〇八年盖的那座意大利风格的别墅，他最初给它取名为“*Villa Paradiso*[1]”，我们赞巴拉语称之为“*Villa Paradisa*”，后来为庆贺他宠爱的孙女诞生而把那个名字前半段取消，改称为“Villa Disa”（迪莎别墅）。迪莎出生后最初十五个年头都是在那里度夏；一九五三年，她又回到了那里，据说（给国人的印象）是出于“健康原因”，而其实是她成了被放逐的王后；如今她还住在那儿呐。

赞巴拉革命（一九五八年五月一日）刚一爆发，她就用家庭女教师那种英文给国王写了封急切的信，敦促他赶紧来跟她住在一块儿，等局势明朗后再说。那封信让昂哈瓦警方截获，先由极端派中一名信奉印度教的成员译成简陋的赞巴拉文，再由宫中那位荒谬的指挥官用一种自以为是嘲讽的口气大声念给

1　意大利文，天堂别墅。

被俘的国王听。信中碰巧有那么一句——谢天谢地，幸亏只有一句——多情的话："我要让你明白，不管你伤害我多深，你却伤害不了我对你的爱，"而这句话（我们如果再从赞巴拉语译回英语）竟成了"你用鞭子抽打我的时候，我却渴望你，渴望爱。"国王打断那位指挥官的话，骂他是个小丑，是个流氓，并且那么令人敬畏地痛斥在场的每个人，以至于那帮极端分子不得不赶快做出决定，要么立刻把国王毙了，要么让他得到那封原信。

后来国王设法通知她，他给禁闭在宫中了。英勇的迪莎便急忙离开里维埃拉，作了一次试图返回赞巴拉的罗曼蒂克而幸好没实现的尝试。她要是被允许登陆，想必立刻就会给监禁起来，从而势必会影响国王的逃亡，使他逃跑起来倍加困难。卡尔派阐明这方面考虑的简单明了的信息使她滞留在斯德哥尔摩，后来她便怀着受挫的愤怒情绪返回她那栖息之地（我倒认为她勃然大怒是因为那个信息不是别人而是她憎恨的一位表亲、老好人"凝乳迷"传达给她的）。几个星期后，她又很快变得越发焦急不安，原因是谣传她丈夫可能给判处了死刑。她于是再次离开突克角，动身前往布鲁塞尔，在那里包下一架飞机准备飞往北方，这时又传来一个信息，这次是奥登传来的，说国王和他已逃出赞巴拉，她该静悄悄地返回迪莎别墅，在那里等待进一步消息。同年秋季，拉文德通知她，她丈夫的一位代表即将前来跟她商谈她和她丈夫在国外共同享有的财产的某些事务。她正在紫藤蓝花盛开的凉棚下的露台那儿给拉文德写一封忧郁的信，那位修剪了连鬓胡子的高个儿来访者一直在远处观望着她，这当儿手里捧着一束鲜花穿过荫凉处朝她走来。她抬头一看——那种化装，那副墨镜，当然连一会儿都哄骗不了她。

自从她最后离开赞巴拉以来，国王曾经去看过她两次，后一次是在两年前，接下来那段时光里她那种肤色苍白、秀发暗黑的美貌平添了一种成熟而忧郁的新光彩。在赞巴拉，女人大都是长有雀斑的白肤金发碧眼的美人儿，我们有句俗话："*belwif ivurkumpf wid snew ebanumf*"，意思是"一个漂亮女人应该像一朵具有四部分乌黑光泽的象牙罗经花[1]"。迪莎就遵循了这种天性的漂亮安排。另外还有些别的特征，我阅读过《微暗的火》才发现，毋宁说是在首先苦涩的失望那阵腾腾热雾在我眼前消失之后再重读一遍才认识到的一些特征。我指的是谢德描绘他老婆那几行（第 261—267 行）。他在绘制那幅理想化了的肖像时，那个被画的女人，论年纪，比迪莎大两倍。我并不想俗不可耐地议论这种微妙的棘手事儿，然而事实俱在，那就是六十岁的谢德，在他那高贵的仁慈心灵中，把他老婆保留的或者应该保留的那种难以捉摸而永存的容貌在这儿给了一个保养得很好的同时代女人。怪就怪在上次一九五八年九月见到迪莎时，她三十岁，真是显得那样出奇的相像，当然不是说像我遇见谢德夫人时她那副模样，而是说像诗人在《微暗的火》字

1 Compass rose，即罗盘刻度盘。

里行间所描绘的那幅理想化了的肖像。其实那只是把那个老娘们儿理想风格化罢了；至于那天下午迪莎王后在蓝色露台那儿的模样，那幅肖像画也只不过显现了一种朴素而未加修饰的相像而已。我相信读者诸君会欣赏这种奇特现象，设若对这都兴趣索然，那也就没必要写诗，没必要给诗加注释，任什么也都没啥意思了。

她显得比从前文静多了，自我克制方面也大有改进。在前几次会面以及贯穿他俩在赞巴拉整个婚姻生活过程中，她一向火气很大，乱发脾气。婚后头几年里，他曾经希望妥善应付那些疾风怒火，试图让她明白事理地看待她那不幸的命运，他发现这一切真是叫他烦透了。可后来他渐渐学会趁机利用这种情况，反而欢迎这倒给了他机会得以长时间摆脱她，他要么把一道门一道门砰砰甩上，越甩越远，不再唤她回来，要么就干脆自己离开王宫，躲到乡野去优哉游哉。

在他俩那种灾难性婚姻的初期，他曾经费了很大劲儿试着想制服她，却一无成效。他对她说他从没做过爱（隐含的目的，在她听来，无非是意味着性无能，这倒是确实的），在这方面他只好容忍人家笑话他让纯洁而顺从的迪莎不情愿地扮演一个应付一个太嫩或太老的嫖客的妓女角色；他倒也说过这种意思的话（主要是想摆脱折磨），结果惹得她大动肝火，发了一通脾气。他便填塞壮阳药，可她那种不幸先发的性欲特性一直致命地无法同他配合。一天夜里，他试服虎茶，试想虎虎有生气，错误地要求她顺从这种应急办法，而她却错误地斥责这种作法实在反常而且叫人恶心。最后他干脆告诉她，很久以前他有一次骑马摔伤了，这使他在慢慢变成残废，不过嘛，他跟他的伙伴出外巡游，多洗洗海水浴，肯定会有助于精力的恢复。

迪莎当时刚刚失去了双亲，那些无法避免的风言风语传到她的耳中，她也找不到什么真正的朋友可以谈谈，从中求得解释和开导。她也傲慢得不愿跟那些宫廷女侍从谈论这类事儿，可她倒是读了不少书，了解到我们赞巴拉男人的一切怪癖习性，于是她就把自己朴实的痛苦隐藏在内心，只显露一种讥诮的世故态度。他祝贺她这种表现，庄严发誓他已经放弃或者至少会舍弃他青年时代的癖好；但是，沿街到处都有立正等着他的形形色色强大的诱惑。他时不时受惑而屈从，接着每隔一天，随后一天竟数次出宫去玩乐——尤其是在莎士包亚男爵海尔法那段旺盛统率时期更是变本加厉，海尔法天生是个年轻无赖（他那个姓氏，意谓“无赖庄园”，大概是从“莎士比亚”那个姓氏派生出来的）。凝乳迷——仰慕海尔法的人给他取的绰号——拥有一大批杂技演员和无马鞍的马术骑士护卫；这事已经闹得相当不可收拾，以至于迪莎一次出访瑞典而出其不意地提前返回来时，竟发现王宫变成了杂耍马戏场。他再次许下诺言，再次失信，尽管极其谨慎行事，还是再次给当场抓住。最后她便无可奈何地移居里维埃拉，让他跟一帮从英国进口的、戴着伊顿公学[1]男生的硬宽领、甜言蜜语的少年奴仆一块

---

1 Eton College，英国著名贵族中学，一四四〇年创办于伊顿镇，只招收男生，毕业生多升入牛津或剑桥等大学。

儿自得其乐去吧。

他对迪莎到底怀有何等程度的感情呢？可以说是友好的冷漠和冷酷的尊敬吧。连在他俩度蜜月那段时期，他也没感受到什么温柔或兴奋。怜悯啦，痛心啦，倒无疑是有的。他当时和以往一样漫不经心，冷酷无情。但是，在夫妇感情破裂前后，他梦中那颗心灵却做过破例的赔礼道歉的补偿。

他常会儿梦见她，而且所怀的那种无比热烈的感情大大超过了他在生活当中向她保证的那种表面感情；这种梦常常发生在他一点也不想念她的时候，发生在心中的烦恼跟她一点关系都没有的时候，可他那潜意识里那当儿却出现了她的形象，就像一场争斗或一次改过忽地变成了儿童故事里的一只凤凰似的。这些令人心碎的梦把他对她的感情那种枯燥乏味的散文转变成了动人而奇妙的诗歌，那平息下来的感情波涛的涟漪会全天闪烁发光，使他心神不宁，带回剧痛和富丽——接下来只有剧痛，接下来只有附带而来的反思——却又根本没影响他对待真实的迪莎的态度。

她的形象一再进入他的梦境，不是忧虑地从远处一张沙发上站起来，就是去寻找那个据说刚跨出服装店门槛、传达信息的人，考虑换上最新流行的衣着式样；但是那个迪莎，他在当年玻璃工厂发生爆炸那个夏季，或是在上星期天，或是在任何别的场合，见到她穿的那身衣服，却永远一直没变，总是跟他首次对她说不爱她那天她所穿的衣服一样。那件事发生在一次令人失望的意大利旅行时，那句话是在湖畔一家饭店的花园里说出口的——当时花园里盛开着玫瑰和绿锈球花，还有带锈斑的南洋黑杉——那是个万里晴空的傍晚，远方湖畔山峦沉浸在夕阳雾霭中，湖面上映着粉红色落日余晖，飘动着淡蓝色细浪波纹，一张报纸摊开在石堤边污浊的地面上，尽管渗透了脏水，那些大字标题依然清晰可辨；因为她一听到他说的那句话，就难以忍受地瘫坐在草坪上，紧锁双眉，呆视着一棵空心秆的青草，他便立刻收回那句话；然而那一震惊却已致命地震裂镜面，破镜难圆；从此她在他梦中的形象就受到了他那次忏悔的回忆影响，犹如感染上了某种疾病，感染上了一次外科手术遗留下来的难以启齿的隐秘后遗症。

这种梦的具体情节这种梦的要点毋宁说，是他对自己不爱她这一事实进行的不断反驳。他在梦中对她的爱，在感情情调上也好，在心灵的激情和深度上也好，都超越他在表面生活中对其他任何事物的感受而占主要地位。这种爱像是他在没完没了地绞弄着两只手，像是灵魂在跌跌撞撞地穿越一个无望而悔恨的无止境迷津。在某种意义上，那又是一些情爱之梦，因为其中充满着柔情，他渴望把头枕在她的膝头，呜咽啜泣一通，一扫丑陋的往昔，而且深切意识到她是多么的年轻而孤弱无助。这些梦比起他的现实生活要纯净得多。但是，梦中弥漫的香气却又不是出自她而是来自那些他背叛她而与之交往的女人——下巴剌剌咧咧的菲丽妮娅啦，裙子撑得老高的漂亮的蒂曼德拉啦——即使如此，那些色欲沉渣也只远远漂浮在那个沉底的宝贝上方，而且毫不重要。他会望见一个站在老远而几乎看不清面容的亲戚走向前去跟她打招呼。她会很快藏起手上拿着的一样东西，伸出弯弓的手让他亲吻。他心里明白她刚发现了一样泄露了秘密的东西——一只搁在他床上的马靴——这无疑又构成他不诚实的罪状。汗珠渗透在她那苍白的光脑门儿上——可她又不得不倾听一位赶巧来访的客人的闲扯，或者指导一个拿着梯子的工人干活儿，那人用胳膊夹着梯子，一边点着头，一边抬头望着那扇玻璃碎了的窗户，朝那边走去。人们容忍得了——一个极其冷酷无情的做梦人也容忍得了——对她的哀愁和尊严的理解，却没法容忍看到她隐藏起那次败露事件勾起的内心痛苦，而自动面带微笑转向那些要求礼貌对待的身边琐事。她会取消一次彩灯会啦，跟护士长讨论医院里的儿童病床啦，预订两人在海滨洞穴里吃的早餐啦——他，这位哼哼唧唧的做梦人，通过她那些平凡的日常谈话，通过她那些动人的手势，连带素来早已准备好的客套话语，察觉到她的灵魂混乱不堪，意识到一种不该经受的、蒙受耻辱的可憎灾难已经降临到她头上，而只有那种对一位无罪的第三者应尽的礼仪和她那种执着的友善才使她有了展露微笑的力量。您观望着她脸上的光泽，会预见到——等那位来客一走——那种神采马上就会消失，而由那位做梦人永远忘不了的那种微微皱眉、无可奈何的神情所取代。他会再次在湖畔那块草坪上搀扶她站起来，栏杆石柱间蜿蜒流着部分湖水，没多会儿他俩便会沿着一条无名小径并肩散步，他会觉出她面带一丝微笑，正在斜睨着他，可他迫使自己面对那种探询的目光时，她却没影儿了。一切都起了变化，人人都幸福愉快。等到他决定立刻非找到她不可，向她倾诉自己对她的爱慕时，身前一大群观众却把他跟那扇门隔了开来，几张纸条经过不少只手传递到他手中，通知他说她不在，她正在主持一场烟火晚会，她已经嫁给一位美国商人，她已经成为一部小说里的人物，她已经死了。

眼下他坐在她那座别墅的露台那儿，倒没有那类晕眩干扰他；他谈起自己从宫中逃出来的幸运经过。她乐意听他描述那条跟剧院连接起来的地下通道，尽力想象那种爬山越岭的有趣情景，但是有关嘎儿那段儿却叫她不高兴，可那副表情却又好像她倒似是而非地宁愿他跟乡野那个小婊子搞点有益于身心健康的私通似的。她严厉地叫他跳过这类插曲，他便嘻皮笑脸地冲她微微鞠一躬。但是，他一开始谈论政治局面（两位苏联将军最近刚刚出任激进派政府的外国顾问），她的两眼便显现一种常见的茫然表情。如今他既然已经安全无恙地逃出那个国家，整个儿从安伯拉岬到安伯兰湾那一大片赞巴拉蓝色国土即使统统沉入海底也跟她毫不相干。比起他丧失一个王国这件事，她倒更关心他的体重减轻了。她随随便便问起王冠珠宝，他向她透露它们还安然无恙地藏在那个独特的地方呐，她听后不禁展现一阵少女般的欢乐神情，这可是她好多好多年没有过的事了。“我确实有些财务上的事要跟你商量商量，”他说。“有些文件你得签字。”那座花格棚架上有一架电话机的细线同玫瑰花一齐攀绕到顶端。一位她从前的女侍从，那位举止文雅而无精打采的弗萝尔·德·菲丽尔（现在已经四十岁左右，人老珠黄了），依旧在她那黑油油的头发上戴着串串珍珠和传统的白色薄头罩。她从迪莎的闺房里拿来若干文件，在几株月桂树后面一听到国王那柔和的嗓音就把他认出来了，没让他那种绝妙的化装术蒙骗住。两名明显具有拉丁人气质的陌生年轻男仆端来茶点，发现弗萝尔正在行屈膝礼呐。一股微风突然传来氨基醋酸味儿。玷污花朵的玩意儿。弗萝尔得到迪莎的夸赞，正要转身走开，他问她是否还拉拉中提琴啊。她摇摇脑袋，不想没正式称呼国王的尊称就跟他交谈，而且也不敢那样做，唯恐那些男仆听得见。

夫妇俩又单独相处，迪莎很快便找到了他需要的文件。办完那事，两人又谈了会儿挺有趣儿的闲话，诸如奥登想在巴黎或罗马拍摄的那部根据赞巴拉传说改编的电影。他俩都纳闷儿，不知奥登怎样呈现那座“奈尔死厅”？那是个地狱般的大厅，雾蒙蒙的拱顶不断下着蜉蝣毒液的细雨，让关在里面的谋杀犯灵魂受尽折磨。总的说来，这次会面交谈进行得十分圆满——尽管她的手抚摸他那把椅子的扶手时，手指头有点哆里哆嗦。如今可得提防着点儿。

“你今后有什么打算啊？”她问道。“干吗不干脆住在这儿好了，爱住多久都行？住下吧。我不久就要到罗马去，这整幢房子都归你使用。想想看，你可以在这儿留四十位客人住下，四十名阿拉伯大盗[1]。”（末句话分明受到了花园里那些硕大的

---

1 Arabian thieves，《一千零一夜》中的人物。贫苦的樵夫阿里巴巴得到四十大盗开启宝库的口诀而致富。

赤土陶瓶的影响。)

他回答说明天就要到巴黎去办点事，下个月会去美国。

干吗去美国？到了那边又能干点什么呢？

教书啊。跟聪明可爱的年轻人一块儿研究文学名著——一种他现在终于可以自由自在浸淫在内的业余爱好。

"嗯，当然，我闹不明白，"她把目光转向别处，嘴里嘟哝道，"我闹不明白，不过你要是不反对的话，我也许会去纽约访问——我的意思是说，只去一周或两周，并且不是今年，而是明年。"

他夸赞她穿的那件闪烁亮晶晶银片的短上衣很美。她回了句："那又怎么样呢？""你的头发也做得蛮漂亮。""唉，那又有什么用呢，"她哀叹道，"那究竟又有什么了不起呢！""我得上路啦，"他微笑着小声说，站了起来。"吻吻我吧，"她说，接着就像个蔫不唧的布娃娃瑟瑟发抖地在他的臂弯里待了会儿。

他朝大门走去。在小径拐弯处，他回头瞥一眼，只见远处她那白色身躯，带着那种难以言传的哀愁倦怠的优美姿态，俯在花园那张桌子上方；一座脆弱的桥梁突然浮悬在他清醒时的冷漠和睡梦中的热恋之间。但是，她身子一晃动，他发现那根本不是迪莎，而是怪可怜的弗萝尔·德·菲丽尔在收拾那些散放在茶具之间的文件呐。(参见第 80 行注释)

在一九五九年五月或六月里一个傍晚的散步过程中，我把这些绝妙的素材全都提供给了谢德，他疑惑地望着我，开口道："这些听起来倒都挺有意思，查尔斯。可是这里面存在着两个问题。你怎么会知道这些有关你那位相当骇人听闻的国王内心的想法全是真的呢？你又怎么能期望把那些大概至今还活着的人的隐私印出来公之于世呢？"

"亲爱的约翰，"我着急地轻声答道，"别担心这些小事儿。你一旦把这些素材转换成诗篇，那就会是真的，那些人也就会显得栩栩如生。诗人精练出来的真实不会造成什么伤害，也不会冒犯什么人。真实的艺术超越虚假的荣誉。"

"当然，没错儿，"谢德说。"你可以驾驭文字，就跟玩弄跳蚤表演，让它们拉小车载着别的跳蚤一样。嗯，当然，没错儿。"

"除此之外，"我接着说，这当儿我们俩正顺着那条路往下走，迎向硕大的夕阳落日。"等你那首诗一完成，赞巴拉的光荣跟那首诗的光荣一融合，我便打算向你透露最后一个事实真相，一个惊人的秘密，那就会让你一劳永逸地安下心来啦。"

469 行：他那管枪

格拉杜斯开车回到日内瓦，心里纳闷儿，不知啥时候才用得上那管枪。那天下午热得够呛。湖面展现一片银鳞，映出些许雷雨云翳。正像许多安装玻璃的老工人那样，格拉杜斯能通过水的光泽和波动相当准确地测出水的温度，眼下看起来起码有二十三度。他一回到旅馆便给总部打个长途电话。那可真是一场糟糕透了的体验。在设想英语会比BIC[1]的用语较少引人注意的情况下，那些阴谋家决定用英语在电话里交谈——确切地说，只是蹩脚的英语，只用一种动词时态，没有冠词，双方的发音又都很不准确。另外，由于遵循那种使用两套不同密码词汇的巧妙系统（创始于那个主要BIC国家）——譬如，提到国王，总部用“写字台”代替，格拉杜斯则用“信件”取代，结果使双方的交流大大增加了难度。双方最后都一古脑儿忘了某些属于对方词汇库里的短语含意，结果使他们那次纠缠不清而价格昂贵的交谈变成了一场字谜游戏，外加黑暗中的障碍赛跑。总部那边认为弄明白了：国王那批泄露自己行踪的信件可以采用闯入迪莎别墅搜劫王后那张写字台的办法获得；而格拉杜斯却根本没说过这种话，只是想把他那次莱克斯之行的成果汇报上去罢了。他懊恼地得知总部并没派他前去尼斯搜寻国王，却叫他待在日内瓦等待运来一批大马哈鱼罐头。不过倒有一件事总算弄清楚了，那就是下一次他不再打长途电话，而改打电报或写信啦。

470行：黑人

有一天我们谈论偏见。那天早些时候，在教员俱乐部吃午

1 法文，中央情报局。

饭时，赫教授有位客人，一位从波士顿来的老朽的荣誉退休教授——他的主人深表敬意地把他说成是“一名真实的古罗马贵族，一名真正贵族出身的婆罗门[1]”（这位婆罗门的爷爷其实是在贝尔法斯特贩卖男人裤子背带的）——碰巧在提到学院图书馆新来的一个不大招人喜欢的工作人员的出身时，十分自然而文雅地说他“不用说是位上帝的选民啰”（还饶有兴味地轻轻哼了一声）；米沙·哥登助理教授，一位红头发音乐家，对此坦率地声称“当然，上帝可以选定他的子民，人则应该挑选他的表情。”

我的朋友和我溜达着返回我俩毗邻的各自城堡时，天正下着毛毛雨，诗人在他一首抒情诗中形容四月里这种细雨为：

一管铅笔对春园景色沙沙的速写

谢德说他在这人世间最憎恨的是粗俗和残暴，而你发现种族偏见却把这两种恶劣品质完美地结合在一起了。他说自己作为一个文人，不由得在说法上更喜欢用“is a Jew”（是个犹太人）胜过“is Jewish”（具有犹太人特点），更喜欢用“is a Negro”（是个黑人）胜过“is colored”（是个有色人）；但是，他立刻又补充说自己这样同时提及两种偏见的做法是一个把两者混为一谈的草率或煽动性的好例子（左翼分子就经常如此炮制），因为这样就抹杀了两个历史上的地狱之间的区别：一

1 Brahmin，印度种姓等级中最高的等级。

个是恶魔似的迫害，另一个是野蛮的奴役传统。另外，（他承认）一切受虐待的人的眼泪，贯穿在一切时代的绝望时刻，确定无疑都是相同的；而且（他认为）你管保不会太出错，准会在那挥舞淡黄皮带对黑人施以私刑的凶手和那神秘的排犹分子之间，在他们喜爱的鬼迷心窍的时刻，找到家族成员相似的面貌（绷紧的猿猴鼻孔啦，令人毛骨悚然的麻木目光啦）。我说我最近——打发走了一个令人难忘的房客（见前言）之后——雇用了一个年轻黑人花匠（参见第998行注释），他总是爱用“有色人”这个词儿。作为一个跟新旧词汇打交道的人（谢德评论道），他强烈反对那个表达词语，不仅因为那会给人一种美感上的错误印象，而且它的意思过分仰赖应用和使用的人而定。（他同意）不少有成就的黑人认为那是个唯一尊严的词汇，感情上不偏不倚，伦理道德上也不冒犯人；他们的认同迫使体面的非黑人也效法他们，而诗人却不喜欢让人牵着鼻子走；但是，上流社会人士一向崇拜认同，于是现在便使用“有色人”取代“黑人”，就跟他们以“nude”（裸体）取代“naked”（光眼子），以“Perspiration”（分泌）取代“sweat”（出汗[1]）一样；不过，当然啦，（他承认）若让诗人竭诚欢迎“大理石雕像，‘裸体’臀部的酒窝儿”或“‘分泌’适当晶亮小珠”这类句子，则尚需假以时日。（他接着说）人们也常听到带有偏见的人谈起一桩黑人轶事时使用一种逗乐的委婉说法：那位

1 出汗这个字眼儿在英国直到十九世纪末叶还公认为不雅。

“colored gentleman”（有色绅士）做了或说了件怪叫人可笑的事〔维多利亚时代的中篇小说里那位“Hebrew gentleman”（希伯来绅士）在这儿意外地找到了一个哥们儿〕。

我闹不大明白他干吗在美感上反对“有色的”这个词汇。他便做出这样的解释：最初的科学著作里附有的花、鸟、蝴蝶等等插图都是由勤奋可嘉的透明水彩画画师画出来的。一些粗制滥造的出版物里往往有些图片缺了颜色。“一个白人”和“一个有色的人”这两个短语并列在一起，总叫我们这位蛮横排斥这两个意思已被公认的短语的诗人想到那些草图，认为该用合法颜色填补上——一种舶来植物用绿紫两色，一只鸟儿的全身羽毛用纯蓝色，一个扇形翅翼则用鲜红条纹。“再者，（他说）我们白人也根本就不白，我们出生时，浑身发紫，接着呈茶叶和玫瑰两色，随后变成形形色色令人厌恶的颜色。”

475 行：一位看守人，时间老人

读者该注意到这跟第 312 行起了极好的对应。

490 行：埃克斯

埃克斯显然是指埃克斯顿，一个坐落在奥米茄湖南岸的工厂林立的城镇。那里有一座相当出名的自然历史博物馆，许多陈列柜里装着塞缪尔·谢德收集并剥制的鸟儿标本。

493 行：她自戕了她那可怜的年轻生命

这个注解并不是为自杀辩解——这是对一种精神状态简明而认真的描述。

人越是清醒而压倒一切地信奉上帝，那种摆脱生命这玩意儿的诱惑就会越大，但是那种对自我毁灭这项重罪[1]的恐惧也会越大。让我们先来考虑一下那种诱惑。正如本书别处注释（见第 550 行注释）里较为透彻的讨论那样，一种对任何形式的来世所持的严肃概念势所必然地含有对上帝某种程度的信仰；反过来说，深挚的基督教信仰也必然对某种灵魂永生之说含有某种程度的相信。这种灵魂永生的观点无须合乎理性，也就是说无须呈现个人所幻想的确切景象或一个亚热带东方公园那样的气氛。一名虔诚的赞巴拉基督徒所受到的教导其实是：真正的信仰并不提供什么图片或地图，而是人应当平静地满足于一种温暖而朦胧的、令人愉快的企盼。举个朴实的例子，小克里斯托弗的家庭就要移居到远方一个殖民地，他爹已经给派到那里去担任一个终身职务。小克里斯托弗是个九、十岁羸弱

1 根据天主教教义，自杀是深重的罪孽之一，是要被永远打入地狱的。

的孩子，彻底依赖（彻底得其实都失去了对这种依赖的觉察）长辈给他作好离开、远行和到达的一切细节安排。他既想象不到，也没试图想象，那个等待他去的地方的特殊景象，不过他倒是朦胧而适意地相信那里会比他眼前的家园还要好，这里他已经有了高大的栎树啦，山峦啦，他那匹小马驹啦，花园啦，马厩啦，还有马夫格林——那老家伙一见四处没人就自有一套爱抚他的方式。

我们也该有一点这种单纯的信赖。人心中一充满了这种彻底依赖的朦胧向往，怪不得就会受到诱惑，怪不得就会面带梦幻的微笑掂一掂手掌上那个装在小羊皮盒里的武器的分量，它的尺寸几乎跟一座城堡大门的钥匙或一个男孩儿缝合的钱包一般大小，怪不得就会探头越过那堵矮墙俯视一个诱人的深渊。

我在挑选这些形象时比较随便。有些纯粹派人士则坚持认为一位绅士该使用一对手枪朝自己两边的太阳穴各开一枪，要么就使用一把光秃秃的 botkin[1]（注意这个词汇正确的拼法）；淑女们则应该要么吞服一剂致命的毒药，要么就跟笨手笨脚的奥菲莉亚[2]一块儿淹死了事。比较谦卑的人宁愿采取各种窒息方式；次要诗人甚至试用花里胡哨的解脱方式，诸如在一间通风的寄宿宿舍浴室里那个四足浴盆内割断自己的静脉血流如注而亡。这些办法全都不大靠得住而且显得肮脏凌乱。在自我解脱不太多的办法中，从空中栽下去，栽下去，栽下去，倒不失为

1　意为丹麦匕首。

2　Ophelia，莎士比亚悲剧《哈姆雷特》中的女主人公，溺水身亡。

一个最佳方案，不过您得事先小心翼翼地选定您那个窗台或岩脊，免得伤害您自个儿或别人。即使您不会游泳，从高桥上往下跳这一招儿我也不想在这儿予以推荐，因为风和水易出离奇古怪的意外事故，悲剧总不应以一个创纪录的跳水动作或一名警察为此得到提升而告终。您如果在一座高入云霄的商业中心大厦闪亮的顶层租一间房间，号码是 1915 或 1959 的斗室，然后把窗户提拉起来——不是跌下去，也不是跳下去——像是为了透透新鲜空气那样把身子慢慢探出去，就在您干净利落地堕入自己的地狱时，总会碰巧砸在一个夜间出来遛狗的文静梦游者身上；有鉴于此，选择一间后室则比较保险，若选一座普通坚固的老房子屋顶尤佳，料想底下远远的猫儿会闪避开。还有另一种普通的起飞办法，那就是攀登到五百米左右高的山顶上，朝下耸身一跃，完事大吉，不过您得事先探测好了，因为您会惊讶地发现多么容易错估您那偏差角度，有些隐匿的突出物，一块蠢不拉唧的岩石什么的，会匆忙接住您，把您弹进灌木丛，让您受挫，摔伤而没必要地还活着呐。理想的一着莫过于从飞机上往下跳，您的肌肉会松弛，驾驶员会纳闷儿，您把那压实的降落伞解开，脱去，抖掉——再见，*shootka*（小伞儿）！您就一头栽下去，不过您会觉得自己悬浮在空中，您像个困倦的翻滚鸽子那样，用慢动作翻筋斗，伸开四肢仰卧在空中的鸭绒垫上，或者懒洋洋地转身拥抱您的枕头，享受走向死亡之前的温柔而深奥的生命最后每一瞬间，随着地面上那绿色的跷跷板忽上忽下的晃动，骄奢淫逸者在地狱里受酷刑，您展开四肢加快冲刺，耳边风声嗖嗖，接着您那可爱的身躯便消失在主的怀抱里。我若是一名诗人，肯定会写首颂诗，愉快地力劝您闭上两眼，彻底顺从人所追求的这种绝对保险的死亡。您会欣喜若狂地预感到主的宽厚胸怀拥抱住您那解放了的灵魂，预感到自己在洗那种躯体溶化的暖浴，预感到宇宙中神秘不可知的力量在吞没渺小的不可知灵魂，而那灵魂曾是人短暂一生中的人格的唯一真实部分。

那灵魂敬仰主指导它度过了尘世一生，在人生崎岖的道路上每一转折处都辨认出主绘制在砾石上、刻画在枞树树干上的印记，个人那命运之书每页上都盖有主的水印图案；在这种情况下，人怎么可能怀疑上帝在来世不永远维护我们呢？

因此，又有什么能制止人实现这种转变呢？又有什么能帮助我们抗拒这种极端的诱惑呢？又有什么能阻止我们屈从于这种想要和上帝融合在一起的热烈愿望呢？

我们这些天天在污秽环境里像猪那样拱来拱去的人，犯下了这种自戕的重罪，却一了百了地不再犯其他一切罪恶，主也许为此倒会宽恕我们哩。

501 行：那 if

这在法语里是紫杉的意思。古怪的是赞巴拉语中垂柳也是“*if*”（紫杉则是 *tas*）。

502 行：那大土豆

一个恶劣透顶的双关语，故意放在碑文位置上以强调对死亡的不恭。我记得当年在中学读书时，教室里有某种法文手册，其中收集了拉伯雷的一些俏皮话，有一句 *soi-disant*[1]“临终之言”是：*Je m'en vais chercher le grand peut-être*[2]。

502 行：IPH

高雅的趣味和那种有关诽谤的法律使我不能透露这家可敬的 higher philosophy（高等哲学）学院的真实名称，我们的诗人倒在这一章里对它开了不少想象出来的玩笑。高等哲学这两个英文字的起首字母 HP 使该院学生联想到 Hi-Phi[3] 的缩写；谢德在组合 IPH 这个缩写时也灵巧地模仿这一招儿，IPH 读起来又是 If。这家景色如画的学院坐落在西南一个州内，具体州名在这儿也不便公布。

我还不得不声明我很不赞成我们这位诗人在这一章里以极其轻率的态度对待某些只有宗教才能使人心灵中的期望得以满足的方面（详见第 549 行注释）。

1 法文，所谓的。

2 法文，我去寻找那庄严的设想。

3 即 High Fidelity（放声、显像等的高保真度）的缩写 Hi-fi 的变异。

549行：在怠慢神祇，包括那至圣上帝

这确实是问题的核心。我认为不仅是该学院（见第517行），而且也包括我们诗人自己都没领会到这一点。对一名基督徒来说，在我们的永生中，设若没有上帝的参与，那便不会有可以接受或想象的来世；这也就意味着人犯了罪，无论大小，都会受到应得的惩罚。我那个小日记本里碰巧摘要地记载过六月二十三日诗人和我“在我那露台上下完一盘和棋后”的一次谈话。今照录如下，只因为这段谈话十分有趣地暴露了诗人对这个论题的态度。

我提到过——不记得在什么场合了——我的教会和他的教会之间有些差别。该注意的是我们赞巴拉标记的新教教会相当接近圣公会“更高的”教派[1]，具有它自身的一些宏伟特征。我们的宗教改革[2]曾由一位天才作曲家领导；丰富的音乐渗入我们的礼拜仪式；我们的儿童唱诗班是世界上歌喉最甜美的唱诗班。希碧尔·谢德出自一个信奉天主教的家庭，可她本人却告诉过我，从少女时代起她就发展了“自己的一套宗教观”——往好里说，这跟半心半意归属于某种半邪教派别是同义语；往坏里说，这可跟温里温吞地信仰无神论完全一样。她已经使她丈夫不仅弃绝了他祖祖辈辈归顺的圣公会，也抛弃了一切敬神

1　High Church，英国基督教圣公会中的一派，要求维持教会的较高权威地位，主张在教义礼仪和规章上大量保持天主教的传统。

2　指十六世纪欧洲改革天主教会的运动，结果产生新教。

的圣礼仪式。

我们俩偶尔谈起当今世人对“罪”普遍有一种模糊概念，常把它跟那种更具有世俗色彩的“犯罪”概念相混淆；我简短地提起我在儿童时代跟我们教会的某种宗教仪式的接触。我们向教士忏悔是在一间装饰得富丽堂皇的凹室里私下进行的，忏悔人手持一支点着的细长蜡烛，站在那位教士坐的高背椅子旁边，那把椅子几乎跟一位苏格兰国王加冕典礼时坐的椅子一模一样。我当时是个彬彬有礼的男孩儿，总是害怕那不断滴在我手指关节上形成小硬嘎巴的滚烫烛油会滴脏他的紫黑袖子；我也好奇地观望着他那被照亮的耳朵眼儿，那耳朵活脱儿像个海贝壳或一朵光洁的兰花，可是那卷曲的接收容器用来听取我犯的小小过失却似乎未免显得太大了。

谢德：那七项大罪[1]全是小小过失，可是如果没有其中三项：骄傲、淫邪和懒惰，诗歌想必根本就不会产生。

金波特：把反对的理由建立在陈腐的术语基础上，这是否公平呢?

谢德：所有的宗教都是建立在陈腐的术语基础上的。

金波特：我们称之为原罪[2]的事永远不会变得陈腐吧。

---

1 seven deadly sins，基督教中指那使灵魂死亡的七项大罪，即骄傲、贪婪、淫邪、愤怒、贪食、嫉妒和懒惰。

2 Original Sin，基督教重要教义之一。人类的始祖亚当和夏娃受造后被置于伊甸园，因受蛇诱违背上帝命令，吃了禁果，这一罪过成为整个人类的原始罪过，故名。认为此罪一直传至亚当的所有后代，成为人类一切罪恶和灾祸的根由；即使是刚出世即死去的婴儿，虽未犯任何罪过，却因其有与生俱来的原罪，故仍是罪人，需要基督的救赎。

谢德：这方面我一点也不了解。其实我在小的时候以为那只是指该隐杀弟[1]那档子事。我个人同意那些闻鼻烟[2]的老头儿的观点：*L'homme est né bon*[3]。

金波特：可是不服从上帝的意志就是罪的基本定义啊。

谢德：一些我闹不清楚的事我只得顺从，可是我却有权否认那些事实真相。

金波特：啧啧！难道你对人世间存在着罪恶这一事实也要加以否认吗？

谢德：我认为人世间只有两项罪恶，其一是谋杀，其二是故意让人遭受痛苦。

金波特：如此说来，一个人绝对孤独地过活，算不上是个罪人啦？

谢德：他想必仍然可以折磨动物啊。他仍然可以在他那个小岛的泉水里放毒啊。他仍然可以在死后发表的声明中告发一个清白无辜的人啊。

金波特：所以，通行的口令是——？

谢德：可悲。

金波特：然而，是谁把这种想法灌输到我们的头脑中去的

1 Cain killing Abel，见《圣经·创世记》，该隐是亚当与夏娃的长子，是个种地人，弟亚伯是牧羊人。一日，该隐以禾谷，亚伯以头生羊羔和羊脂为供物献给上帝，上帝悦纳亚伯及其供物而对该隐及其供物不中意，该隐妒忌，在田间杀死亚伯。西方文学常以此比喻骨肉相残。

2 snulf-takers，西俗，人在守灵夜闻鼻烟以压住死亡气息。

3 法文，人之初性本善。

呢，约翰？谁是人生的最高审判者和死亡的设计师呢？

谢德：人生是一大奇迹，我看不出死亡为什么不该是甚至更大的奇迹。

金波特：我现在领会你的意思了，约翰：我们一旦否认上帝在安排管理我们个人的来世，必然就会接受进入永生纯属偶然这种说不出口的可怕观点。考虑一下这种处境吧。贯穿在整个永生中，我们那可怜的鬼魂暴露在无名无姓的沉浮变迁中，那里没有申诉，没有指点，没有帮助，没有保护，啥也没有。可怜的金波特的鬼魂，可怜的谢德的鬼魂，想必会犯大错误，想必会在哪儿转错了弯儿——噢，纯粹是由于心不在焉，恍恍惚惚，要么只是在那没有赎罪状态的荒诞游戏里不了解一条琐碎的规则——如果那里真有什么规则的话。

谢德：解决象棋疑难问题倒是有规则的，譬如，不许双重解答。

金波特：我想到的是那些魔鬼规则，一旦我们弄明白了，就很可能又被对方破坏掉。这就是为什么巫师的魔法不一定总起作用。魔鬼们在它们五光十色的恶毒诡计中背叛我们跟他们所订的协议，使我们再次陷入那种偶然性的混乱中。即使我们用必然性来调和一下偶然性，允许不信神的决定论[1]，那种因果机械论，给我们死后的灵魂提供那类玄妙统计数字的含含糊糊的抚慰，我们仍然不得不应付个人的灾祸，那在地狱里给安排

1　determinism，认为一切事物具有不以人们意志为转移的必然性和因果制约的哲学学说。

在独立日那天发生在公路上的第1002次车祸事故。不，不，我们如果想认真看待来世，那就让我们别把它贬低到科幻小说里的奇谈怪论或者招魂术的案例记录那样的水平。一想到人的灵魂堕入无边无际的混沌来世而没有上帝指导——

谢德：拐角那儿总会有一位领着魂儿进入阴曹地府的向导吧，对不对？

金波特：那儿的拐角可没有，约翰。没有上帝，灵魂就得靠自己的躯壳残灰，靠生前幽禁在肉体里那段过程中所积累的经验，幼稚地墨守小城镇原则和地方法规，坚持那种主要由自身的牢笼铁窗阴影形成的个性。具有宗教思想的头脑片刻也容不得这种想法。比较明智的办法莫过于——哪怕是出自一个傲慢的邪教徒的观点！——干脆承认上帝的存在——起初是微微一点磷火，一点出现在人的肉体暗淡生活当中的微暗亮光，随后在人死后成为灼灼耀眼的光辉，这多么明智啊，对不对？我也，我也，亲爱的约翰，一度对宗教产生过怀疑。是教会帮助我驱散了乌云，它还教导我别过多发问，别要求见到一个难以想象出来的上帝非常清晰的形象。圣奥古斯丁说过——

谢德：干吗人总是爱给我摘引圣奥古斯丁的话？

金波特：正如圣奥古斯丁所说，“人可以知道什么不是上帝，却无法知道上帝是什么。”我觉得我倒知道什么不代表上帝：上帝不是失望，上帝不是恐怖，上帝不是人嘴中嘈杂争论的那个尘世，上帝不是人耳中渐渐隐没于虚无缥缈中的那种邪恶的嗡嗡声。我也明白这个世界想必不是偶然产生的，而是在宇宙形成的过程中，不知怎的，上帝作为一个主要因素给卷了进去。在试图给万能之道或造物主，或绝对权威，或大自然，找个正确称号时，我提出上帝这个称号予以优先考虑。

550 行：残瓦碎片

我想对前面一个注释（指第 12 行）说两句话。由于良心和学术成就在这个问题上进行了辩论，我现在认为那个注释里提到的两行诗被一种急赤白脸的渴望心情扭曲玷污了。这是我在写这些费劲的注释过程中唯一一次处于痛苦和失望的心情中而逗留在弄虚作假的边缘。我该要求读者不要理会那两行（恐怕连韵律都不合辙的）诗句。在出版这个集子之前，我原本可以把它们删掉，可那样一来就得重写那整条注释，起码也得改写其中很大一部分，我可没工夫干这种蠢事。

557—558 行：怎样在那黑暗中，找到美神特拉，倒抽一口冷气，见是小家碧玉一块

算得上是这一章最美的两行诗。

579行：那另一位

暗指我的朋友在生活当中另有外遇，这可决不是我想干的事。他啊，一直在安详地扮演那个小镇上对他赞赏的人指派给他的模范丈夫那个角色，何况他也极怕老婆。我不止一次制止了那些爱嚼舌的人把他的大名跟他的一个女学生的名字联系在一起的流言蜚语（见前言）。近来美国小说家大都是一个联合英语系的成员，个个权衡得失，不得不比世上所有别的人都更加沉湎于文学才智、弗洛伊德式幻想和可鄙的异性恋贪欲之中，从而已经把这个主题推向灭亡；因此我不想效法他们，在这儿冗长乏味地介绍那位年轻女郎，让读者感到腻味。不管怎么说，我其实对她也很不了解。一天傍晚，我邀请她跟谢德夫妇一起去参加一个小小的聚会，用意就是为了反驳那些谣传；这事倒让我想起该说一说荒凉的纽卫镇上礼尚往来和拒不接受邀请的种种古怪的礼俗。

翻查我那个小日记本，我发现我在跟谢德夫妇交往那五个月里总共有三次应他们之约前去赴宴。头一次是在三月十四日星期六，我参加了他们家中的晚宴，在座还有几位客人：聂托什达格（我天天在他的办公室里见到他）；音乐系的哥登教授（席间他独占了谈话）；俄文系主任（一名滑稽可笑的学究，越少谈他越好）；三四个轮流交替怀孕的女人（其中一位，我猜想大概是哥登夫人）；另外还有一位完全陌生的女士，饭后被安排坐在我的身旁，算我倒霉，从八点到十一点一直在跟我谈话，毋宁说只是她独自在喋喋不休地说个没完。第二次款待是在五月二十三日星期六，一次小型却一点儿也不舒服的 *souper*[1]，席间有密尔顿·斯通（一位新上任的图书馆馆长，谢德跟他研究有关华兹史密斯学院的某些文献该怎样分类，两人一直谈到午夜）、老好人聂托什达格（他我还是天天见到）和一个没有除去臭味儿的法国女人（她给我描述了加利福尼亚大学语言教学情况的全貌）。第三次也是最后一次在谢德家进餐的日期没记载在我的小本本里，可我记得那是在六月份一个上午，我送过去一张亲手绘制的那位国王在昂哈瓦的宫殿平面图，上面画有多种优美的纹章图案，还用上了一点我费了不少劲儿才搞到的金色颜料，十分漂亮；谢德夫妇很有礼貌地竭力要求我留下跟他俩一块儿吃顿便饭。我该补充说一下，尽管我明言在先，可是那三顿饭都根本没考虑我的素食习惯；我原本可以屈就尝尝的蔬菜不是给掺了肉就是周围给摆上了肉片，统统受到了污染，真是让我受尽活罪。我自有一套灵巧的办法来报复。我邀请过谢德夫妇十来次到我家吃饭，他们只接受了三次。每一次的菜肴都是素的，选用的全是像帕尔芒捷[2]使他宠爱的土豆块茎巧妙变了种的那类蔬菜果实。每一次我都只另请一位客人陪陪谢德夫人〔请随便用点儿——我逼出娘们儿那样的尖嗓门招呼客人——希碧尔却厌恶 artichokes（朝鲜蓟），avocado（鳄

1 法文，晚餐。

2 A. Parmentier（1737—1813），美籍比利时裔园艺家，一八二九年曾在纽约建立一个商业性苗圃和植物园，进行植物变种试验。

梨），非洲 acorn（橡树果）——其实她对凡是名称以“a”字母打头的蔬菜果实一概厌恶〕。我发现再也没有什么比吃饭时周围只有一帮老年人围着你这种局面更易于叫人倒胃口了，老太太们不但把餐巾弄得五花斑驳，也使她们化的妆解了体；他们还会在含含糊糊的微笑遮隐下，尽量想法儿除掉一粒难受地卡在假牙和死牙床之间的紫莓子儿。所以我便特地请年轻人和学生来作陪：第一次是一位君王之子；第二次是我那名花匠；第三次是那个身穿黑色紧身连衣裤的姑娘，长长的白脸，眼睑上涂抹了食尸鬼那样的绿颜色；不过她来得很晚，谢德夫妇离开得很早——他们那次相遇其实恐怕都没超过十分钟光景，于是我只好放送留声机唱片款待那位姑娘直到深夜，最后她总算打电话给某人，请他前来陪她一道去杜尔威奇参加一次“晚宴”。

584 行：母子二人

Es ist die Mutter mit ihrem Kind[1]（参见第 664 行注释）。

596 行：指着他那间地窨子房间里的泥潭水洼

我们都了解那些梦，在那些梦里，冥河浸透什物，忘

1 德文，这是母亲和她的孩子。

川[1]在那出了毛病的管道里令人沮丧地漏水。在这行诗下面，草稿上保留了四行失误的开端——我一发现这段异文，不由得感到一阵凉气自上而下嗖嗖流过我那又软又长的脊梁骨，我希望读者读后也多少会有点儿那种感觉：

那去世的凶手是否应该试图拥抱
他现在不得不面对的那个惨遭他杀害的人？
物体拥有灵魂吗？或者势必会像
伟大庙宇和塔纳格拉[2]灰尘那样消失殆尽？

“塔纳格拉”（Tanagra）最后那个音节和“尘埃”（dust）的前三个字母形成了那名凶手的姓“格拉杜斯”（Gradus），他那 *shargar*（卑贱的灵魂）和我们诗人光辉的灵魂很快就会在阴曹地府相遇。缺乏想象力的读者会大声喊道，“这纯属巧合！”好，那就让他拭目瞧一瞧吧，正如我已经拭目瞧见了那样，多少这样的组合不仅可能而且似乎合理，诸如“Lenin*grad* *us*ed to be Petrograd？”（列宁格勒原来不是彼得格勒[3]吗？）“A prig *rad*〔已废的 read 过去式〕*us*？”[4]（一名老学究读给我们听

1 Lethe，希腊神话中冥府的一条河流名，饮其水即忘却过去一切。

2 Tanagra，希腊古维奥蒂亚的城市，最早为维奥蒂亚东部重镇，在罗马时代为一文化中心，考古学家于一八七四年发现一座古坟内有个大地窖，内藏精制的赤陶小塑像。

3 Petrograd，前苏联西北部港口城市，列宁格勒一九一四至一九二四年期间旧称。

4 这两个例句中斜体的字母合起来都是“格拉杜斯”（Gradus）。

了吗？）

这段异文那么奇妙，只因学术修养和一种对事实的审慎考虑才叫我为了保持全诗长度而没有删除别处四行（例如第627—630行那四句贫薄的诗）以便把这一段安插进去。

谢德是在七月十四日星期二创作这几行诗的。那天格拉杜斯在干什么呐？啥也没干。人往往会为下了几着巧棋而吃老本。我们上次是在七月十日傍晚看到他开车从莱克斯回到日内瓦他住的那家旅馆的，我们就把他留在那儿了。

接下来四天，格拉杜斯一直在日内瓦犯愁。那种发生在性喜好动的人身上有趣的矛盾是，他们常常得忍受长时间闲待着没事干的困境，缺少了那种他们喜爱的冒险性消遣，啥事也没法儿完成。就像许多文化修养低的人那样，格拉杜斯也是个如饥似渴的读者，见到什么就读什么，报纸啦，小册子啦，街头散发的传单啦，滴鼻药水和消化药样品附带的多种文字的宣传资料啦，不一而足；不过，这也只表明他退一步对知识产生好奇罢了；然而他的视力不佳，本地新闻也并非无止境地可供他消遣，他便坐在路边咖啡座上发呆，无可奈何地打盹儿睡觉，打发掉不少时光。

相比之下，完全清醒的懒汉，人间的君主，又是多么幸福呵；他们那极其怪诞的头脑从这样一些情景——黄昏时分的阳台栏杆那儿啦，下面的湖泊和亮光啦，远方融化在落日余晖映照下的幽暗杏林中的山峦形态啦，苍穹衬托下的黑黝黝松林轮廓啦，沉寂哀愁的海滨禁区沿岸的碧波红涟啦——得到无上欢乐和狂喜而引起的刺痛。噢，我那可爱的包斯考贝尔！那些温柔而可怕的回忆，那桩耻辱，那种光荣，那些叫人发狂的坏兆头，还有那颗从来没有哪位党员能够攀登到达的星星。

星期三上午依然没有啥消息，格拉杜斯便给总部打个电报，说明他觉得再这样干等下去极不明智，因此他会去尼斯，下榻在那里的天青石旅馆。

597—608 行：我们该汇报的那种思想，等等

读者在脑海中应该把这一段儿跟前面那个注释里提到的四行特殊的异文联系起来，因为仅仅一个星期过后，“Tana*gra dust*”便和“我们那双高贵的手”在真正生存和真正死亡中相遇。

我们的查尔斯二世若没逃出来，想必就会给处决了；他若在王宫和瑞波逊洞穴之间的路途中遭到逮捕，这种事肯定便会发生；可他在逃亡的过程中却只有少数几次觉察到命运厚实的手指在播弄他；他感觉到它们在触摸他（如同严厉的老牧羊人检查女儿的童贞一样），那是发生在那天夜里他从曼戴沃山坡湿漉漉的蕨草丛中滑下去的时候（参见第 149 行注释），以及次日他这位爬山的人垂头丧气地在一处更可怕的高地那里意识到有个幽灵在伴随着他的时候。那天夜里，我们的国王有好几

次颓坐在地上，绝望地打算等到破晓时再走，这样他便可以在摆脱逃亡时所遇到的任何危险时少受些折磨。（可我眼下关切的则是另一个查尔斯，另一个身量超过两码的黑汉子。）不过这一切看来都只是属于肉体或神经上的折磨，而我了解得很清楚，我的国王若被抓住判处极刑，拉出去枪毙，想必会像第606—608行诗中所表现的那样：他会傲然沉着地环视四周的人，接着他

便会嘲笑那些不如我们的人，乐意取笑
那些热诚投靠的白痴，只是为了好玩儿
冲他们的眼睛啐唾沫

容我用一句有点反达尔文进化论的格言来结束这个重要的注释：杀人者一向在品质上不如遭他杀害的人。

603行：倾听远方鸡鸣

这不禁叫人想起埃德赛尔·福特在最近一首诗中描绘的绝妙景象：

经常在公鸡啼鸣，从黎明破晓
和朦胧的谷场抖落出火焰之时

谷场（赞巴拉语是 *muwan*）是谷仓边上那块场地。

609—614 行：谁也救助不了，等等

草稿上这段儿原是：

609　没人能救助这个让死神抓住的流亡者
他在这个美国热浪滚滚而潮湿的夜晚
赤条条躺在他碰巧投宿的那家旅馆里：
五彩缤纷的亮光透过百叶窗条纹
探索他那病榻——往日的魔术师个个
带来灵丹妙药——而生命却飞快消失。

这几行相当完整地描述了我在力图把这些注释协调好那一时期“碰巧投宿的那家旅馆”，那是一座小木屋，带有一间用砖石覆盖的浴室。起初我遭到收音机放送的魔鬼一般闹哄哄的音乐极大的骚扰，我还当那是来自街对面的某类游乐场——结果发现原来是一批露营的旅游者捣的鬼——我一直想趁早搬走，换个住处，可他们却抢先转移了。眼下这里，除了还有讨厌的风穿越枯萎的颤杨树发出的飒飒声之外，倒安静多了。赛达恩又成了一座鬼镇，没有夏季出游的傻瓜或暗探在盯视我；我早先见到过的那个身穿蓝色牛仔裤的小渔夫也不再站在溪流里他一向站的那块石头上了，这样或许更好。

615行：两种语言

英语和赞巴拉语，英语和俄语，英语和列托语[1]，英语和爱沙尼亚语，英语和立陶宛语，英语和俄语，英语和乌克兰语，英语和波兰语，英语和捷克语，英语和俄语，英语和匈牙利语，英语和罗马尼亚语，英语和阿尔巴尼亚语，英语和保加利亚语，英语和塞尔维亚-克罗地亚语，英语和俄语，美国英语和欧洲英语。

619行：块茎芽眼

那句双关语发芽了（参见第502行）。

627行：那位了不起的斯达奥沃·布卢

推测起来，这大概得到了布卢教授的许可；尽管如此，把一个真人插入他需遵循创造力来虚构的环境里，甭管多么惬

1 Lettish，即拉脱维亚语。

意，多么闹着玩儿，这种手法还是给人一种异常庸俗乏味的印象，尤其是因为诗中其他真实生活中的人物，除去几名家庭成员之外，当然用的都是假名。

斯达奥沃·布卢（Starover Blue）这个姓名无疑最具诱惑力。“蓝天那边的星”显然很适合当作一位天文学家的姓名，尽管这个姓名其实跟苍穹一点关系都没有：那个名字是为了纪念他爷爷而取的，老先生是一位俄罗斯 *starover*（顺便说一下，重音在末一音节），也就是说，一位旧礼仪派教徒[1]（一名分裂教会派成员），他姓 Sinyavin（辛耶文），源自俄语 *siniy*（蓝）。这位辛耶文从萨拉托夫[2]移居到西雅图，婚后得一子，那个儿子后来把他的姓改为布卢（Blue，蓝），跟一位归化美国的卡舒布人[3]斯黛拉·拉祖契克结了婚。于是就这样传宗接代下来了。爱开玩笑的谢德把“了不起”这个形容词赠给诚实的斯达奥沃·布卢，也许会使他感到惊讶。笔者为此也深受感动，借此谨向那位和蔼可亲的怪家伙略表敬意；他在校园里赢得人人爱戴，学生们还给他取了个 Starbottle（星星酒瓶）上校的绰号，显然是因为他出奇地好酒贪杯。总之，我们这位诗人周围毕竟还有一些其他了不起的人物——譬如，那位杰出的赞巴拉研究学者奥斯卡·聂托什达格。

1 old Believer，十七世纪抵制莫斯科牧首尼康强行在俄罗斯正教会内推行崇拜仪式改革而脱离正教会的教徒。

2 Saratov，俄罗斯伏尔加河下游一港口城市。

3 kashube，波兰维斯杜拉河口卡舒比亚地区的斯拉夫人。

629 行：禽兽的命运

诗人在这个短语上面写了下面这几个字，可又划掉了：

疯子的命运

不少赞巴拉神学家探索过疯子灵魂的最终归宿，大都认为：就连那最疯狂的头脑里，尽管有大量犯了病的粒子，仍然保存着一个清醒健全的基本粒子；它在人死后还活着，而且在那充斥着胆怯的傻瓜和体面的笨蛋的世界给远远甩在后面之后，还会突然展现一阵，也可说是爆发一阵健康而得意的响亮笑声。就我个人而言，我不认识任何疯子，却听说过纽卫镇上一些有趣的实例（那个被链子锁在灰柱子上的疯婆子说："连我也在阿卡迪这个世外桃源啊！"）。例如有个学生发了疯。一个非常可靠的学院老勤杂工有一天竟在放映室里向一位过于挑剔的女学生展示某样她无疑已见过更好样品的玩意儿；不过，在所有那些疯子当中，我最喜爱的一个例子是埃克斯顿一名铁路员工所犯的疯病，赫太太给我描述了那个家伙的妄想症。赫尔利家有一天为暑期班学生举办了一次盛大晚会；我那第二批乒乓球伙伴当中有一位是赫尔利家的男孩的哥们儿，带我前去赴会，因为我知道我那位诗人要在那个场合朗诵点儿诗，我兴奋不已，而且忐忑不安地相信那可能是有关我的赞巴拉那首诗（结果却是他的一位默默无闻的朋友写的一首默默无闻的诗——我的谢德素来对不走运的人非常友好)。如果我说我在那伙人当中鹤立鸡群，再也没有哪次比这次更感到“失落”了，相信读者诸君对此会加以理解的，不过我在赫家认识的人不多，这倒也是确实的。我面带微笑，手里拿着一杯鸡尾酒，在人群里挤来挤去，最后发现我那位诗人的脑袋和赫太太光亮的棕色发髻在两把毗邻的椅子后背上方。我朝他俩后背走过去那当儿，听见他正在反驳她刚说过的话：

“这个字眼儿用得不当，”他说。“您不该把它用在一个蓄意抛弃过去那种毫不幸福的生活而拿辉煌的想象来取代的人身上。那只是用左手翻开新的一页，重新开始生活罢了。”

我轻轻拍拍我朋友的脑袋瓜子，同时朝爱贝丝拉·赫微微点下头。诗人用呆滞的目光望着我。她开口道：

“金波特先生，您得帮我们一个忙。我坚持认为，那人叫什么来着，老——您知道，就是埃克斯顿铁路站上那个老头儿，他居然认为自己是上帝，并且开始更改火车路线，其实是个疯子，可是约翰却管他叫做同行诗人。”

“在某种意义上，我们大伙儿个个都是诗人，夫人，”我一边答道，一边划着一根火柴递给我的朋友，他叼着烟斗，正用双手摸拍自己身上各处呐。

我不敢说这句平凡的异文值得加以评注；说真的，全部有关来世预备学院活动这一段儿，如果那些干巴巴的诗句稍微精炼点儿，倒也颇具休迪布拉斯风格[1]咧。

1 Hudibrastic，十七世纪英国作家塞缪尔·巴特勒以嘲弄性的仿英雄诗写成的一首嘲讽清教徒的讽刺诗。

662 行：谁在这么晚的风雨之夜还在疾驶

这一行，说真的，整个这一段（第 653—664 行）暗指歌德那首名诗[1]，诗中描述恶尔精，那个小精灵出没的桤木林中的头发灰白的妖怪，爱上了一个天黑了还在赶路的旅客的娇嫩男孩儿。您会不胜钦佩谢德的灵巧手法，也就是说钦佩他把那首民谣一些不完整的韵律（心中的三音节节拍）转换成他那种一轻一重的两音节抑扬格诗句：

662　Who rídes so láte in the níght and the wínd（谁在这风雨之夜这么晚还在疾驶）

663　……………………………………………………

664　.... Ít is the fáther wíth his chíld（那是父亲和他的孩子）

歌德那首诗开宗明义的头两行，译成我那祖国的语言则现出最为精美的风格，额外还附带一种意想不到的韵脚（法译文也如此，例如 *vent-enfant*〔风—孩子〕）：

Ret wóren ok spóz on nátt ut vétt？
Éto est vótchez ut míd ik détt.

1　指《恶尔精》（*Erlking*）。恶尔精，日耳曼民间传说中的鬼怪，是个长胡子并戴金色王冠的巨人，专作戏谑坏事，对小孩尤甚。

另一个传说中的统治者，那位赞巴拉末代国王，为了获得自由而不得不爬越黑压压的山峦和荆棘丛生地带时，一直在用赞巴拉语和德语反复默诵这两行萦绕于心头的诗句，以此作为行进中的疲惫焦急的即兴伴奏。

671—672行：《野性的海马》

参见勃朗宁[1]那首诗《我已故的公爵夫人》[2]。

仔细阅读那首诗，然后谴责这种流行的手法，那就是从往昔或多或少出名的诗篇中拣出一句短语来作自己的散文集或诗集——或者，唉，一首长诗——的题名。这种题名拥有一种奢华的魅力，也许代表了陈年佳酿或妖娆名妓而让人接受，却只会贬低作者本人的才华，拿不费劲的文学引喻取代本人独创的想象力，并把那种装饰华丽的责任推卸到名作家半身胸像的肩上，因为谁都可以信手快速翻阅《仲夏夜之梦》或《罗密欧与

1 Robert Browning（1812—1889），英国诗人，突破传统题材范围，采用创新的戏剧独白形式和心理描写手法写作。代表作有《环与书》、《安德利亚·台尔·沙托》和《我已故的公爵夫人》等。

2 勃朗宁在《我已故的公爵夫人》中描写一位意大利文艺复兴时期的公爵杀死了自己的夫人，准备再婚，对象是一位伯爵的千金。为了确定嫁妆应给多少，伯爵派了一位使者去谈判，公爵领着使者参观他的收藏品，其中有他已故夫人的画像和铜铸的驯马（请注意这尊海神，/ 正在驯服一匹野性的海马，/ 据说它可是件宝贝咧……），勃朗宁在诗中把那类工于心计、阴谋杀人而又拿艺术作为掩饰的意大利文艺复兴时期的大贵族的性格写活了。

朱丽叶》或者也许《十四行诗》，轻而易举地从中拈出自己所需的词儿。

678 行：翻译成法文

其中有两篇译文发表在《新加拿大评论》八月号上，那期刊物在七月份末一个星期那段哀伤和精神混乱的时期出现在学院城书店里，我出于礼貌没把我看后写在小日记本上的一些评注拿给希碧尔·谢德看。

她翻译了多恩鳏居时所作的著名的《神圣体十四行诗》的第十首，其中有两句是：

Death be not proud, though some have calléd thee
Mighty and dreadful, for, thou art not so
(死神，你莫骄傲，尽管有人说你
如何强大，如何可怕，你并不是这样[1])

可叹的是法译文中突然在第二行中多余地喊出“ah, Mort,”（啊，死神,）这样的惊呼，而把一行诗中间的停顿凝结住了，译文如下：

1 此处引自杨周翰先生的译文。

Ne soit pas fière, Mort ! Quoique certains te disent

Et puissante et terrible, ah, Mort, tu ne l'es pas

另外，（第 2—3 行）那种尾韵"so-overthrow"幸好在法语里容易找到对称的"*pas-bas*"，但是（第 1—4 行）法译文中的内韵"*disent-prise*"却不尽如人意，因为这在一六一七年左右的法文十四行诗里会被看成严重违反了视觉规则，叫人难以接受。

限于篇幅我在此不能一一列举那期加拿大刊物刊登的圣保罗大教堂教长[1]斥责死神那首名诗的法译文其他误译和含混之处，那死神不只是"命运"和"机会"的奴隶，也是我们（"君主"和"亡命徒"）的奴隶[2]。

另一首诗，安德鲁·马韦尔的《哀叹幼鹿之死的仙女》，看来在技巧上更难以填塞成法文诗。如果说，埃隆戴尔小姐在译多恩作品时完全有道理拿法语的亚历山大格律[3]来适应英语的五音步诗体，然而她在这里宁取 *l'impair*[4]，以九音节来适应马韦尔的八音节，这是否恰当则值得怀疑。下列诗句：

And, quite regardless of my smart,

Left me his fawn but took his heart

---

1 约翰·多恩一六二一年起任圣保罗大教堂教长。

2 此处指多恩那首诗的第 9 行：你是命运、机会、君主、亡命徒的奴隶。

3 Alexandrine，每行含六音步或十二音节抑扬格，三音步后一停顿。

4 法文，奇数。

（而且相当无视我的痛苦，
留给我他的幼鹿，却带走了他的心。）

译成了如下法文：

Et se moquant bien de ma douleur
Me laissa son faon, mais pris son coeur

遗憾的是译者尽管颇有韵律学修养，却没能设法把她那头法国幼鹿的长腿合拢起来略显短些，也没想到用“*sans le moindre égard pour*”这样的词句来译“相当无视”。

另外下列对句：

Thy love was far more better than
The love of false and cruel man
（你的爱远比虚伪
和残酷的人的爱强得多）

尽管逐字译成：

Que ton amour était fort meilleur
Qu'amour d'homme cruel et trompeur

却没有一眼看上去就会显出成语化那样纯净的特色。最后那优美的结尾：

Had it lived long it would have been
Lilies without, roses within
（它若活得长久，想必就会是
外表似百合花，内心如玫瑰）

我们这位女士译成如下法文，其中不仅有一处谬误，而且还有译者犯了闯停车线[1]那类违法过失：

Il aurait été, s'il eut longtemps
Vécu, lys dehors, roses dedans.

这两行倒可以用我们神奇的赞巴拉语（了不起的康玛尔称它为“镜子语言”）多么优美地摹拟并押上韵呀！

Id wodo bin, war id lev lan,
Indran iz lil ut roz nitran.

1　stop sign，西方城市在十字路口设有停车线标志，车辆驶越十字路口前必须先在停车线前停住，司机视前方左右无车辆行驶方开过去，或横行道上也正有车驶来在停车线前停住，则谁先到谁先行。违反者罚款。

680 行：洛丽塔

在美国，主要飓风都冠以女性名字。这里使用阴性称号，与其说是给人以悍妇和老泼妇这类女性的印象，倒不如说是出于一般职业上的应用习惯。正如任何一样机器玩意儿，在它心爱的使用者眼中，都是她；无论是大火还是小火（哪怕是“微暗”的火），在消防队员眼中，也都是她；水对热情的管子工来说，同样是她。我们这位诗人干吗给一九五八年那次飓风起了一个不大使用的（有时只给鹦鹉取的）西班牙名字，而不用琳达或洛伊丝，这就闹不明白了。

681 行：阴郁的俄国佬充当间谍

这种阴郁实在不是由于什么玄奥的或种族的因素促成的。那不过是那种充满民族主义的情绪外表和一种乡土自卑感罢了——这两种情绪可怕的混合，正是赞巴拉人在极端分子统治下的典型心态，也是俄罗斯人在苏联政权下的典型特征。思想观念在现代俄罗斯全都像机械切割的单色板块，稍有细微差别即被视作违法，空隙全给堵塞，弯处全给扎扎实实踩平。

然而，俄罗斯人并非个个都是阴沉沉的。我们那新政府聘请来协助搜寻王室珍宝的两名莫斯科年轻专家就是嘻嘻哈哈蛮欢闹的。那些极端分子相信珍宝保管大臣布兰德男爵在从北塔楼跳下去或者摔下去之前，已经把那些珍宝妥善藏好，这一点他们倒是猜对了，可他们却不晓得他有过一个帮手，而且错误地认为应该在王宫里搜寻那些宝贝，因为白发苍苍的布兰德在一命归阴之前压根儿就没离开过王宫一步。我可以怀着情有可原的满意心情在这里补充一句：那些宝贝过去藏在，如今仍然藏在赞巴拉一个神秘的——相当叫人料想不到的——旮旯里呐。

读者已经在（第 130 行的）一个注释里瞥见过那两位探宝人在干活儿。他们在国王逃跑和那个秘密通道迟迟被发现之后，继续兢兢业业挖掘搜寻，结果搞得整个儿王宫千疮百孔，部分给拆毁了，一间屋子的整堵墙一天夜里轰隆一声倒塌了，从一个没人猜疑过的壁龛里仅仅获得一个古代餐桌上使用的铜制盐罐儿和威格贝特国王的角制酒杯；可你们绝对找不到我们的王冠、项链和御杖。

这完全合乎一场超凡游戏的规则，这完全是传说中那种无法改变的命数，不该责怪那两位苏联专家的功效有问题——不管怎么说，他俩后来在从事另一项任务时（参见第 747 行注释[1]）倒是取得了相当了不起的成就。他俩的姓名（大概是假名）分别为安德隆尼考夫和聂加林。您很少见到，至少在蜡像当中，很难见到比这一对更可爱更像样儿的活宝了。人人都欣赏他俩刮得干干净净的下巴颏儿、基本的面部表情、一头鬈发

1　实应为第 741 行注释，这里也许是原著印刷误排，也许是作者故意写误，以显示金波特的马虎。

和一嘴皓齿。英俊的安德隆尼考夫是个高个子，难得微笑，可他那微微发皱的眼窝皮肉闪现的光泽却显示他有无穷无尽的幽默感，那有模有样的鼻子两边颇有魅力的垄沟使人们联想到王牌飞行员和智勇双全的英雄。相对来说，聂加林则是个矮个子，尽管具有堂堂男子汉的相貌，身材却显得更加滚圆粗壮，时不时会展现大男孩儿那样的微笑，叫人不禁联想到那类心里瞒着什么事儿的童子军领队或者那些在电视问答比赛节目中作弊的绅士。观望那两个杰出的苏联小伙子在庭院里跑来跑去踢一个绷得挺紧的（在那种环境里显得个儿挺大而光秃秃的）灰白足球，真是一桩乐事。安德隆尼考夫会时不时用脚趾上下踮球十来次，然后踢个悬空球，只见球似火箭般冲向那惊讶而沉郁的、无害的漂白天空；聂加林则会完美地模仿迪纳摩球队[1]某一位了不起的守门员的动作。他俩还经常递给厨房小伙子一些耐嚼的俄罗斯糖块儿，六角形华丽包装纸上印有李子或樱桃图案，里面那层薄膜纸裹着那紫色木乃伊；众所周知，一些贪欲的乡下姑娘常常沿着 drungen（满布刺藤的小径）蹑手蹑脚地去到堡垒脚下俯耳倾听，那两个凸现在夕阳映红的天空的黑身影正在防御土墙上引吭高歌既动听又感伤的二重唱军歌呐。聂加林有热情洋溢的男高音嗓子，安德隆尼考夫则有亲切的男中音歌喉；两人都脚登精美的黑革软高筒靴，而苍穹却不屑一顾，体现出太空那一身铮铮铁骨。

1 Dynamo，前苏联一支著名足球队。

聂加林在加拿大住过，会说英语和法语；安德隆尼考夫会几句德语。两人说的那点儿赞巴拉话都带有可笑的俄国佬口音，母音含有一种说教训人的声调。在那些极端派看守眼中，他俩是冲劲儿十足的楷模；我那可爱的奥登小子有一次遭到指挥官严厉的斥责，因为他禁不住诱惑竟惟妙惟肖地模仿那两个俄国佬的步行姿态：两人一模一样地微微昂首阔步走道儿，可又都是惹人注目的罗圈腿。

我还是小孩子的时候，俄罗斯风尚一度在赞巴拉朝廷里相当流行，但那是个不同的风尚——一个痛恨暴君、市侩、非正义和残酷的风尚，那个渴望自由的、绅士淑女的风尚。我们还能补充说，敬爱的查尔斯可以自夸有点儿俄罗斯血统咧。在中世纪，他的两位祖先曾经娶了诺夫哥罗德[1]的公主为妻。他的高祖母（一七九九年至一八〇〇年执政的）雅鲁佳王后有一半俄罗斯血统，历史学家大都相信雅鲁佳的独生子伊戈尔并不是（一七九八年至一七九九年执政的）末代乌兰国王之子，而是她跟她的情人、她的 goliart（弄臣）、俄罗斯冒险家郝丁斯基的爱情果实，那名俄国佬还是个天才诗人，据说业余时间伪造了一首俄罗斯古代 *chanson de geste*[2]，而一般都认为那其实是十二世纪一位匿名吟游诗人的创作。

1 Novgorod，一个以诺夫哥罗德为中心的封建王国，一一三六年脱离基辅独立，一四七八年被并入莫斯科大公国。

2 法文，武功歌。

682 行：兰

无疑是一位现代的弗拉·潘道夫[1]。我不记得在谢德家中见到过任何一幅那样的画像。要么就是谢德脑海中有那样一幅相片般逼真的肖像画吧？钢琴上倒是放有那样一张照片，谢德书房里也另有一张。那位女士若屈尊答复了我提问的一些紧要问题，那对谢德和他朋友的读者该是多么美好啊。

691 行：那一袭击

约翰·谢德（一九五八年十月十七日）心脏病发作那天，恰是那位乔装打扮的国王抵达美国那一天，后者从一架由蒙塔柯特上校驾驶的包机上跳伞降落在巴尔的摩附近一处闹花粉病、野花杂草丛生的旷野上，那里的黄鹂可长得一点也不像黄鹂。时间给掐得准极了，他还在跟那个他不熟悉的法式奇妙玩意儿较量，想法儿挣脱出来时，一辆从西尔维娅·奥唐纳尔的庄园开来的劳斯莱斯便在一条路上沿着灌木丛朝他那个绿色丝织品驶过来，厚实的轮胎不大情愿地上下颠动，闪闪发光的黑色车身慢慢移动。我倒很乐意详细谈谈降落伞降落那档子事，

1 Fra Pandolf，英国诗人罗伯特·勃朗宁的诗作《我已故的公爵夫人》中的一位假想的画家的名字，当时画家多为教士，故姓前有弗拉（Frà，即教兄）称号。

可是（那与其说是一种有用的运送方式，倒不如说是纯属一桩传统的伤心事儿罢了），严格来说，那在《微暗的火》这些注释里并不需要。英国籍司机金斯莱是个绝对忠诚的老家臣，尽力把那个折叠得乱七八糟的庞大降落伞塞进汽车后身的行李箱；我呢，坐在他提供给我的一根顶端可以打开来当坐凳的手杖上歇会儿，一边呷着一杯从车内酒吧那儿给端过来的、令人心旷神怡的掺了水的苏格兰威士忌，一边（在那种曾使当年抵达美国的夏多布里昂感到欢欣喜悦的蟋蟀热烈欢迎的鸣叫声以及黄色和紫酱色两种蝴蝶飞舞的漩涡中）浏览《纽约时报》上西尔维娅用红笔浑然有力而胡乱勾出来的一则报道"著名诗人"住院治疗的纽卫镇通讯。我一直盼望见到那位我喜爱的美国诗人，那当儿确信他在春季开学之前早就呜呼哀哉了，不过那种失望心情却只比内心接受这种遗憾而耸耸肩的感情稍强一点罢了；我甩掉那份报纸，怀着一股生气勃勃的狂喜心情——尽管鼻子有点充血——环顾四周。旷野那边的层层绿色草皮升向一片色彩斑斓的矮丛林；人的视线可以越过丛林上方眺望到那座庄园大厦的白色顶端；云朵与蓝天相交融。我突然间不断打起喷嚏来了。金斯莱又给我拿来一杯酒，我谢绝了，接着便以平等待人的民主姿态跟他并排坐在汽车前座上，驶离那里。我那位女主人，由于要到非洲一个特殊地点去游历，事先打了一种特殊的防疫针而起了反应，身体欠安，正躺在床上休息呐。我问候道，"您好，贵体无恙吧？"她却轻声答道安第斯山脉那边的风景真是甭提多美了，接着用不那么懒洋洋的声调打听一个臭名昭著的女演员的近况，据说她的儿子在跟那个女人同居呐；我告诉她，奥登答应过我他绝对不会跟那个娘们儿结婚。她又问我这次长途旅行一路上还好吗，有没有震动一座青铜大钟丁当直响。善良的西尔维娅老大婶！她跟弗萝尔·德·菲丽尔一样，有一种茫然的神情，一种倦怠的举止，这一半是天生的，一半是养成的，倒可以在她喝醉时作为合适的借口；她竟然还能把这种懒散同健谈巧妙地结合起来，不由得使人联想到一个慢腾腾说话的口技演员经常让他手中摆弄的那个喋喋不休的玩偶娃娃打断他的话那种情景。一点也没改变的西尔维娅啊！三十年来，我在王宫这儿那儿时不时看到她那总是剪得很短的栗色头发啦，那种孩子气的淡蓝眼睛啦，那种呆呆的微笑啦，那双时髦的长腿啦，还有那些迟迟疑疑而婀娜多姿的动作。

一盘水果和饮料由一个想必会让可爱的马塞尔[1]称之为jeune beauté[2]的仆人端进来，另外他也叫人不由得联想到另一位作家——明净精纯的纪德，他当年在非洲札记里也非常热情地赞赏过黑小鬼那身光滑的肌肤。

"您差点儿失去机会遇见我们那颗最明亮的星星，"西尔维娅说，她是华兹史密斯大学的主要校董（而且实际上一直在独自为我去该校作有趣的讲学奔走安排）。"我刚给学院打了个电话——对，就坐在那个脚凳上吧——他的病好多了。尝尝这种

1 Marcel，普鲁斯特《追忆逝水年华》中的男主人公。

2 法文，年轻美男子。

亮油油的水果，我特地给您买来的，不过那个男仆是个严格搞异性恋的小伙子；总的来说，陛下今后得多加小心。我敢保证您会喜欢在那边教学的，可我也纳闷儿人人干吗都那么热衷于教赞巴拉语。我认为迪莎也该到这儿来。我已经给您租好了据他们说是那边最好的一幢住宅，而且靠近谢德一家。”

她跟谢德夫妇并不熟悉，不过从比利·瑞丁口中得知不少有关那位令人仰慕的诗人的事迹，比利是“美国学院院长当中极少数几位懂拉丁文的一位”。这里容我补充一句：两个星期后，我真是十分荣幸地在华盛顿遇到了那位无精打采、心不在焉、衣着邋遢的卓越的美国绅士，他的头脑是个图书馆而不是个辩论厅。接下来那个星期一，西尔维娅就搭飞机远行去了，我呢，则在庄园里多待些日子，脱险后好好休息一阵子，沉思冥想啦，读读书啦，做做笔记啦，还跟两位迷人的女郎和她俩腼腆的小个子新郎多次驾车出游可爱的乡野。我时常觉得一旦离开了我享乐过的一个地方，那就有点像一个紧紧的软木塞给拔开让你喝干瓶中的暗色美酒后，你就得动身前往新的葡萄园，去征服新天地。我在纽约和华盛顿度过了两个月愉快的时光，访问了不少图书馆，飞到佛罗里达过圣诞节，接着在准备去我那新世外桃源之前，觉得应该友好而恭敬地给那位诗人写封信，祝贺他康复，并且开玩笑地“警告”他从二月份起将会有一个他的狂热仰慕者做邻居。可我压根儿也没收到回音，我这种客套的寒暄后来压根儿也没被提起过，因此我猜想那一定是被混杂在文学名流收到的许许多多“仰慕者”来信当中而遗失了，尽管你原本可以期望西尔维娅把我已经到达美国这个消息通知了谢德夫妇。

诗人的心脏器官如果真出了什么毛病，那他的康复确实快极了，想必可说是一桩奇迹。其实那并没有什么大毛病；诗人的神经会耍最古怪的把戏，可也很快就会恢复正常节拍；于是约翰·谢德没过多久便又坐在一张椭圆桌子首席那儿，给八个虔诚的小伙子、一个校外的瘸腿女人和三名女学生，其中有一名想当导师，开讲他最喜爱的蒲柏。医生告诉他不要削减他已经习惯的运动，诸如散步什么的，可我得承认，一见到那宝贵的老头儿在花园里挥动粗陋的园艺工具或者蠕动着爬上学院大厅的楼梯，活脱儿像条游向大瀑布的日本鱼，我自个儿就体验到一阵心悸和冷汗。顺便说一下，读者不必对诗中有关那位警觉的医生那一段儿过分认真或者过分相信（我认识的一位警觉的医生有一次就曾把神经痛误诊为脑血管硬化）。谢德本人告诉我，那次发作并没动什么紧急的开刀手术；心脏也没被用手按摩挤压什么的；它当时如果真的停止了搏动，那想必也是瞬间的停顿，也可说是虚假的。当然这一切并不会减损这一段落（第 691—697 行）那种了不起的史诗般的优美。

697 行：结论性的目的地

一九五九年七月十五日中午过后，格拉杜斯抵达科特达祖尔飞机场。他尽管烦闷，海滨大道上的大卡车、灵活的摩托车和世界性的私人小轿车川流不息的景象还是给他留下了深刻印象。他记得而且厌恶这种烘烤的灼热和那片令人炫目的蓝色大海。至于天青石旅馆，二战前他曾经跟一名患结核病的波斯尼亚恐怖分子在那里住过一个星期，当时那里是德国年轻人常光顾的一处有自来水的脏里巴唧的地方，眼下则是法国老头儿常光临的一处有自来水的脏里巴唧的地方。它位于一条横向的街道上，介于两条大道之间，跟码头平行；那些交叉往来的车辆经久不息的轰鸣声，混杂着那家（二十年前四周围曾是死水一般宁静的）旅馆对面一架起重机在建筑工地上发出的吱吱嘎嘎和砰砰声，真叫格拉杜斯惊讶得无比欢欣，因为他向来喜欢有点嘈杂声，好叫他不去想心事。（他对道歉的旅馆老板娘和她的妹妹说，“*Ça distrait*[1]。”）

他仔仔细细洗过手后，又走出去，兴奋得他那弯弓的脊梁骨像犯了病那样直发颤。他住的那条街和海滨大道相交的拐角处有个街头咖啡馆，一个身穿绿色茄克衫的汉子跟一个显然是妓女的婊子坐在一张桌子前，那人用双手捂着脸，闷声打个喷嚏，接着一直用手遮住脸，仿佛在等着打第二批喷嚏似的。格拉杜斯沿着堤岸北边走去，在一家礼品商店橱窗前观望片刻，然后走进去，打听一个紫玻璃河马崽子的价钱，买了一张尼斯附带郊区的地图。他朝甘贝塔街出租汽车站走去，碰巧注意到

1 法文，这倒使人分神。

两位旅游者，那两个男人穿着汗渍斑斑的花里胡哨的衬衫，脸蛋和脖子由于炎热和阳光暴晒变成了亮粉色；胳膊上搭着折叠得整整齐齐的丝衬里的双排扣黑上装，下身穿着肥裤脚管的长裤子，两人都没瞧一眼我们这位侦探，后者尽管出奇地不善于观察，却在他俩擦肩而过时觉得有点面熟。那两个家伙也不知道他在国外，对他所干的有趣的活儿一点也不了解；实际上，他和他俩的共同上司几分钟之前才发现格拉杜斯没在日内瓦而在尼斯。格拉杜斯也没接到上级通知，让他知道他在搜寻国王这个活儿的过程中会得到两名苏联运动员安德隆尼考夫和聂加林的大力协助；他在昂哈瓦王宫庭院里倒是见到过这两位仁兄一两次，一次是给一扇破碎的窗户安装新玻璃那当儿，另一次是在前王家的一间温室里为新政府检验稀有的瑞波逊窗格玻璃的时候；接下来，他那条辨认的思路断了，因为他要小心翼翼地扭动着短腿人那样的两条腿坐进一辆凯迪拉克后座，请司机开往贝洛斯和突克角两地之间的一家饭店。很难说我们这位老兄想要干什么。只是想目光穿越夹竹桃和爱神木窥视一个设想的游泳池吗？巴望听到现在由两只更粗壮的大手用另一种处理方式接着弹奏哥登所弹的华丽乐曲吗？想必会手里握着枪支，蹑手蹑脚地走向一个张开四肢躺着晒日光浴、胸脯上的汗毛好似一个张着翅翼的鹰[1]的巨人吗？我们闹不清楚，恐怕连格拉杜斯本人也闹不清楚；不管怎么说，他倒是免了这趟没必要的

1 张着翅翼的鹰是美国等国家的国徽图案。

旅程。现代的出租车司机跟往昔的理发师一样爱闲聊，那辆旧凯迪拉克还没出城，我们这位倒霉的杀手就知道了司机的弟弟曾在迪莎别墅花园里干活儿，目前没人住在那里，王后到意大利度假去了，要在那边待到七月底。

他回到旅馆，那位笑容可掬的老板娘交给他一封电报，电文是丹麦文，责怪他离开了日内瓦，嘱咐他在没接到进一步通知前万勿轻举妄动。另外还劝告他暂时忘掉工作，自个儿去找找乐子吧。然而（除了嗜血之外），他还能有什么别的乐子可找呢？他一不喜欢游览，二不喜欢去海滨避暑。酒他早已戒掉。音乐会他不爱去听。他也不赌钱。性冲动一度极大困扰过他，可那也过去了。他的老婆是拉杜古威特拉镇上的一个卖念珠的娘们儿，已经离开他（跟一个吉卜赛人跑了），他跟他的岳母同居了一阵子，后来老婆子眼睛浮肿，给转移到一个专门收养穷困潦倒的寡妇的救济所去了。此后他好几次试图阉割自个儿，因严重感染而在玻璃安装工人医院里卧床养了好久。如今他四十四岁，已经大大克服了大自然这个大骗子赋予我们并引诱我们繁殖的那种性欲。怪不得那个让他自个儿去找找乐子的劝告惹得他火冒万丈。我想这个注释就在这儿打住吧。

704—707 行：一个网络，等等

这里“细胞相连”的三重搭配实在安排得妙极了；“system”

（网络）和“stem”（堵塞）交相映衬也叫人得到合乎逻辑的满足。

727—728 行：（不会，谢德先生……只是半个幽灵）

（No, Mr. Shade ... just half a shade）

这是我们诗人那种特殊标记的神奇组合另一范例。这个绝妙的双关语在这儿一下子使“shade”这个词汇除去明显是“nuance”（细微差别）的同义词之外，额外露出另两个意思。那位大夫由此而提出谢德在昏迷状态中不仅保留了他那一半活人身份，而且也成了半个鬼。那位当时给我朋友治病的医学界人士我认识，我敢说他炫耀了这样一句逗趣儿的话，真是吃饱了撑的。

734—735 行：或许……虚弱的胖玩意儿……不稳定……撞击

诗人第三次炫示他擅长的对位法。他打算在他这个文本结构中展示自己探索生死之谜这项“游戏”的错综复杂性（参见第 808—829 行）。

741 行：外界炫目之光

七月十六日上午（谢德正在写他的长诗第698—746行那部分），郁郁不乐的格拉杜斯担心又得在尼斯没事儿干闲待一天，而那里又向他嘲讽似地显示十分活跃的气氛，喧闹得令人精神振奋；他决定在饿得非出去吃饭不可之前，一直待在那臭烘烘的肮脏旅馆假模假样的休息厅里一把皮扶手椅上，决不动窝儿。他不慌不忙地翻阅身边小茶几上的一堆旧杂志。他像块墓碑那样坐在那儿，唉声叹气啦，鼓起腮帮子啦，每翻一页都先舔一下大拇指啦，目瞪口呆地注视着图片啦，一边努动嘴唇一边费劲地从上到下阅读文字栏目啦。看过一阵之后，他把那堆刊物又重新摞齐放回原处，朝椅背上一靠，百无聊赖地一握一张他那两只三角手，做出各种手势——这当儿，一个坐在他身旁那把椅子上的人站起来，撇下一份报，朝外界炫目之光走去。格拉杜斯把那份报纸拉过来铺在膝头——一则当地的怪新闻引起他的注意，叫他一下子愣住了：几名窃贼闯进迪莎别墅，洗劫了一张写字台，从一个珠宝盒里盗走了一批珍贵的旧勋章。

这倒要好好思考一下。这起含糊不清的不愉快事件是否跟他的搜寻有关？该不该为此做点事？给总部打个电报？可又很难让电文不像密码又能简洁地说明这桩简单的事。干脆航寄剪报？对，于是他回到房间用保险刀片把那条新闻割下来，这当儿忽然有人清脆地嗒嗒敲门。格拉杜斯让进来一位料想不到的来客——一位影子派高级成员，格拉杜斯原以为那人在*onhava-onhava*[1]（“很远很远的”）疯狂而朦胧的、近乎传奇的赞巴拉呢！我们这个神奇的机器时代跟时光老头子和空间老婆子一起玩弄多么令人瞠目结舌的戏法儿啊！

那人是个乐呵呵的、也许乐呵呵得过了头的家伙，身穿一件绿色丝绒茄克。没人喜欢他，可他当然有个敏捷的头脑。他姓伊祖姆卢道夫，听起来颇像个俄罗斯姓氏，而其实是“来自乌姆卢道”的意思。乌姆卢道是一个爱斯基摩人部落，人们有时见到他们在我们北海岸碧绿的海面上用桨划着他们的“乌姆那克”（蒙皮船[2]）。他咧嘴笑着，告诉哥们儿格拉杜斯得赶快凑齐所有旅行文件，包括一张健康合格的证明书，立即搭乘最近一次喷气式飞机航班飞往纽约。他点头鞠躬，祝贺格拉杜斯那么杰出而敏锐地指出了正确地址和正确方法。是啊，经过一番彻底的搜查劫掠，安德隆和聂加卢什卡从王后的紫檀木书桌里（大都是账单啦，珍贵的快照啦，那些蠢不拉唧的勋章啦）找到了一封国王的来信，果然发现上面没提别的地名而偏偏写上了他目前居住的地址——我们这位哥们儿打断了这个胜利的通报，说他压根儿也没——来客叫他不必过分谦虚了。伊祖姆卢道夫掏出一张小纸条，笑得浑身直发颤（死亡素来是欢闹的），在上面给格拉杜斯写下他们追捕的犯人化名，他任教的

1 昂哈瓦—昂哈瓦。

2 hide-lined boats，格陵兰和阿拉斯加的爱斯基摩人用的运输船，是将海豹皮或其他兽皮蒙在漂浮的木材或鲸骨做的构架上，并装上短桨。

那个大学名称以及学校所在地。哦，对了，这张小纸条不能老留着。只有在他为了背熟那些信息时可以暂时保留。这种（奶油杏仁饼制造商使用的）薄纸不仅可以吃而且美味可口。那个乐呵呵的绿色幻影退出——无疑又去寻花问柳。人们多么痛恨这帮败类啊！

747—748 行：杂志上关于一位资太太的逸事

凡是能进入一家好图书馆的人，无疑都可以轻而易举地查到这事的出处，找到那位女士的姓名；不过这种无聊的琐事不属于真正学术研究范畴。

768 行：地址

一九五九年四月二日我曾就地址一事给一位住在法国南部的通信者写过一封信（我侥幸保存了一份复写的副本），其中提到了约翰·谢德；这没准儿会使我的读者感兴趣：

我亲爱的，你可真够荒谬的。我不会给你，永远也不会给你或任何人，我目前的住家地址，这倒并非因为我像你乐意猜测那样害怕你会来看望我，而是所有给我的信件一律都应寄到我的办公室地点。这里的郊区住宅各自有无锁信箱立在家门口的大街上，谁都可以往里面胡塞广告宣传品或者偷走我的信（注意，这倒不是受好奇心的驱使，而是另有更邪恶的动机）。今航邮寄上此信，再次紧急重复一遍西尔维娅给你的地址：美国阿巴拉契亚，纽卫镇，华兹史密斯大学，查·金波特博士收，金波特（不是你或西尔维娅所写的“查尔斯·扎·王波特[1]先生”，劳驾，务必多留点神——多用点脑子）。

我不是生你的气，可我有种种顾虑，神经紧张不安。我原本信任——深切而笃实地信任——我的一位房客的感情，可我却上了大当，受到了伤害，这类事在我前辈的时代从来也没发生过，他们当时可以严刑拷打那名冒犯者，可我当然不愿意让任何人受到那种折磨。

这里一直冷得可怕，不过感谢主，北方的寒冬现在已经让位给南方的暖春。

别试图向我解释你那位律师对你说的话，叫他向我的律师作出解释，后者会再解释给我听的。

我在这所大学里工作得蛮惬意，我还有个十分可爱的邻居——嗐，别叹气，别拧起眉毛，我亲爱的——他是一位年纪一大把的绅士——那位老先生其实就是你在你那个绿色摘记本里记下来的有关银杏树那首诗的作者（再看一遍——我的意思是说读者诸君应该再看一遍——第 49 行注释）。

1　此处原文是 Kingbot，读音亦为“金波特”，因前四个字母“King”有“国王”的意思，故姑且译作“王波特”。

你如果少给我来信，我在这儿也许便会更安全些，我亲爱的。

782 行：您的诗篇

透过那首别致的诗中的云雾可以短暂瞥视到 Mont Blanc 那种“蔚蓝阴影遮蔽的扶壁和阳光沐浴的淡白穹顶”的景象，我很想在这儿摘引那首诗，可惜手边没有。那位女士幻觉中那座“White mountain”（“白山”[1]），由于排印上出了一个小错儿而跟谢德那座“White fountain”（“白喷泉”）恰相吻合，在这儿只在主题上显露了一下，却又因为那位女士怪诞的发音而似乎显得模糊不清。

802 行：山峦

诗人在第 65 张索引卡片上写下的第 797 行（后半段）至第 809 行，是在七月十八日黄昏和七月十九日黎明之间那段时间里创作的。那天上午，我在两个不同的教堂里作了祈祷（可以说，对赞巴拉两个教派都照顾到了，这在纽卫镇是罕见

1　Mont Blanc（勃朗峰）字面上又有“白山”之意。

的），然后便得意洋洋地溜达着回家。那若有所思的天空万里无云，大地似乎在渴望着主耶稣基督。在这种阳光充足而又令人郁悒的上午，我浑身觉得自己仍然有个不会被天堂驱除的机会，尽管心头恐惧得像冰冻的泥淖，灵魂还是会受到天恩赏赐而得救的。我低着脑袋走上那条砾石小道，返回我租住的那座可怜的住所，忽然绝对清晰地听到谢德的嗓音："查理，今天晚上过来一趟，"就仿佛他正歇在我的肩膀上，冲一个有点耳背的人大声说话似的。我十分纳闷儿，惊恐地环顾四周，却没有一个人影儿。我一到家便立刻打电话。谢德夫妇没在家，那个不要脸的女仆说，她是个叫人讨厌的小小的谢德迷，每星期天都来给他们夫妇做饭，无疑是想趁太太不在家的时候让老诗人搂搂她。两小时过后，我又打电话过去，这次像往常那样是希碧尔接的，我坚持要跟我的朋友说几句话（上次"留下的话"根本就没给转达），总算得到他来接电话，我便尽可能平静地问他中午时分他在干什么呐，因为那会儿我听见他像只大鸟那样出现在我的花园里。他不大记得了，慢着，哦，他一直在跟保罗（甭管他是谁）打高尔夫球，要么至少在观望保罗跟另一个同事打呢。我大声说傍晚我得见见他，接着就突然没来由地哭起来，泪湿了电话筒，而且气喘吁吁，一阵自从鲍勃三月三十日离开我那天起一直没犯过的感情冲动蓦地大发作。谢德夫妇在电话那头慌里慌张地彼此嘀咕几句，随后约翰开腔道："听着，查尔斯。今天晚上咱们俩散散步，好好聊聊吧。八点钟见。"这是我自七月六日

（那次关于大自然的扫兴谈话）之后第二次很好的散步漫谈，第三次是在七月二十一日，时间特别短。

我说到哪儿啦？哦，对了，又像往日那样在橙红色天空下跟约翰一起在阿卡狄树林里拖着脚步遛弯儿。

“嗯，”我欢快地问道，“昨儿夜里你在写什么呐，约翰？你那书房窗户一直亮着灯光。”

“山峦。”他答道。

贝拉山脉，满布纹理的岩石和枝杈丛生的松柏，气势宏伟而自豪地矗立在我眼前。这个极好的消息使我心头怦怦直跳，我觉得这时刻倒可以轮到我表现一下宽宏大度啦。我请求我的朋友如果不想详谈就不必再向我吐露什么。他说好吧，他也不想详谈，接着便哀叹起自个儿强加给自个儿的那项任务的艰苦性。他估计在刚过去的二十四小时里，他的头脑高度集中，粗略地说，干了一千分钟的活儿，写下五十行（嗯，第797—847行），或者可以说，每两分钟一个音节吧。他完成了第三章，也就是倒数第二章，已经开始着手写第四章，也就是最后一章（参见前言，赶快参见前言），并且说，如果咱们现在就打道回府，我不会太介意吧——尽管那时刚刚九点钟左右——这样他便可以又纵身跃入他那个混沌境界，慢慢疲劳地自拔出来，连带他那个宇宙，所有那些湿漉漉的星斗，你看怎么样？

我又怎么能说不呢？那座山脉上的徐徐清风已经吹进我的头脑：他正在重新组合我的赞巴拉呢！

803行：一处误印

谢德诗作的译者，在把“mountain”（山峦）一下子转换成“fountain”（喷泉）时，势必会遇到麻烦，不大好译。这在法语或德语，或俄语，或赞巴拉语里，都没法儿给予巧妙的安排，没法儿译得像样儿，译者只好求助于脚注，而那可是个无赖的词汇长廊。可不是！据我所知，有一个出奇得叫人难以置信的精品例子，不只是两个词汇而是三个词汇给卷了进去。那件事本身倒够平凡的（也许不足凭信）。一份报纸在报道一位沙皇加冕登基的盛况时，竟把“*korona*”（皇冠）误印成“*vorona*”（乌鸦），翌日在致歉的声明中“予以更正”，不料又出了错儿，误印成“*korova*”（母牛）。这个“皇冠—乌鸦—母牛”系列和俄语的“*korona-vorona-korova*”系列之间的精彩关联，我敢保证，想必会使我的诗人狂喜，畅怀大笑。我在词汇游戏场上还从来没见过比这更加妙不可言的例子呢；这种两次出现纰漏的巧合可能性，叫人实难料到。

810行：整套感性

这座汽车旅馆共有五间木屋，房主居住其中一间；他是个视力极差的七十岁老头子，那副歪歪扭扭的瘸腿样儿叫我想起谢德。他还在附近经营一个加油站，出售蠕虫给钓鱼人，一般不来打搅我，可是不久前某日却建议我从他室内书架上随便“挑本旧书”拿去看看。我不想得罪他，便歪起脑袋看看这边，再看看那边，全是些页边卷了角儿的简装神秘故事书，只配给一声叹息和一丝微笑的份儿。他说别忙，等一等——从床边壁凹里取出一本破旧的布面精装的宝贝。“一个了不起的家伙写的一本了不起的书，”《富兰克林·莱恩[1]书信集》。“我年轻时在雷尼尔公园[2]做管理员的时候，常在那边见到他。你拿去看两三天，保管你绝对不会后悔！”

我真没后悔。书里有一段跟谢德的长诗第三章末尾的语调恰相古怪地共鸣。那是莱恩一九二一年五月十七日经受一次大手术后不幸去世的前夕写下的一段残缺手稿：“我如果去世，进入冥界，会寻找谁呢？……亚里士多德！——对，那里会有个伙伴可以聊聊！看见他像手持缰绳那样拿着人的生命那条长链带，通过一切令人困惑的奇遇迷津探索人生之谜，那会叫人多么心满意足啊……弯腰曲背的给扳直了。代达罗斯[3]那弯弯曲曲的迷宫设计，只消从上方一看便一目了然了——就好像让某位大师的拇指污渍涂抹了似的，顿时使那令人不知所措的错综复杂玩意儿一下子就变成一条美丽的直线。”

---

1 Franklin Lane（1864—1921），美国律师与政治家，一九一三年任内政部长，在任七年，支持自然资源保护论者的主张，反对破坏国家自然资源保护区，推动了西部和阿拉斯加的发展，并督促美国国会于一九一六年创设国家公园事务局。

2 Rainier Park，在美国华盛顿州中西部雷尼尔山内。

3 Daedalus，希腊神话中的建筑师，曾为克里特国王建造迷宫。

819行：玩耍一种尘世游戏

我这位卓越的朋友孩子般偏爱各种文字游戏，尤其是所谓的文字高尔夫。他会突然打断妙趣横生的谈话而沉湎于这类特殊的娱乐，就我来说，如果拒绝跟他一块儿玩，就不免会显得我蠢笨如乡巴佬。我的一些成绩是：三洞是“恨—爱”，四洞是“大姑娘—小伙子”，五洞是“生—死”（两字当中皆为“提供”）。

822行：杀死一位巴尔干国王

我多么强烈希望在这儿向诸位说，我在阅读草稿时，这一句原是：

杀死一位赞巴拉国王

——可是，唉，并非那么一回事：谢德也没有保存这段草稿那张索引卡片。

830行：希碧尔，这是

这个精心安排的韵节来得好似一个神明，给整个这一章戴上了花冠，而且综合了其中的“意外和可能性”那种相互对位的方方面面。

835—838 行：现在我要探索，等等

这一章自七月十九日从第 68 张卡片写起，一开头便有典型的谢德风格；若干相互共鸣的短语狡黠地嵌在一堆杂乱的跨行诗句里。这四行许下的诺言其实并没真正兑现，只有那种咒语般的韵律倒在第 915 行和第 923—924 行间里复现（还导致第 925—930 行内出现了一通猛烈的攻击）。诗人真像一只火鸡，仿佛为了迎接就会来临的灵感而振翼扑腾一阵，做点准备似的。但是，旭日并没东升，我们一路看下去，非但没有见到这里许诺的狂诗，反而得到一两句俏皮话，些许讥讽，以及全章结尾处一片妙不可言的、柔和而宁静的光辉。

841—872 行：两种创作方法

其实是三种，如果我们也算上那种至关重要的方法，那就是还得仰赖潜意识领域里的闪光柔声，连带它那种“默默指令”（参见第 871 行）。

873 行：我最美好的时辰

七月二十日我这位亲爱的朋友从这一行写起，用了多张卡片（第 71 张到第 76 张，末一句是第 948 行）；就在这同一时刻，格拉杜斯登上奥利机场[1]上的一架喷气式客机，系上安全带，读读报，腾空而起，直上云霄，亵渎苍穹。

887—888 行：我的传记作者或许过于拘谨，或许所知不多

过于拘谨？所知不多？我这位可怜的朋友要是预先知道谁会是他的传记作者，想必就不会如此猜测了。我其实十分愉快而荣幸地（在三月里一个清晨）目睹了他在下面几行里所描绘的那场表演。当时我正要去华盛顿办点儿事，出发前忽然想起他曾经要我帮他在国会图书馆里查点什么。如今我耳边还清晰地响彻着希碧尔冷冰冰的话语："可是约翰没法儿见你，他正在洗澡呐"；接着就从浴室里传出约翰粗哑的喊声："没关系，让他进来，希碧尔，他不会强奸我！" 不过，我俩谁也想不起他到底要查什么了。

1 Orly airport，巴黎的一个机场。

894行：一位国王

赞巴拉爆发革命的头几个月里，那位国王的肖像在美国并非罕见。时不时就会有校园里某一个记忆力特强又爱管闲事的家伙或者一名总爱缠住谢德和他那位怪友的俱乐部女会员，怀着一种在这种场合显得挺愚蠢的意图，问我有没有什么人跟我说过我长得多么像那位倒霉的君主。我就拿“中国人看上去都长得一样”这类话来辩驳，而且立刻改换话题。可是有一天我正在教职员俱乐部休息室里懒洋洋地歇息一会儿的时候，却被许多同事包围了，我不得不忍受一场叫人特别尴尬的突然袭击。一位来自牛津大学的德籍访问讲师，没完没了地时而大声时而悄声惊叹这种相似“真是破天荒”，我一时疏忽大意，竟然对他说所有留胡子的赞巴拉人相互都长得很像——而且赞巴拉这个国名其实也不是俄语里的“*zemlya*”[1]，而是一个相像者的国度——“赞巴兰”这个词汇的讹用。那位折磨我的家伙却说，“哦，对，可是查尔斯国王并没留胡子，而这正是他那张脸！〔他还接茬儿说〕我一九五六年曾经跟内人，她是瑞典人，一块儿访问过昂哈瓦，在体育节盛会的观礼台上，荣幸地坐在离王室包厢只有几码之处。我们家里还有一幅他的照片，内人的姐姐跟他的一位侍从官的母亲——一个怪有趣儿的女人也很有点交情。难道您没看出〔几乎在使劲揪谢德上衣的

1 俄语谐音，大地或国土。

翻领〕两人长得多么叫人惊讶地相似吗——脸蛋儿上端那一部分，那双眼睛，对，那双眼睛，还有那个鼻梁？”

“不，先生，”〔谢德一边说，一边坐在扶手椅上搭起一只腿，微微晃动，就像要发表一段宏论之前常常所做的那样〕“根本就没有一点儿相似的地方。我在新闻片儿上见过那位国王，两人长得并不像。相像是差异的暗示。不同的人会察觉不同的相似和相似的不同。”

老好人聂托什卡在这阵交谈中一直显得很不自在，用柔和的嗓音感叹道，一想到这样一位“富有同情心的统治者”很可能会囚死在狱中，就别提有多么难过了。

这当儿，一位物理学教授参加进来。他是一位所谓的粉红色人物，相信所谓的左倾分子信仰的那类事物（什么进步的教育啦，为苏联干间谍活动的人都很正直啦，间或发生的放射性尘埃全是美制炸弹造成的啦，不久前存在过一个麦卡锡[1]时代啦，苏联包括《日瓦戈医生》[2]在内的种种成就啦，等等）。“你这种遗憾毫无根据”。〔他说〕“众所周知，那位可悲的统治者

---

1 Joseph Raymond McCarthy（1908—1957），美国参议员，一九五〇年二月公开指责有二百〇五名共产党人渗入国务院，煽起全国性的反共“十字军”运动，一九五四年又宣称美国陆军纵容共产党，一九五一年至一九五四年操纵参议院调查小组委员会和其他机构，对许多人进行“忠诚调查”，实施非法审讯，摧残文化艺术，打击民主和进步力量，在全国制造恐怖气氛，这些做法被称为麦卡锡主义。一九五四年十二月一日参议院以六十七票对二十二票通过谴责麦卡锡的决议。

2 *Dr. Zhivago*，帕斯捷尔纳克（Pasternak，1890—1960）一九五七年在国外发表的长篇小说，为此他受到国内的严厉批判，并被开除出苏联作协，一九五八年获诺贝尔文学奖，但迫于国内压力而拒绝接受。

已经乔装打扮成尼姑逃了出来；但是不管出了什么事，或者他本人出了什么事，赞巴拉老百姓都不会感兴趣。历史已经宣告把他废除，那正是他的墓志铭。”

谢德：“对，先生，历史到时候也会把咱们每个人都一一废除。那位国王也许死了，也许跟你和金波特一样还活着呐。但是，让咱们尊重事实吧。我从他〔指着我〕那里听说那种广为传播的什么尼姑的事纯粹是亲极端分子捏造出来的庸俗不堪的谣言。那些极端分子和他们的朋友编造了许许多多胡言乱语，好掩饰他们自己的困窘。那位国王其实是从王宫里走出来，越过高山峻岭，离开了那个国家，身上穿的并不是脸色苍白的老处女那种黑袍服，而是运动员那种鲜红羊毛衫。”

“怪事儿，怪事儿，”德籍访问学者说，只有他一人出于高贵祖先传下来的怪癖，觉察到了那一阵颤动而怪异的口气。

谢德〔一边微笑，一边摩挲我的膝盖〕：“国王是不会死的——他们只会失踪，对不对，查尔斯？”

“谁这样说过？”那位无知而总爱猜疑的英文系主任尖声问道，仿佛刚从昏睡中醒过来似的。

“就拿我来说吧，”我亲爱的朋友没搭理赫先生，接着说。“人家曾说我至少长得像四个人：一个是塞缪尔·约翰逊，另一个是埃克斯顿博物馆那个给修整得很可爱的人类祖先；还有两位是本地人士，一位是列文楼自助餐厅那位舀土豆泥、头发蓬乱、动作粗鲁的丑婆娘。”

“就是那排巫婆当中的第三位，”我富有奇趣地点出来，大伙儿都笑了。

“我宁愿说，”帕尔顿先生——讲授美国史的——评论道，“她长得倒像哥尔斯华斯法官”（“反正也是咱们一伙当中的一位，”谢德插嘴说，低下头来），“尤其是他吃完一顿美餐之后，对全世界真正感到十分恼火的时候更像。”

“据闻，”聂托什卡连忙说，“哥尔斯华斯一家人出外旅游，倒玩得蛮痛快……”

“我没法儿证明我的看法，真是遗憾之至，”固执的德籍访问学者嘟哝道。“要是这儿有一张照片就好了。难道就不能在哪儿找到……”

“当然可以。”年轻的埃默瑞德说，接着便离开座位。

帕尔顿教授这当儿对我说：“我的印象是您出生在俄国，您的姓是波特金或波特钦的字母变换一下位置组成的，对不对？”

金波特：“您把我跟一位从新赞巴拉来的流亡者搞混了。”〔讥讽地加重“新”这个字眼儿的读音〕

“你不是跟我说过，查尔斯，‘金波特’在你们的语言里是‘弑君者’的意思吗？”我亲爱的谢德问。

“对，把国王干掉的人，”我说（心想也解释一下一位把身份淹没在那面流亡镜子里的国王也同样正在消灭自己呐）。

谢德〔对德籍访问学者说〕：“金波特教授是一部姓氏研究名著的作者。我相信〔对我说〕准有英译本吧，对不对？”

“一九五六年牛津版。”我答道。

“可您确实懂俄语，是不是？”帕尔顿说。“我记得有一天听见您在跟一个人说话——那人叫什么来着——噢，老天爷，”〔费劲地抿动嘴唇〕

谢德：“先生，咱们大家都很难指责那个姓氏吧。”〔笑了〕

赫尔利教授：“想想看，法国话里‘仆奴’这样的发音居然是‘轮胎’的意思。”

谢德：“怎么了，先生，你恐怕只消把它戳破就完事大吉了。”〔扬声大笑〕

“有人还姓弗莱特曼[1]呐，”我嘲弄地说。“对，”我转向帕尔顿接着说，“我当然会说俄国话。您要知道，在赞巴拉，至少在朝廷贵族当中，那是比法语还要时髦而高贵的[2]语言咧。今天，当然，全都变了。如今下层阶级的人都被迫非学俄语不可。”

“咱们不是也正试着在学校教俄语吗？”那位左倾人士说。

年轻的埃默瑞德在这间屋子另一端，一直在跟书架打交道。这当儿，他拿着那套插图版百科全书 T—Z 卷走回来。

“行了，”他说，“这里有那位国王的照片。可是瞧啊，他又年轻又漂亮。”（“哦，这张不行，”德籍访问学者哀叹道）“年轻，漂亮，还穿着一套花里胡哨的制服，”埃默瑞德接着说。“其实是个没有一点儿丈夫气的男人。”

---

1 Flatman，有“泄气的人”之意，前缀“弗莱特”（flat）又有“轮胎放了炮”的意思。

2 此处“高贵的”原文为法文“*par excellence*”。

“你啊，”我压着火说，“是个身穿鳖脚绿色茄克衫、思想肮脏的小畜生。”

“可我说了什么犯忌的话啦？”年轻的讲师一边问大家，一边摊开手掌，就像列奥纳多画的那幅《最后的晚餐》里的一位门徒。

“得了，得了，”谢德说。“查尔斯，我敢保证我们这位年轻朋友绝对没有一点儿想侮辱你那位君主和跟你同名的人[1]的意思。”

“他就是想那样干，也办不到啦，”我心平气和地说，把这事变成了一场笑话。

杰拉德·埃默瑞德向我伸出他的一只手——直到眼下我在写这个注释的当儿，他还保持着那个姿势呐。

895—899 行：我的体重越大……还有这松皮垂肉

草稿上是下列几句，而不是这里那些流畅却叫人作呕的诗句：

我承认我喜好滑稽模拟，
那最后的机智手段：

1　此处指书中虚构的国王，查尔斯二世，全名是查尔斯·扎威尔·弗赛斯拉夫，与查尔斯·金波特同名。

“在自然斗争中，坚忍一旦盛行
受害者支吾不语，得胜者无计可施。”
899　对，读者，这是蒲柏

920 行：汗毛根根倒竖

阿尔弗雷德·豪斯曼（1859—1936）的诗集《什洛普郡一少年》堪与阿尔弗雷德·丁尼生（1809—1892）的《悼念集》相媲美，也许（不，删去这怯懦的“也许”）代表英国诗歌近百年来的最卓越的成就，豪斯曼在某处（在一篇前言里？）说过恰恰与此相反的话：受刺激的毛发根根直立，阻碍他刮胡子。但是两位阿尔弗雷德当然用的都是普通老式剃刀，而约翰·谢德用的则是一片“吉列”牌旧刀片，因此这种差异想必是由于使用不同工具而造成的。

922 行：我们的乳膏撑起

不完全确切。在提到的那种广告画儿上，络腮胡子是一种浓泡沫而不是一种乳膏玩意儿撑起来的。

在这一行后，我们发现下列被轻轻划去的异文，而不是现在的第 923—930 行：

艺术家都诞生在他们称之为一个
可悲的时代；我的时代尤其糟糕：
这个时代，竟认为宇宙炸弹和宇宙飞船
需要由一个外国姓氏的天才来制造，
其实哪个傻瓜都能装配那类玩意儿；
这个时代，一帮流氓竟能恐吓
月面学家，这个可笑的时代
居然把施韦策博士[1]当成大圣人。

诗人把这些划掉了，又试写另一论题，可是下面几行也给删去了：

在英国，那里的诗人原本飞翔得最高，如今
却使他们步履蹒跚，叫珀加索斯[2]犁地；
如今格拉布社团[3]的散文贩子，
传道者，笨拙的傻瓜
还有我们这一时代的全部社会小说

1 Albert Schweitzer（1875—1965），德国神学家、哲学家、风琴家、赤道非洲的传教医师。由于他为达到“四海一家”所做的努力而获得一九五二年诺贝尔和平奖。他一九一三年在赤道非洲加蓬的奥果韦河岸建立一座医院，一九二四年后又扩建一麻风村。著有《文化哲学》和《使徒保罗的奥秘》。他在接受诺贝尔和平奖时的演讲《当前世界的和平问题》，在西方世界广泛流传。

2 Pegasus，希腊神话中有双翼的飞马，被其足蹄踩过之处有泉水涌出，诗人饮河水可获灵感，隐喻诗才。

3 Grubby Group，十七世纪集居在格拉布街道（现为弥尔顿街）的英国伦敦穷苦文人和雇佣文人。

在书页上只留下一撮煤灰。

929 行：弗洛伊德

在我的脑海中，我又看到诗人简直乐得前俯后仰，瘫倒在草坪上，一边用拳头擂着草地，一边摇晃着身子大笑，而我，金波特博士，也乐得一股热泪泉涌般流在我的胡子上面；那当儿，我正试着一口气把我从教室里偷出来的一本书中的珍闻读完，那是一部心理分析学论著，美国高等院校当教科书使用的，我再说一遍，美国高等院校当教科书使用的。唉，我发现我的笔记本里只保留了下列两条珍闻：

不听一切劝告而继续挖弄鼻孔，或者一个青年总爱把手指从纽扣眼儿里捅出来……心理分析老师便知道这个好色的家伙，在他离奇的幻想中性欲极强，永远不知满足。

（柯教授摘自奥斯卡尔·普菲斯特博士：《心理分析方法》一书，一九一七年，纽约版，第 79 页）

在德国版《小红帽》[1] 中，那顶红色小绒帽是女人月经的

1　Little Red Riding Hood，最早出自法国夏尔·佩罗（Charles Perrault，1628—1703）的《童话集》。这个童话在瑞典和德国也很流行；在德国，故事结尾是一位猎人把狼肚子剖开，救出丽丁胡德和她的祖母。

象征。

（柯教授摘自埃里赫·弗罗姆[1]《被遗忘的语言》一书，一九五一年，纽约版，第 240 页）

难道那些小丑真相信他们讲授的玩意儿吗？

934 行：卡车

我应该说我不记得经常听到“卡车”在我们附近通过。倒是有噪音挺响的小汽车——可决不是卡车。

937 行：古老赞巴拉

今天我是个意志消沉而忧郁的注释者。

诗人在他辞世前夕，在这张（第 76 张）卡片上面这行诗的左方写下一行（摘自蒲柏《人论》第二书函中的）诗，没准儿他原想用它做个脚注吧：

---

1 Erich Fromm（1900—1980），德国出生的心理学家和社会哲学家，自一九三四年起在美国大学里任教。他主要探索心理学和社会之间的相互影响，提出所有已知的社会结构在某些方面均不能适应人类的基本情绪需要，认为将精神分析的原则应用于社会病的治疗，人类便能设计出一个心理平衡的“健全社会”。著有《逃离自由》和《健全的社会》等著作。

在格陵兰，赞巴拉，或者天晓得在何方[1]

关于赞巴拉——我的赞巴拉，背信弃义的谢德原来只提了这么一句？而且还是在他刮胡子茬儿的时候？怪事儿，怪事儿……

939—940 行：人类生活，等等

如果我对这简明的论断理解正确的话，那就是说我们的诗人在这里暗示：人类生活无非是给一部晦涩难懂而未完成的杰作添加的一系列注释罢了。

949 行：而一切时间

约翰·谢德在他一生最后那天（七月二十一日）清晨某一时刻，开始把诗文写在最后一叠（第 77 张到第 80 张）卡片上面。两个宁静的时区这时已经融合，形成那决定一个人命运的

1 这一行诗摘自蒲柏《人论》第二书函第 234 行。现将上下诗文试译如下："罪恶是个狰狞可怖的妖怪，/ 要痛恨她则需见到她，/ 然而常见她的容貌就会见怪不怪，/ 我们起先容忍，继而怜悯，随即拥抱她，/ 但是何谓罪恶的极限，却从未取得一致意见：/ 试问何处是北方？在约克，/ 在苏格兰，奥卡迪：还有那一边，/ 在格陵兰，赞巴拉，或者天晓得在何方；/ 没人蓄意拥有罪恶，/ 而认为邻居的罪孽远比己重。"

标准时刻；诗人在纽卫镇，刺客在纽约市，都在当天早晨他们的计时人咔嗒一声按下跑表那当儿同时醒来，这也绝非不可能的事。

949 行：始终如一

他一直始终如一地越走越近。

格拉杜斯从巴黎来到纽约（七月二十日，星期一）那天夜里，迎接他的是一阵怪吓人的雷暴雨。一场热带雨淹没了地下室和地铁轨道。汪洋似的街道映出万花筒般千变万化的形象。威诺格拉杜斯从来没有见过这种电光闪闪的景象，雅克·达古斯[1]——或者杰克·格雷[2]也压根儿没见过（咱们可别忘了杰克·格雷！）。当天夜里，他投宿在百老汇区一家三等旅馆里，穿着条纹睡衣——赞巴拉人叫做 *rusker sirsusker*（“俄罗斯泡泡纱服”）那类睡衣——照例不脱袜子：自从七月十一日在瑞士进过一趟芬兰澡堂之后，至今还没见过自己的光脚丫子呢，仰面躺在被褥上面，睡得挺香。

这是七月二十一日。清晨八点钟，纽约砰的一响、轰的一声就把格拉杜斯吵醒了。他照例先擤擤鼻子，开始一天浑浑噩噩的生活。接着从一个硬纸盒儿里取出一副个儿特大、样儿凶

1 Jacques d'Argus，格拉杜斯的化名。

2 Jack Grey，格拉杜斯的化名。

狠的假牙塞进他那长得像科摩斯[1]面具的嘴里，这的确是他唯一不幸的缺陷，否则他的外表倒是挺善良的。办完这事，他就从公事皮包里摸出两小块贮存的黄油和一块存得更久而仍然相当松软可口、馊味儿不大的火腿三明治，这大概都是上星期六夜里他乘坐那趟从尼斯到巴黎的火车时存下来的剩货：倒不是他节俭成性（那个弑君的影子集团已经预先付给他一笔数目相当可观的钱），而是出于一种眷恋自己青年时代俭朴习惯的动物本性。他在床榻上吃完这顿精美的早餐，便开始为他一生当中最重要的一天做些准备工作。昨天已经刮过胡子——倒用不着再修理了。那套值得信赖的睡衣没给塞进旅行袋，却给捅进公事皮包，然后他就穿好衣服，从上衣兜里掏出一把齿缝均已堵塞的粉红色小梳子，梳一梳粗硬的头发，小心翼翼地戴好软毡帽，走进通道对面那间几乎没有臭味儿、美好而现代化的厕所，用那美好而现代化的液体肥皂洗洗双手，撒泡尿，又把一只手冲洗一下，觉得浑身上下都已经整洁，便走出旅馆去散步了。

他从来没到过纽约，可是就像许多近乎愚佚病患者那样，对什么都不感到新奇。昨天夜里，他已经把几座摩天大楼亮着灯光的窗户一层挨一层地数了数，这当儿又把另几座大厦的高度目测一番，就觉得该知道的都已经知道了。他在一个顾客拥挤的湿柜台前喝了一杯满到边缘、连拖盘里都溢满一半的咖

1 Comus，希腊罗马神话中的司宴会欢乐之神，为一有翼的酡颜少年，常以醍醐妖术诱陷清白无辜的人。

啡；随后，他便在中央公园西头小径里一张长凳一张长凳地挨个儿坐过去，一张报纸一张报纸地接连读下去，就这样把那天青烟缭绕的上午消磨掉。

他先看一份当天的《纽约时报》，一边像蠕动的蛆那样努动嘴唇，一边把报纸遍览无遗。赫鲁晓夫（他们拼写成“Khrushchev”）突然推迟访问斯堪的纳维亚半岛而去赞巴拉做客（我在这儿从广播中听到：“*Vï nazïvaete sebya zemblerami*[1]，你们管自己叫赞巴拉人，*a ya vas nazïvayu zemlyakami*[2]，可我管你们叫做同胞！”笑声和鼓掌声）。美利坚合众国即将举行第一艘原子动力商船下水典礼（当然只是想让俄国佬恼火罢了。杰·格注）。昨夜，纽瓦克市南街555号一座公寓住宅遭闪电霹雷击中，致使一架电视机被毁，二人受伤，当时那两位正在观赏一名女演员在摄影棚设置的暴风骤雨场景中迷失路途（那些受折磨的精灵可真会捣乱！查·扎·金注，约·谢作证）。布鲁克林区雷切耳珠宝公司用$5\frac{1}{2}$点铅字刊登一则广告征聘一名珠宝磨光工人，应征者“需对服装宝石装饰方面具有丰富经验”（巧咧，戴格莱精通此道啊！）。海尔曼兄弟律师事务所说他们在安排一张面额相当大的期票谈判中给予了大力协助：“11，000，000美元，戴克玻璃制造有限公司，一九七九年七月一日到期，”格拉杜斯顿时年轻了，忙把这段新闻连看两遍，可他又不免黯然神伤地想到等那张期票到期时，他本人也不少

1 俄语谐音，意同下文。

2 俄语谐音，意同下文。

俊了，而是六十四岁零四天啦（无可奉告）。在另一张长凳上他找到同一种报星期一那一份。英国女王在参观怀特豪斯[1]时（格拉杜斯踢开脚边一只挨得太近的鸽子），走到白种动物室的一个旮旯儿，脱下手套，背着一些显然在观察她的人，揉揉自己的脑门和一只眼睛。伊拉克爆发了一场亲共的红色革命。在问到对纽约体育场举行的苏联展览会有何观感时，诗人卡尔·桑德堡[2]答道（我这里摘引一下）："他们在最高智力水平方面露了一手。"一位专门评论旅游新书的雇用文人，在评论他本人挪威之行时说，挪威峡湾太出名了，根本用不着（他）再多费唇舌加以描述，还说斯堪的纳维亚人都爱花儿。在一次国际儿童野餐会上，一名赞巴拉小妞儿对她的日本小朋友喊道：*Ufgut*，*ufgut*，*velkam ut Semblerland*！（再见，再见，下次咱们在赞巴拉见！）。我承认这确实是一场绝妙的游戏——这种在上衣垫肩的阴影上方对大千世界形形色色的蜉蝣所做的观察。

雅克·达古斯又瞧瞧他的手表，这已经是第二十次了。他背着双手，像鸽子那样溜达。他叫鞋童给他擦擦他那双赤褐色皮鞋——而且挺欣赏那个邋里邋遢却很漂亮的男孩绷紧破布劈劈啪啪的刷鞋术。在百老汇一家饭馆里，他吃光一大块带德国

1 原文为 Whitehorse（白马）与 White House（白宫）谐音。

2 Carl Sandburg（1878—1967），美国诗人，传记作家，一九一六年出版《芝加哥诗集》，继承并发展了惠特曼的自由诗的形式，吸收民间歌谣，语言朴素而幽默。与 W. 林赛、E. 马斯特斯等诗人形成芝加哥诗派。代表作有《剥玉米的人》、《烟与钢》和《太阳烧灼的西方石板》等。

泡菜的粉红猪肉，双份法国式筋道的油炸土豆片和半个快烂了的西瓜。我从这个租来的小小仙境默默诧异地观察他：瞧，这家伙正准备干一件滔天罪行，却马马虎虎享受一顿如此粗糙的饭食！我认为我们应该料想到这顿饭无疑会妨碍他进一步的设想，不管那是什么设想，都会使他濒临一切严重后果——那种鬼蜮般的后果，就像一位截肢者截去脚趾后依然觉得它们存在那样不堪设想，就像棋盘边缘那个（蹦蹦跳跳的）马完全无能为力那样糟糕，那个棋子“觉得”如果棋盘外边再有一些额外的方格就可以展开一场扇形攻势，可是那种虚幻的扩展却对真正的棋局和真正的走棋无济于事。

他溜达着回到贝弗兰德旅馆，为那一夜短暂而美好的逗留付清房钱，算下来合三千赞巴拉克朗。接着，他就怀着一种切合实际的预感，把自己的帆布手提包——犹豫一下——连带他的雨衣一齐转移到火车站去，存放在一个租用的不具名的小柜里——我相信它们就像我那镶嵌宝石的御杖、红宝石项链和布满金刚钻的王冠不管存放在哪儿那样，至今还蛮隐秘地存放在那里呐。在这次事关重大的旅途中，他只带着我们已经知道的那个黑公事皮包，里面装着一件干净的尼龙衬衫，一套脏睡衣，一把保险剃刀，另外一小块黄油，一个空硬纸盒儿，一份他在公园里没看完的、厚厚一摞带插图的报纸，一只他一度为他的情妇制作的假眼珠，还有十来种几年前他亲手印制的工联主义小册子，每种都有好几本。

下午两点钟，他得在飞机场办好登机手续。前一天夜里，他预订去纽卫的机票时，没能搞到更早一点起飞的班机机票，因为那里正在举行什么学术会议。他查阅过火车时间表，可是那明明是一个爱恶作剧的家伙给安排的，因为唯一一趟直达班车（我们那些受颠簸震摇的学生给它取了个绰号，管它叫“方轱辘”）却是在清晨五点十三分开车，一路上还在各个旗站磨磨蹭蹭，本来到达埃克斯顿只不过四百英里的路程，却要走十一个钟头；您倒可以想法儿运用智谋挫败这一阴谋，经由华盛顿去那里，不过您又得在那边等上三小时才换得上当地一班懒洋洋的慢车。就格拉杜斯来说，公共汽车完全给排除在外，因为他素来晕车，除非服用几片“佛麻明”镇定药片才顶得住，可是这又可能耽误他干正事。一想到这一点，不知怎的，他就觉得晃晃悠悠站不稳了。

如今，在时空方面，与诗文前几章里的情景相比，格拉杜斯离我们可越来越近啦。他长着一头又短又直的黑发。我们还可以给他那张阴沉沉的长方形脸蛋儿填补上大部分特征，诸如一对黑眉毛啦，下巴颏儿上有个疣子啦，等等。他的面色呈一种不健康的红润。我们很清楚地看出他那对视觉器官带点催眠的力量。我们看出他的鼻梁歪扭，令人抑郁，嘴唇也沟沟槽槽的。我们还看出他的下巴铁青，唇须压扁了，净是沙砾般的点点儿。

他的一些姿态我们已经熟悉，他那宽阔的身躯和短短的后腿像黑猩猩那样伛着，显得无精打采似的。对他那身皱皱巴巴的衣服的描绘我们也听腻了。我们至少还能把他的领带描绘一番，那是他的一位住在昂哈瓦的内兄，一位衣着讲究的屠夫，送给他的复活节礼物：人造丝制品，巧克力颜色，上面带有红线条，尾端给塞进衬衫第二三颗纽扣当中，这是赞巴拉三十年代流行的样式——而且按照学者风度无须乎再穿神甫式的马甲。他那双地地道道的粗手手背覆盖着一层叫人恶心的黑汗毛，那可是一名加入激进工会的手艺人极为干净的手，看得出来是制作烛台拖盘的工匠的一双典型的手，两个大拇指全都明显变形了。我们也蓦地发现他的肌肤总是黏糊糊的。我们甚至还可以（像幽灵那样挺安全地迎头穿过他的体内，穿过他乘坐的那架飞机闪烁的螺旋桨，穿过那些冲我们挥手咧嘴笑的代表）辨认出他那紫里透红的五脏，以及肠胃里那阵不太理想的、汹涌起伏的怪浪。

我们可以对医生或者哪位愿意听的人再进一步描述这位灵长目动物的灵魂。他能读，能写，能算；他生来就有点自知之明的涵养（对这一点他自己也不知道该怎么办才好），还有那么点耐力，对面貌、姓名以及日期等等的记忆力也特强。从精神上来说，他并不存在。从道义上来说，他是一名追随另一名傀儡的傀儡。他的武器倒是真枪实货，追捕的猎物是个智力高度发展的人。这一事实只属于我们这个多事之秋的世界，在他那个世界里却毫无意义。您认为那种消灭“国王”的想法确实使他产生某种程度的欢乐，就算您对，那咱们就该在他的性格一栏里再加上那种具有形成概念的能力，不过那些大都是普普通通的概念罢了，我在另一个注释里提到过此事，到底在哪个注释里我倒懒得去查找啦。这可能会使他在感性上有那么一点点（我倒承认是很大的）满足，我宁可说这至多跟一位渺小的享乐主义者在某一时刻所得到的满足一样，那就是他屏息对着一面放大镜，两个拇指准确无误地紧紧捏住一个圆圆的句号，使劲把一个粉刺的滑腻腻、半透明的栓塞全部挤出来——宽慰地发出一声“啊”。格拉杜斯不仅从那种（后果他是可想而知的）设想杀人的行动中，也从一帮分享他那种公正概念的同伙交托给他的一项（恰恰需要杀人的）重要任务中，得到乐趣；要不是这样，他原本就不会杀人；不过话说回来，在杀人这档子事上，他如果没有挤粉刺那种叫人相当恶心的小小刺激，大概也不会乐意接受那项任务的。

我在前面一个注释（这次我查明是对第 171 行的注释）中考虑过我们这位“机器人”的特殊憎恶，而且也包括他的动机，当时他还没像现在这样有个性，这样疯狂地违背理性，所以我才赏给他那样一个绰号；总之，他越来越远离我们这个绿草芳香、淳朴和煦的阿卡狄。但是，上帝如此绝妙地制成人类，我们再多的动机探索和推理调查都压根儿没真正解释清楚人为什么要消灭自己的同类（我明白这样的争论当然需要先暂时给予格拉杜斯以人的身份才行），除非他是为了保卫自己或他儿子的生命，要不就是为了维护他一生的成就，才会那样干；所以，在格拉杜斯对抗君主这一案例中，我倒宁愿对最终判断提出这样的看法，那就是如果他那种人性的缺陷不足以解释他干吗要像白痴一般远渡大西洋，光是为了射完他手枪里的子弹，那么我们就可以承认，大夫，这位一半算人的家伙倒真是半疯了。

他登上那架又小又不舒服的飞机，朝太阳飞去的时候，才发现自己被夹在一些姗姗迟赴纽卫语言大会的代表当中，个个都在上衣翻领那儿别着同一外国语种的标记，不过没有哪一位会说那种话，所以相互之间（越过我们这位弓背坐着的杀手，或者从四面八方向他那个呆滞不动的脑袋袭来的）交谈全是用相当普通的美国英语进行的。在这种折磨当中，可怜的格拉杜斯一路上还另有一种叫他一直浑身难受的感觉，比那帮只操一种语言的人唠唠叨叨的声音还要命，他一直闹不清是什么原因。他拿不准这该归咎于什么——是那牛肉，洋白菜，油炸土豆，还是烂西瓜——他阵阵痉挛地回想，心里重新品尝一遍它们的滋味儿，发现很难从它们那些不同却令人作呕的味道当中有所选择。我个人的看法，并且愿由大夫加以证实，是那份法国式三明治正在跟那盘“法国式”油炸土豆片在他那肚肠里进行一场两败俱伤的作战。

五点钟过后，他刚一抵达纽卫机场，就从自动售货机买了两纸杯挺好喝的凉牛奶灌下肚去，然后走到柜台前，要一份当地的地图。他一边用粗硬的手指轻轻敲着那个像扭动的胃似的校园构型图，一边向办事员打听哪家旅馆离大学最近。人家告诉他，搭乘一辆小汽车就可以把他带到校园旅馆，从那里再走几分钟的路便可以到达大学主楼（如今叫做谢德楼）。在乘车途中，他突然觉得一阵晕眩恶心，难受极了，所以一到那家订妥房间的旅馆就连忙直奔洗手间。消化不良而引起一阵滚烫的水泻，总算解除了他的痛苦。可是他几乎还没扣好裤子，还没摸清鼓鼓囊囊的裤子后兜儿里那样东西在不在，一阵刀刺般的痛苦和吱吱声又让他不得不再次裸露大腿，那么一忙乎，他那把小型勃朗宁手枪倏地掉进了抽水马桶的深渊。

他拎着公事皮包再次闯入阳光普照的户外时，嘴里还在嘎嘎地磨他那副假牙，不断哼哼唧唧。那当儿，树丛在灿烂的阳光照耀下现出光怪陆离的斑斑点点；学院城里欢聚着暑期班学生和来访的语言专家，而格拉杜斯在他们当中乱窜，很可能轻易地让人当成一名推销员，正在叫卖美国小学生的初级基础英语课本或者奇妙的新型翻译机器，那种玩意儿干起活儿来可比人或动物麻利得多。

沉重的失望正在主楼等待着他：那天赶巧主楼关门，不接待来宾。三名躺在草坪上的学生建议他到图书馆去试试看，三人同时指着草坪那头的一座楼房。我们的刺客只好拖着沉重的步子走过去。

“我不知道他住在哪儿，”那位站在出纳柜台里面的姑娘说。“可我知道他眼下正在这儿呐。我保证您可以在西北角第三区我们的冰岛文化藏书那边找到他。您可以往南走〔挥动一下她那支铅笔〕，再朝西拐，然后再往西，您就看到一种，一种〔那支铅笔摆动了一个圆圈儿——圆桌子吗？圆书架吗？〕——不，等一等，您最好还是径直朝西走，等您一撞到

弗洛伦斯·霍顿阅览室就横穿过去，便到了这座楼的北边。您不会迷路的。”〔铅笔又给别回到耳朵上。〕

他既没当过水手，也不是一位逃亡的国王，没多会儿便迷了路，只好徒劳地朝前穿过书架林立的迷宫，在楼梯平台那儿向一位正在目录铁柜前核查卡片的、样儿挺严厉的图书馆大娘打听冰岛文化藏书究竟在哪儿。她慢慢腾腾地详加指点，结果只导致他又回到出纳柜台前。

“对不起，我没法儿找到。”他摇摇脑袋说。

“难道您没……”那个姑娘刚一张嘴说，忽然用手朝上一指：“喏，他在那儿呐！”

一个蓄着胡子的高个子，正迈着军人的快步子，沿着大厅上方边缘的走廊从东朝西走去。他很快便消逝在一个书柜后面，不过格拉杜斯还是认出了那粗壮的骨架，那全身挺直的仪态，那高鼻梁，那端端正正的眉毛，那两只甩得挺带劲儿的胳膊，没错儿，正是敬爱的查尔斯·扎威尔国王。

我们这位追踪者立刻抄最近的楼梯奔上楼去——可是很快就发现自己陷进善本阅览室那股着了魔似的肃穆气氛中。那间屋子倒挺漂亮，没有门；其实他可以发现那挂着帷帘的入口处几分钟之前他刚刚穿行过。这种糟透了的错综复杂的搜寻，加上肚内又出现一阵剧痛，使他不得不连忙掉头往回奔——下三级台阶，上九级台阶，冲进一间圆形阅览室，里面一张圆桌前正坐着一位身穿夏威夷衫、晒得黝黑的秃顶教授，满脸嘲讽的神情，在阅读一本俄文书。他没理睬格拉杜斯，后者匆匆穿堂过室，从地上趴着的一条小胖白狗身上跨过去，可并没把它惊醒，然后由一处螺旋形楼梯急奔下去，结果发现自己来到了地下动力室。他顺着一条亮着灯、排着管道、两边是白墙的通道走去，突然喜出望外地找到一间专为管子工或迷路的学者准备的厕所天堂；他一边骂骂咧咧，一边赶快把他那支自动手枪从晃里晃荡的枪套里移到上衣口袋里，又泻出肚内一部分该死的流液。他再次爬上楼来，看到书库圣殿的灯光下有一名手里拿着一张借书条正在找书的图书馆雇员，一个瘦小的印度小伙子。我压根儿也没跟那个男孩说过一句话，可是不止一次觉得他那双棕里透蓝的眼睛目不转睛地盯视着我；毫无疑问他了解我在学术界用的是假名，但是那位凶手刺耳的询问使他身上某种敏感细胞，某种直觉感，起了反应，就仿佛要保护我逃脱阴云密布的险境似的，他笑眯眯地说："我不认识他，先生。"

格拉杜斯又回到出纳台。

"太不凑巧啦，"那位姑娘说，"我刚瞧见他离开。"

"*Bozhe moy*，*Bozhe moy*[1]，"格拉杜斯嘟囔道；一遇到不顺心的事，他有时就会用俄语惊叹几声。

"您可以在这部人名录上找到他的地址，"她一边说，一边把厚厚的手册推给他，接着就不再理会这个病病歪歪的人的存在而去照应杰拉德·埃默瑞德先生，后者正取出一本带赛璐玢

1　俄语谐音，我的上帝，我的上帝。

书皮的挺厚的畅销书。

格拉杜斯嘟嘟囔囔，两只脚来回移动，开始翻查那部学院人名录，可是他把地址找到了，却又遇到怎么到那儿去这个问题。

“杜尔威奇路，”他冲那个姑娘喊道。“近吗？远吗？也许很远？”

“您大概是普宁教授的新助手吧，对不对？”埃默瑞德问。

“不是，”姑娘说。“我猜想这家伙是在找金波特博士。您在找金波特博士，对不对？”

“对，可他走了，没见着。”格拉杜斯说。

“我原就这么想，”姑娘说。“他不是住在谢德先生家附近吗，杰瑞[1]？”

“哦，对极了，”杰瑞说，转向那位凶手：“您如果愿意的话，可以搭我的车走一趟。我正要路过那里。”

这两位人物，一个穿一身绿，一个穿一身棕，有没有在汽车里交谈？谁知道？其实他俩并没说话，因为那段路程毕竟只用几分钟时间就到了（我那辆马力十足的克莱姆勒只消四分半钟就能把我运回家）。

“我想您就在这儿下吧，”埃默端德先生说。“那边的一所房子就是。”

很难揣测这当儿化名为格雷的格拉杜斯进一步想干什么？

---

1 Gerry，杰拉德的昵称。

去开枪射击呢，还是先去排除肚肠里无穷无尽的熔岩。他连忙笨手笨脚地去开车门，不拘小节的埃默瑞德便侧身靠近他，越过他，几乎跟他合而为一，帮他把门打开——然后又砰地一声关上车门，横冲直撞地驶向山谷去赴约会。我后来因为跟那个凶手长谈过一次，所以在这儿不厌其烦地把细节一古脑儿讲给读者诸君听，我希望您会赞赏；我如果告诉您，警察后来到处瞎传——居然说什么是一位孤单寂寞的卡车司机让杰克·格雷从劳诺克[1]或者别的什么地方一路搭车来的！您一定会对我上面这段叙说更加赞赏不已。我们只希望能有一次公正无私的搜查，把那顶忘在图书馆里——或许落在埃默瑞德车厢里的软毡帽找到就好了。

957 行：《夜涛之声》

我记得《夜涛之声》（意思是“夜间海滨波涛滚滚的轰鸣声”）这部集子里的一首小诗，那是我头一次跟美国诗人谢德相接触。在我做学生的时代，一位从波士顿来的美国文学讲师，一个才华横溢、可爱的小伙子，在昂哈瓦给我看了那本薄薄的优美诗集。这首题名为《艺术》的诗起首是下列几句，它那动人心魄的韵律很招我喜欢，也刺激了我们赞巴拉那个很

---

1 Roanoke，美国弗吉尼亚州中西部一城市。

“高”的高教派灌输给我的宗教感情：

从猛犸的追逐，《奥德赛》的英雄
和东方的魅力，
直到怀抱佛兰德婴儿的
意大利众位女神。

962行：帮助我，威尔！微暗的火。

这一行的意思明明是：让我查一查莎士比亚著作，找个能用的诗题。结果找到了“微暗的火”。但是我们的诗人是在莎翁哪部作品里挑出来的呢？读者诸君必须自己去查找啦。我这里只有一部《雅典的泰门》袖珍版本——还是赞巴拉译文！里面当然没有可以作为与“微暗的火”相等的词汇（要是有，我那颗吉星想必是个运筹帷幄的怪物）。

堪贝尔先生没来到赞巴拉之前，我们国内根本不教英语。康玛尔是在青年时代，一八八〇年左右，完全靠自学把英语学会的（主要是硬把一部词典全背了下来），当时看来倒不是词汇地狱而是平静的军队生涯在等待着他呢；他第一部译著（翻译了莎士比亚的十四行诗）是他跟一位同僚打赌而发奋搞出来的成果。随后他就脱下盘花纽扣的军装，换上学者长袍，着手对付《暴风雨》。他是个干活儿很慢的家伙，需用半个世纪的时间才把他称之为“涩味（这位）诗瓮（翁）”的作品全部译完。接着，从一九三〇年起，他便开始译弥尔顿和别的诗人的作品，扎扎实实地把各个时代一气儿贯通，可是刚译完吉卜林的《三位发誓人之歌》（“现在这可是他用枪弹和钢铁证实的莫斯科维法则”）就病倒了，很快便在他那层复制着辉煌的阿尔塔米拉洞窟[1]动物图案的床榻顶板下面咽了气；他在神志不清时，说的最后一句话是“*Comment dit-on 'mourir' en anglais？*”[2]——这倒是个绝妙而感人的结局。

嘲笑康玛尔译文中的谬误，其实是件很容易的事。那都是一位伟大的先驱天真无知的缺陷。他生活在自己的书斋里太久了，而很少跟青年男孩交往。作家应该观察世界，摘取它的无花果啦，桃子啦，而不要一味待在黄澄澄的象牙塔里沉思冥想——这在某种程度上也是约翰·谢德的错误。

我们不应该忘记康玛尔开始他那了不起的工作时，赞巴拉人根本就读不到什么英国作家的作品，唯独一位女小说家珍妮·德·福恩的作品，坊间倒有十卷本，说也奇怪，这位女作家在英国却毫不知名；除此之外，只有零星几首拜伦诗作，还都是从法译本转译过来的。

他是个懒散的大个子，除去诗歌之外，对什么都没有热情，很少离开他那温暖的城堡和其中所藏的五万卷加盖家族饰

1　Altamira，位于西班牙北部桑坦德市西部，因有优美的史前绘画和雕刻而闻名于世。

2　法文，“‘死’在英语里怎么说来着？”

章的书籍；众所周知，他曾经在床上读书写作长达两年之久，随后精神大振，就破题儿第一遭、也是唯一一次前去伦敦访问，但是那里雾蒙蒙的，他又听不懂人家说的话，只好返回祖国，又在床上躺卧一年。

英语是康玛尔专有的特权，他译的莎士比亚作品，在他漫长的一生大部分时间里都一直保持无懈可击。这位年高德劭的公爵由于他的崇高事业而遐迩闻名；没人敢问他的译文是否忠实可信。就我个人来说，我压根儿不忍心去核对。有一位无情的院士这样做了，结果不但丢了院士席位，还受到康玛尔在一首诗中的严厉谴责，那是一首奇特的十四行诗，是他直接用尽管不那么正确、倒也丰富多彩的英文创作的，起首是：

我不是奴隶！让我的评论家去当奴隶吧。
我不能当。何况莎士比亚也不期望如此。
让画画儿的学生临摹那些叶形装饰吧，
我跟大师一起在轩辕楣梁上干活儿！

991 行：马蹄铁

谢德跟我都一直没闹清这种清脆的响声确切来自何处——我们这个树木葱茏的山坡下端，隔着一条街，住着五家人家，到底是哪家每隔一天总在傍晚玩那马蹄铁圈儿游戏，我俩真是一直没闹清；不过那撩人的丁丁当当声给杜尔威奇山上傍晚出现的其他洪亮的响声增添了稍许可喜而沉郁的调调儿，那些别的音响是孩子们相互之间的呼唤啦，亲人叫孩子们回家的喊声啦，还有那条（爱打翻垃圾筒）不大受四邻喜爱的斗拳狗迎接主人回家时那种欣喜若狂的吠声。

七月二十一日那天光线太亮而带来灾难的傍晚，我驾驶那辆马力十足的汽车从图书馆轰隆隆地回到家门口时，正是这种掺杂着金属响声的音调在我四周围鸣响，我立刻去看看亲爱的邻居在干什么呐。我刚刚见到希碧尔开车朝城镇飞快驶去，所以对那个夜晚抱有很大的希望。您尽可以说我非常像个纤弱而谨慎的情人儿趁机利用一位年轻丈夫独自在家时忙不迭地赶去跟他幽会咧！

我通过树丛辨认出约翰的白衬衫和花白头发：他正坐在（他称之为）他那个窝里，就是我在第47—48行的注释里提到过的那个棚架似的门廊或走廊里。我不由得再走近一点——哦，小心翼翼得几乎踮起脚尖朝前走；于是我发现他正在休息而不是在写作，便大踏步走近他的走廊或者栖息处。他把一只胳膊抵在小桌上，拳头支着太阳穴，皱纹全都变得歪歪扭扭，两眼朦胧而湿润，活脱儿像个喝醉了的老巫婆。他举起那只空着的手冲我打个招呼，全身并没改换姿势，尽管我对这早已习以为常，可是这一次给我的印象与其说是忧郁，还不如说是凄凉。

“怎么样，”我问，“缪斯女神对您仁慈吗？”

“仁慈得很，”他答道，稍微点点他那用手支撑的脑袋：“特别仁慈而温柔。事实上，这儿〔指着桌子油布上面紧挨着他的一个胀鼓鼓的大信封〕是我已经差不多全部完成的产品。再略加修润一下就成了〔突然用拳头捶下桌子〕老天爷，我总算全部杀青了。”

那个信封没封口，鼓鼓囊囊地塞着一大摞卡片。

“尊夫人哪儿去了？”我（嘴里发干地）问。

“查理，搀我一把，让我离开这儿。”他请求道，“脚都发麻了。希碧尔参加她的俱乐部宴会去了。”

“我倒有个好主意，”我声音发颤地说，“鄙人家里有半加仑托考伊葡萄酒[1]。打算跟我最喜爱的诗人共享我最喜爱的酒。我们的晚餐有核桃可以毕毕剥剥地砸开来吃，还有两个个儿挺大的西红柿和一把香蕉。你要是同意让我看看你那‘完成的产品’，那我就会另有款待：我保证向你透露我干吗或者不如说谁提供给你了那些题材。”

“什么题材？”谢德心不在焉地问，同时倚在我的肩膀上，渐渐叫他那条发麻的腿恢复功能。

“我们那雾蒙蒙的蓝色赞巴拉啦，戴红小帽的斯泰恩曼啦，海滨洞穴里的汽艇啦，还有——”

“嗯，”谢德说，“我觉得我早就猜出了你的秘密。不过还是照样高兴尝一尝你的美酒。好了，现在用不着你搀扶啦。”

1 Tokay，匈牙利托考伊地方产的名酒。

我确实知道他从来也抗拒不了一杯这种或那种金色美酒的诱惑，尤其是因为他在家里酒量受到了严格的限制。我兴高采烈地把他那个大信封接过来，好让他行动方便地走下门廊台阶，他真像个犹豫不决的孩子，侧着身子走下来。我俩越过草坪，穿过那条街。喀玲——喀琅，从神秘住宅那边传来阵阵马蹄铁奏的音乐。我手里拿着那个大信封，感觉得到里面那摞橡皮筋绷紧的棱棱角角的索引卡片。一些文字符号结合到一块儿就容纳得下不朽的意象，复杂的思想，新奇的世界，连带说啊笑啊哭啊的栩栩如生的人们，不知怎的，对这种奇迹我们早已荒谬地习以为常，并不觉得奇怪。我们理所当然地轻易认为，就是靠这种常规惯例的粗俗认可人们才理解那些从栖树人到勃朗宁、从穴居人到济慈各个时代的创作，才理解诗歌的描绘和结构逐步趋于精湛的历史。可是，万一有一天我们大家一觉醒来，发现谁也没有阅读能力了，那该怎么办？所以，我希望你们不仅对自己阅读的玩意儿，而且也对文字居然能让人读懂这一奇迹（我就常常这样教导我的学生）都应该同样叹为观止，惊讶得透不过气来。尽管我长期涉猎文艺，能够模仿天下各种形式的散文（单单不包括诗歌——我是个糟糕的蹩脚诗人），可我并不把自己视为一名真正艺术家，唯独一点例外，那就是我能做只有真正艺术家才能办得到的事——什么捕捉那种被人遗忘的、蝴蝶般美丽的启示啦，骤然摆脱陈规陋习啦，观察人间网络和那网络上的经纬啦，等等。我庄严地掂量左腋下夹着的那个如今落入我手中的宝贝，心中不禁充满一阵难以形容的惊奇，就跟听说萤火虫在为那些无依无靠的精灵做些可以破译的信号，或者一只蝙蝠在那布满伤痕烙印的天空写下一个清晰可辨的痛苦故事那样惊讶不已。

我把整个赞巴拉紧紧贴在心头。

993—995 行：一只深色瓦奈萨，等等

在他死亡前一分钟，我俩正从他的领地跨到我的领地，步行在装饰性灌木和落叶松中，忽然飞来一只红蛱蝶（参见第 270 行注释），像一团火焰那样围着我俩转悠，令人头晕目眩。我俩已经有一两次同时注意到有那么一个人在某处出现，夕阳正在那边的树丛簇叶中找到一处空隙，往那棕色沙地上撒下最后一抹光辉，傍晚的阴影已经笼罩住那条小径的其他部分。人的目光在斜阳下没法儿追随那只飞舞的蝴蝶，它时而闪现，时而消逝，时而又闪现，几乎是在令人惊异地仿效一种故意的调弄，最后竟然歇在我那位心情愉快的朋友的袖子上面，真是达到了高潮。它又飞走了，转瞬间只见它围着一株月桂树轻佻地翩跹起舞，时不时停歇在一片光溜溜的树叶上，从那沟槽中滑落下去，很像一个男孩在过生日那天高兴得从楼梯栏杆扶手上出溜下去一样。随后，阴影像潮水那样涌到月桂树丛那边，那只火焰般华丽而柔软的小家伙也就消失得无影无踪了。

998 行：哪位邻居的花匠

哪位邻居的花匠！诗人多次见到过我的花匠啊，我只能把这糊涂归因于他的一种愿望（他在别处对待姓名什么的，也是如法炮制），那就是说他想赋予熟人旧物那么一点诗情画意，一层模模糊糊的概念——尽管他完全也可能在那暗淡的光线下错把那个花匠当成一个陌生人在为另一个陌生人干活儿呐。这个多才多艺的花匠是我在春天一个闲空的日子里偶然之间发现的，当时我在校园那座室内游泳池里体验了一阵叫人恼火而尴尬的经历之后，踽踽走回家去的途中撞见了他。他正在阿巴拉契亚顶顶出名的一条林荫大道上，站在一架绿梯子顶端护理一棵树上的病枝，那棵树真像是感激涕零似的。草地上躺着他那件红绒衬衫。我们俩，他在上面，我在下面，腼腼腆腆地交谈了一阵子。我惊喜地发现他居然能把所有接受他治疗的病树一一指出它们的原产地。那时节正逢春暖花开时分，当时只有我们俩在那里，那些树木整整齐齐地排列成美妙的行列，英国游客曾经从头到尾给每棵树拍过照片咧。我在这里只能略举几个品种：朱庇特主神那种雄伟壮实的栎树和另外两种栎树，一种是不列颠雷劈式的，一种是地中海岛屿疙里疙瘩式的；一棵防风树（如今叫欧椴），一棵海枣树（如今叫枣椰树），一棵松杉和一棵雪松（学名为 *Cedrus*），均属岛屿性；一棵威尼斯产的榕树（学名为 *Acer*）；两棵柳树，绿叶那株来自威尼斯，叶子灰不拉唧那株则来自丹麦；一棵仲夏榆树，鞣皮枝杈上盘结着常春藤；一棵仲夏桑树，树荫下招人流连忘返；还有一棵枝杈可作哀悼标志的，来自伊利里亚[1]的丝柏树。

他曾经在马里兰州一家黑人医院里当过两年男护士，眼下手头相当拮据。他想学习园艺美化啦，植物学啦，还有法语（“阅读波德莱尔和仲马的原著”）。我答应给他一点资助。当天他就来到我的住处干起活儿来。他人挺好，怪可怜的，诸如此类，只是有点爱唠叨，而且彻底阳痿，这真叫我觉得泄气。要不然他倒算得上是个魁伟大汉；我观看他干活儿，真可谓一种莫大的审美享受和乐趣，只见他跟土地草皮轻快搏斗，灵巧地摆弄球茎，还把那条铺石板的小径收拾一番，等我的房东从英国安然无恙回来，（我希望没有嗜血狂人在潜步追踪他！）这一工程会不会叫他大为惊讶，倒也难说。我真巴不得让他（指我的花匠，不是指我的房东）系上一条硕大的穆斯林缠头巾，穿上南亚人穿的那种松松垮垮的裤子，戴上丁零当啷响的脚镯。如果我是个北方国王——要么毋宁说如果我仍然是个国王（流亡真成了一种糟透了的习惯），那我当然就会按照老派浪漫主义作家心目中那种摩尔王子的模样来打扮他了。谦虚的朋友啊，你会怪我不该在这个注释里连篇累牍地写你，可我觉得我应该夸赞你。毕竟是你救了我的命啊。只有咱俩目睹了约翰·谢德临终前的情景，何况后来你还承认当时有一种古怪的预感叫你突然放下手中的活儿，那当儿你瞧见我和谢德从矮树

1　Illyria，古代亚得里亚海东岸地区。

从中走向那个门廊，而那里正站着——（恕我迷信，不能在这里写下你用的那个邪恶的怪字眼儿。）

1000 行：〔＝第 1 行：我是那只惨遭杀害的连雀的阴影〕

透过约翰那件棉布衬衫的后背，您可以辨认出里面穿的是美国老好人都爱穿的那种怪模怪样的背心，衬衫在背心轮廓上端和周围都粘住了皮肉，现出斑斑驳驳的粉红块儿。我清清楚楚地看到他那左肩在摇晃，右肩在隆起，还看到那一头乱蓬蓬的花白头发啦，那起皱的后脖颈啦，那条从裤子后兜耷拉出来的印花大手绢啦，另一个鼓鼓囊囊的后兜里塞着的皮夹子啦，那变了形的宽骨盆啦，那条旧咔叽布裤子后裆上让绿草弄脏的屁股印儿啦，那双平底便鞋磨损了的后缝啦；我还听到他那讨人喜欢的抱怨；他没有止步，只是扭过头来瞧着我，说些诸如此类的话："千万小心别把什么撒落在地上——这可不是一场撒纸屑的追踪游戏[1]，"要不就是〔退后一步〕"我还得写信给鲍勃·威尔斯〔这座城镇的市长〕谈谈每星期二夜间打这里经过的那些该死的卡车那档子事。"

我俩进入那条小巷，走到哥尔斯华斯住宅那一边，踏上斜坡草坪边缘的石板路，那条路一头连接杜尔威奇路，一头通向

1 Paper chase，西俗，一些人假扮兔子撒纸屑，另一些人假扮猎犬追赶的撒纸屑追踪游戏。

哥尔斯华斯住宅大门前的沙砾小道；就在这当儿，谢德突然说："你门前有位来客。"

门廊那儿站着一个头发黯黑浓密的矮个子，侧身对着我们，身穿一套棕色西服，手里拎着一个破旧得不成形、提手也令人发噱的公事皮包，他那弯曲的食指还对着刚揿过的那个门铃按钮呢。

"我非宰了他不可。"我嘟哝道。最近有个头戴无边软帽的姑娘叫我勉强接受了一摞宗教宣传小册子，并且告诉我她的兄弟哪天会来拜访我，跟我讨论上帝的旨意，给我解释小册子里我看不明白的地方；不知怎的，我想象那个家伙准是个神经质的瘦弱青年。敢情真是个小伙子！

"噢，我非宰了他不可。"我又小声重复一遍——一想到他会耽误我读诗那阵狂喜劲儿就简直难忍难熬。我为了赶快把这位不速之客打发走，便怒冲冲地加快步伐超越约翰，直到这当儿他一直蹒跚地走在我的前面，朝着纵酒狂饮和意外事故这两项款待进发呐。

我以前见过格拉杜斯吗？让我想想看，见过吗？记忆摇了摇它的头颅。这位凶手后来却肯定地对我说，有一次我站在我的塔楼上俯视果园时，跟他挥过手，那当儿他和我以前的一个僮仆，一个头发长得像细刨花似的小伙子，正从温室取出支架的玻璃送上搬运马车；但是，这位来客一转身冲着我俩，两只长得紧靠在一起的眼珠子射出那股冷酷而忧郁的目光，紧紧盯视着我们俩，我可一下子就把他认出来了，不禁浑身直打哆嗦，即使梦中见到这种情景，我也会啊的一声惊醒过来。

他头一发子弹打掉我身上那件黑色运动茄克衫的一枚袖扣，另一发从我耳边嗖的擦过去。如果断言他不是瞄准我（他刚在图书馆里见过我啊——让我们言行一致吧，先生们，我们这个世界毕竟是个理性世界），而是对准我身后边那位头发花白的先生，那可真是胡说八道。噢，他确确实实对准我开枪，可是哪一发都没打中，这个不可救药的笨蛋。我当即本能地朝后退，一边大声怒吼，一边张开我的两只壮实的大胳臂（左手依然紧紧握住那首诗，套用马修·阿诺德[1]（1822—1888）一句话："依然抓住不可侵犯的阴影[2]，"），尽力挡住那朝前走来的疯子，以便护卫约翰，我担心那小子会意外地错把他击中；这当儿，我那位可爱而笨拙的老约翰一个劲儿用爪子抓我，拽我随他朝后退，隐蔽到他的月桂树丛后面去，真像一个可怜的瘸腿男孩一本正经而手忙脚乱地想法儿把他那患痉挛性瘫痪的弟弟拖走，躲开一帮小学生冲他俩投扔过来的石子，这种情景一度在各个国家倒是司空见惯的事。我当时觉得——眼下仍然觉得——约翰的手在摸索我的手，寻找我的指尖，找到了，可是马上又放开了，就像在进行一场庄严的接力赛跑，他把生命棒传给我似的。

另一发子弹饶了我的命，却击中了他的侧身，射穿了心

---

1 Matthew Arnold（1822—1888），英国维多利亚时代诗人和评论家。这里引用的一句诗出自他的《吉卜赛学者》第 211 行。

2 "阴影"与"谢德"为同一个词"Shade"。

脏。他突然在我身后歪倒下来，使我全身失去平衡；就在这一刹那，为了结束这出命运闹剧，我的花匠从矮树篱后边用铁铲朝凶手杰克的脑袋瓜子猛击一家伙，把他打翻在地，武器飞出了手。我的救星拾起枪支，又过来把我扶起来。我的尾骨和右手腕伤势不轻，那首诗却安然无恙。可是，约翰趴在地上，白衬衫上染了一块红。我仍然希望他并没给打死。那个疯子坐在门廊台阶上，用两只鲜血淋淋的手直摸他那血流如注的脑袋。我让花匠看住他，连忙奔进房内，打开一个壁橱，那里面下端堆着姑娘们的高统橡皮套鞋啦，毛皮雪靴啦，白色威灵顿长靴啦，乱七八糟一大堆，我就把那个价值连城的大信封藏在它们底下；我可真是激动万分，仿佛那里就是那条使我逃出我那着了魔的城堡、从赞巴拉一路径直来到这个阿卡狄的秘密通道的尽头。接着我就拨了报警的“11111”电话号码，然后拿着一杯水回到大屠杀现场。可怜的诗人这当儿已经给翻转过来，挺尸在地上，两只张开的、失去知觉的眼睛瞪视着傍晚和煦的苍穹。那位手拿枪支的花匠和那个给打垮了的凶手却并排坐在台阶上抽烟卷儿呐，后者如果不是因为疼痛不堪，就是已经决定再扮演另一个角色，根本就不理睬我，好像我是昂哈瓦市区泰赛拉广场上一位骑在石雕战马上的石雕国王咧，不过那首诗倒安然无恙。

我方才出来时把那杯水放在台阶旁边一个花盆旁边，这当儿花匠拿起它，跟凶手分享了，接着就随同他到地下室洗手间去了；没多会儿，警察和救护车来到了；那名凶手说他叫杰克·格雷，除了罪犯精神病院之外，没有固定住址，这儿，*ici*[1]，好一个癞皮狗，那里当然一向应该是他的永久地址，警察却认为他就是刚打那儿逃出来的。

“走吧，杰克，我们会给你那个脑袋瓜子一点教训。”一名沉着而决心不小的警察跨过那具尸体，说道；随后就是一阵糟透了的时刻，苏顿博士的女儿陪同希碧尔·谢德开车回来了。

在那混乱的夜晚，我居然挤出了那么一点时间把那首诗从哥尔斯华斯四位仙女般美妙的千金小姐那堆靴子底下取出来，转移到我的黑旅行袋里，稳稳当当地藏起来，不过一直等到黎明时分，我才觉得安全得万无一失，可以细细察看我的宝贝啦。

大家都知道我是多么愚蠢地，多么坚定不移地相信谢德一直在创作一首有关赞巴拉国王的长诗，一种传奇诗。大家也曾对那种会使我大失所望的遭遇有所心理准备。噢，我并没期望他竭尽全力写那个主题啊！当然有可能掺杂着一些他的私人生活琐事和杂七杂八的美国风俗习尚——但是我自信他这首诗肯定会包括我叙述给他听的那些奇妙事件，那些让我讲得活龙活现的人物，以及我那个王国独特的气象。我甚至建议给他取一个挺不错的诗名——我内心那部书的名字，书页他得用刀裁开来：《孑然一身的君主》，而不是现在这个叫我感到莫名其妙的《微暗的火》。我开始阅读这首诗。我读得越来越快。我一边快

1 法文，这儿，瞧。

速通读一遍，一边在咆哮，就跟一个怒火上升的年轻继承人在读一个老骗子的遗嘱一样。我那夕阳斜照的城垛在哪儿？赞巴拉博览会在哪儿？它那些山脊在哪儿？它那些长期以来透过朦胧雾霭出现的激动人心的事在哪儿？还有我那些可爱的棒小伙子啦，彩色玻璃映现的斑斓光谱啦，黑玫瑰武士啦，总之，那整个绝妙的故事都在哪儿？啥也没有！我一直怀着催眠师的耐心和情人的激情逼他接受我所提供的错综复杂的题材，根本就一点也没有。唉，我简直没法儿表达这种痛苦！不是那狂放不羁而光荣的传奇故事——相反，我得到的又是什么呢？一位阿巴拉契亚地区的知名人士采用新蒲柏的韵律风格写的一首相当老派的自传体叙事诗——写得当然很美——谢德只会写优美的作品——可是缺少了我那种魅力，缺少了那种丰富多彩的疯魔特色，我还当那准会贯串在这首诗里，使之超越时代局限而具有永恒意义呐。

我慢慢恢复了原有的沉着冷静。我再仔仔细细阅读一遍《微暗的火》，对它不抱很大期望，反倒比先前喜欢它了。何况那是什么？那种远方隐隐约约的乐声，那些色彩在空中遗留下来的痕迹，到底是怎么回事？我在诗中，尤其是啊，尤其是在那些宝贵的异文中，这儿那儿都发现了不少我那种思绪的回音和彩饰亮片儿，我那光荣业绩泛起的一阵阵涟漪余波。我顿时对这首诗产生了一种怜爱的柔情，就跟人怜惜一个轻浮的姑娘一样，那个姑娘被一名黑大个儿劫走，蛮横地享受一番之后，现在又安全无恙地出现在我们校园大楼和公园里，跟男同学们一块儿吹口哨啦，跟那只驯服了的海豹一块儿游泳啦，好像一点事儿都没发生过似的。伤痕依然疼痛，该疼，但是我们却怀着古怪的感激心情亲吻那对沉甸甸、湿漉漉的眼帘，抚摩那玷污了的皮肉。

我对这首诗的注释，不过是试图拣出那些回响，细致的火浪，微暗的点点磷光和无数潜在的受惠于我的地方罢了，现在统统摆在读者面前，听凭论断。有些注释也许显得苦涩——可我已经尽力不诉什么苦。在这最后的附注中，我也无意抱怨那些职业新闻记者和谢德的“朋友”在他们编造的讣闻中谈及谢德死亡情况时所胡诌的那种庸俗而残酷的废话。其中凡是涉及我个人之处，我都一律把它们当成新闻界的冷酷无情和毒蛇喷出的毒液混在一块儿的大杂烩。我毫不怀疑等这部著作出版之后，那帮做贼心虚的家伙准会对其中许多陈述和声明采取漠视的态度。谢德夫人不会记得他那位“什么都给她看的”丈夫让她看过那些宝贵的异文中的一两段。那三位躺在草坪上的学生结果准会彻底丧失记忆力。图书馆出纳柜台那位姑娘必定记不起（奉命记不起）在发生谋杀案那天有人向她打听过金波特博士。我还敢保证埃默瑞德先生一定会短暂中断他对某些乳房丰满的女学生那种弹性魅力的调查研究，而以亢奋的精力矢口否认那天傍晚他曾经让什么人搭他的汽车到我的住处这边来。换句话说，就是凭尽一切办法使鄙人同我那亲爱的朋友的命运彻底割断任何联系。

然而，我自有小小的报复：公众的误解反倒间接促成我得到了《微暗的火》的出版权。我那位好心肠的花匠把他的所见所闻热情地讲给大家听的时候，自然有些地方说得言过其实——与其说他夸大了我的“英雄壮举”，不如说他错就错在居然认为那个所谓的杰克·格雷蓄意对准谢德开枪；但是，有一件事却使我终生难忘，那就是谢德的遗孀一想到我“舍己救人”，挡住枪手射击他的目标就感动得一边抚摩着我的双手，一边哭着说，“有些恩情，人间或彼岸的任何酬报都不足以报答呵。”那“彼岸”迟早会在背信弃义的人遭到报应时出现，我当然把这话当作耳边风，不予追问；说真的，我决计什么也不加以反驳，只说：“哦，可是有一种报酬啊，我亲爱的希碧尔。对您来说，也许只是一种微不足道的要求，然而——希碧尔，容许我来编辑出版约翰的最后一首诗吧。”这一要求立刻得到许可，外加一阵啼哭，一阵拥抱。第二天她就在那份我请一位快手小律师赶制出来的合同上签了字。那一阵既感激又哀伤的时刻您很快就会忘记的，我亲爱的老嫂子。但是，我向您保证，我绝对没有一点要伤害您的意思，而且尽管有那些阴谋诡计和恶毒中伤，我的注释没准儿也不会使约翰·谢德过分恼怒。

这些阴谋诡计使我面临梦魇一般的问题，那就是我如何才能让人们——不至于顿时尖声喊叫，使劲推搡我——平平静静地了解这出悲剧的真实情况，而且在这出悲剧里我也并非是个“赶巧撞上的见证人”而是个主角人物，何况还是个堪称潜在的主要受害者。这阵乱哄哄的吵闹最后总算在影响我的新生活进程中逼得我不得不移居到此处朴实的山间小屋这种情况下告终；不过，我确实想方设法在那名罪犯被拘押后不久就跟他进行过一次、甚至两次谈话咧。那当儿，他比起在我那门廊台阶上流血时，神志清醒得多，对我说了我想了解的一切。为了叫他相信我能在审讯过程中助他一臂之力，我逼着他坦白他的滔天罪行——他佯装从精神病院逃出来的杰克·格雷，错把谢德当成那个把他送到那里去的人，以此来欺骗警方和这个国家。几天之后，唉，没想到他竟会从一个没人看守的垃圾箱里捞出一片保险刀片，用它抹了脖子，致使审判遭到了挫折。他死了，主要倒不是因为他觉得自己在这个故事里的角色已经扮演完了，看不出再活下去还有多大意思，而是因为活下去也没法儿说清他最后犯下的这个登峰造极的蠢罪——杀错了人，而要杀的人其实就在他眼前。换句话说，他的生命不是在那齿轮装置的玩意儿劈啪一声响之下完蛋的，而是在近似人的绝望情绪下了结的。说得够多了。杰克·格雷退场。

一想起我在（希望是永远）离开纽卫镇之前所过的那一个星期怵怵怛怛的日子，就不禁直打哆嗦。当时我一直担心强盗会把我那娇嫩的宝贝抢走。读者诸君倘若得知当时的情况，没准儿哪位会嗤嗤发笑咧，那就是我瞎忙乎了一阵子，把这部手稿从我的黑旅行袋里掏出来，放进房东书房里一个空保险柜里，没过几小时，又把它取出来，干脆一连好几天都穿戴在身上，也就是说，把那九十二张索引卡片分藏在我的全身，二十张放在上衣右兜儿里，左兜儿里也一般多，一摞四十张抵在我的右奶咂儿上，那十二张带异文的珍品塞在上衣左胸内兜儿里。我感谢我那司王室星座的神仙曾经让我学会了娘们儿干的活计，因为我把四个兜儿都缝起来了。于是，我迈着小心翼翼的步子，在那帮上当受骗的敌人当中串来串去，以诗歌为铠板，以韵律为甲胄，另一个人的诗歌使我浑圆体胖，硬卡片撑得我全身僵挺，但是终于具有了防弹的持久功能。

很多年以前——究竟多少年我倒不太想说了——那当儿，我是个六岁的小人儿，处在大人那种失眠的痛苦中，我记得我的赞巴拉保姆告诉我："*Minnamin*，*Gut mag alkan, pern dirstan*"(我的宝贝儿，上帝制造饥饿，魔王制造干渴)。对，人们啊，我猜想许许多多人在这美好的广厦中都跟我一样又饿又渴；人们啊，我最好就在这儿打住吧。

对，最好打住吧。我的注释和我本人渐渐消失了。先生们，我真受了不少罪，比你们任何一位想象得到的罪要多得多。我祈求上帝赐福给我那些受苦受难的同胞。我的工作结束了。我的诗人撒手归西了。

"可是您，您今后干什么呢？可怜的国王，可怜的金波特？"一个嫩稚而温柔的声音会问。

我相信上帝会帮助我，叫我摆脱任何仿效这部著作中另两位主人公那种所作所为的欲望。我会继续存在。我可能会设想别的伪装，别的形式，可我决计想方设法接茬活下去。我也许会在另一个校园里，变成一个上了年纪、快乐而健康、异性恋的俄国佬，一名流亡作家，没有名望，没有未来，没有听众，任什么也没有，而只有他的艺术。我也许会跟奥登通力合作拍摄一部新电影：《逃离赞巴拉》（宫中豪华的舞会啦，王宫广场上爆炸的炸弹啦）。我没准儿会迎合剧评家浅陋的口味，编造一出舞台剧，一出老式的情节剧，其中共有三个主要角色：一个疯子企图杀害一个自己想象中的国王，另一个疯子幻想自己就是那位国王，另有一位著名老诗人碰巧东歪西倒地走进那条火线，在两个虚构的事物相撞下毁灭。唔，我会干很多很多事咧！历史许可的话，我也许会乘船重返我那光复的王国，哽哽咽咽地大声哭起来，在蒙蒙细雨中，向那灰蒙蒙的海岸和一座屋顶上的闪亮灯光致敬。我也可能在一家疯人院里蜷缩一团，哼哼唧唧。但是，不管发生什么事，不管场景安排在哪里，都会有那么一个人从某处静悄悄地出发——已经启程了，还离得很远呐，正在买票登上一辆公共汽车，一艘轮船，一架飞机，着陆了，正朝百万名摄影师迎面走去，过一会儿就会来揿我的门铃——一个壮实得多、可敬得多、本事也更强的格拉杜斯，出现在我的面前。

索　引

条目中数字系指诗行及其评注。其中G，K，S（参照各条）代表本作品中三位主要人物。

阿若斯，赞巴拉东部一美好城市，康玛尔公国首都；尊敬的费兹（意谓“象棋王后”）· 布瑞威特一度任该市市长，他是奥斯文 · 布瑞威特（参照该条）的叔祖父的一位表亲，149，284。

乙男爵，甲男爵非自愿选择的岳父，布瑞威特（参照该条）家族想象中的老友，286。

贝拉，一条分隔半岛的纵长山脉；对它若干亮闪闪的山峰、神秘隘口和景色如画的斜坡的描绘，149。

布拉威克，蓝湾，赞巴拉西海岸一个海滨避暑胜地，拥有赌场、高尔夫场地、海鲜美食和供租用的汽艇，149。

布兰达王后，国王之母，1878—1936，自一九一八年起执政，71。

包斯考贝尔，王家消夏别墅地点，赞巴拉西部一处松树丛生、沙丘累累的美丽地段，拥有一些使作者最为怀恋的幽谷；如今（一九五九年）已成为一处“裸体营”[1]场所——随便怎么说都成，149，596。

波特金五世，俄裔美国学者，894；王波特，一度滋生在猛犸身上、现已绝种的蝇蛆，据认为是自身匆匆断绝了其种系，247；波特金又有制作长颈酒瓶者之意，71；波特，扑通声；波特里依（俄语），大肚皮之意；波特金或波德金，亦作丹麦匕首解。

---

1 nudist colony，裸体主义者实行其主张的场所。

他跟 *S* 在偏见这一问题上的争论，470；他跟自己讨论自杀问题，493；他惊奇地发现法语里一种叫人抑郁的树名称跟赞巴拉语中另一种树名称相同，501；他不同意第三章里某些轻率的段落，502[2]；他对罪恶和信仰的看法，549；他在编辑工作上的诚实和精神上的苦恼，550；他谈及某位女学生以及他赴谢德家宴次数和宴会情况，579；他欣喜而又惊奇地发现两个紧挨着的词汇的音节不祥的结合，596；他关于杀人者和受害者的格言，597；他在赛达恩住的小木屋以及那个钓鱼人，后者是个皮肤蜜黄色的男孩儿，光着身子，只穿一条破烂的粗蓝布工装裤，卷起一条裤脚管，经常吃些杏仁糖和干果充饥，但是接着要么就是学校开学了，要么就是气候变了，那个男孩儿不见了，609；他出现在赫家，629；他严厉批评那种从《暴风雨》等作品中摘引出词句当作自己作品的题名的行径，诸如“微暗的火”等等，671；他的幽默感，680；他回忆抵达奥唐纳尔夫人乡间宅邸的情况，691；他欣赏一个微妙的争论点，可又对提出此说之人采取怀疑态度，727；他憎恨某人，该人取得一些成就后便背叛一颗高贵而天真的心灵，讲些那个受他害的人的坏话，并以野蛮的恶作剧方式追捕他，741；出于某种心理障碍或对另一个 *G* 的惧怕，他没能去仅有六十或七十英里远的一个城市，在那里他想

1 拉丁文 *quod vide* 的缩写，参照该条之意，读起来“呱喂呔”颇似乌鸦叫。

1 Chamonix，法国上萨瓦省阿尔卑斯山中的世界著名旅游胜地，包括欧洲最高峰勃朗峰，夏蒙尼是攀登勃朗峰的起点，山岭终年积雪。这个胜地有世界上最高缆车与其相连。今已发展为冬季滑雪和夏季冰川旅游中心。

译者后记

六十年代初，美国一度出现小说形式危机的论调，认为古往今来的作家已把小说形式用尽，不可能再有什么突破性发展。纳博科夫的《微暗的火》于一九六二年出版后，著名女作家玛丽·麦卡锡当即赞扬这部小说为“本世纪伟大的艺术作品之一”，并以此为依据驳斥了上述说法。英国作家安东尼·伯吉斯称它是一部才华横溢的拼合起来的小说，并把《微暗的火》与纳博科夫另一部小说《防守》收在他的《现代小说：九十九本佳作》一书中。

这部小说的结构确实十分奇特，全书是以“前言”、诗篇、“评注”和“索引”四部分组成；前一部分是九百九十九行诗，仅占全书十分之一，后一部分则是对长诗所做的繁琐注释，“前言”和“索引”也纯属虚构。纳博科夫的意图是要读者与作者合作，通过反复对照阅读，自行在头脑中构成一个曲折的故事情节。

纳博科夫曾把普希金的《叶甫盖尼·奥涅金》译成英文。他一向反对附庸风雅的意译，主张直译，并靠注解来阐释，因此该诗译成后竟达四大卷两千页，译文仅占二百〇八页，其他均为注释，工程可谓浩大。因此可以说他写《微暗的火》无疑是在译《叶甫盖尼·奥涅金》的过程中产生灵感而写的。纳博科夫又熟谙英国文学。十八世纪英国诗人蒲柏曾写过一部《群愚史诗》，对批评他的人进行讽刺，全诗以英雄双韵体写成四章，并附带一名虚构的评论家所作的古怪注释以及一个令人发噱的索引（实为对自我中心的学者炫耀学识所作的滑稽模仿）。纳氏在写《微暗的火》时，显然也受到蒲柏这部著作的影响。

《微暗的火》的情节大致是这样的：一个幻想的欧洲赞巴拉（虚构的国度）的国王，被废黜后逃至美国，化名金波特在美国一家学府任教。他是个同性恋者和素食主义者，对他的邻居诗人教授谢德施加影响，希望后者能把他的生平事迹写进诗作。后有一名罪犯误认谢德是判他入狱的法官而将他枪杀，但金波特却认为那名枪手是革命后的赞巴拉国派来的刺客，原想杀害的是他。他征得谢德夫人同意，代为编订出版谢德的诗作遗稿《微暗的火》，但发现诗中并无他的传奇经历，便妄加揣测，穿凿附会，东拉西扯，加以注释。全诗其实是那位既不信仰马克思、也不推崇弗洛伊德的美国资产阶级老诗人苦心经营的、罗勃特·弗罗斯特式的自传体叙事诗，对人的出生、病痛、爱情、结婚、死亡和来世等人生意义，现实与虚幻，时空，美学，艺术同现实的关系等方面的探讨。

诗名《微暗的火》出自莎翁悲剧《雅典的泰门》第四幕第三场中对比日月光源那句话，意指太阳虽然可能是个吸取大海水分的窃贼，却还原给大地以果实，是生命力的源泉，而月亮则是个彻头彻尾的窃贼，寄生虫，一种反复无常而欺骗的源泉，它那微暗的火只是反射之光而并非真正的光芒。纳博科夫借此在书中暗喻诗人谢德是个太阳似的人物，从现实中汲取经验，把它变成真实的艺术以丰富人生，而疯狂的金波特却是个月亮似的人物，虚幻地对待现实，徒劳无益地妄想从谢德诗中吸取光芒。纳博科夫仿佛是在探讨两种迥异的作家的创作想象力，一种是健康的，另一种则是病态的。西方评论家大都赞誉纳博科夫这首长诗是篇佳作，堪与美国著名诗人弗罗斯特的作品相媲美。

纳博科夫在本书中展示了他那浩瀚才智和丰富学识，运用了大量文学典故、引喻、多语义性、多种语文的双关语以及镜像等等，并把作品编织得迷津一般，需要读者耐心阅读方能识破谜底。他曾说，“文学，真正的文学，并不能像某种也许对心脏或头脑——灵魂之胃有益的药剂那样让人一口囫囵吞下。文学应该给拿来掰碎成一小块一小块——然后你才会在手掌间闻到它那可爱的味道，把它放在嘴里津津有味地细细咀嚼；——于是，也只有在这时，它那稀有的香味才会让你真正有价值地品尝到，它那碎片也就会在你的头脑中重新组合起来，显露出一个统一体，而你对那种美也已经付出不少自己的精力。”[1]《微暗的火》正符合了纳博科夫这种要求。因此可以说他对自己心目中的读者要求甚高：他们必须具有丰富的文学修养，精通多种语文，又得是个头等诗人和福尔摩斯，还需要有丰富的想象力和特强的记忆力。纳博科夫曾大声疾呼道：“给

1　见纳博科夫：《俄罗斯文学讲稿》，哈考特·布瑞斯·乔瓦诺威奇出版社，一九八一年，第 105 页。

我具有创造性的读者。这个故事是给他写的。”[1] 确实,《微暗的火》不仅要求读者具有创造性的想象力，而且甘愿劳神参加小说中错综复杂的游戏，例如上述的小说情节仅是表面一层的故事，细加追究，金波特又可能是那家学府俄语系中的一位腐儒教授波特金，幻想自己成了赞巴拉国王，书中虚构的阿巴拉契亚又可能就是赞巴拉，长诗和注释也可能皆出自诗人谢德之手，[2] 等等。

另外，这部作品恰恰又与纳博科夫的写作方法吻合。他一般在创作时并非按顺序一章接一章地写下去，而是零零碎碎地写在卡片上（《微暗的火》中的主人公谢德就是这样写诗），最后再把它们颠来倒去地整理安排成篇。他还喜欢用冷僻古奥的词汇，读他的作品尚需备一部《韦伯斯特大辞典》在手边作为向导。因此，有的西方评论家说他操纵笔下人物如操纵木偶，语言如蝶翼上的瑰丽色彩，认为他是福克纳以来美国最重要的一位作家，或是乔伊斯以来最有风格、最具独创性的作家。[3]

《微暗的火》这部小说，尽管手法怪异，作者在其中既卖弄学问，也对卖弄学问予以讥讽，但读者仍会从中发现不少真知灼见。作者还辛辣地嘲讽了西方流行的弗洛伊德学说和精神分析学，对美国学府、出版界、文学评论和社会风尚也极尽讽

1　见纳博科夫:《果戈理》，纽约新方向出版社，一九四九年，第 140 页。

2　详见布里安·博伊德《纳博科夫传》(美国时代卷)，普林斯顿大学出版社，一九九一年，第 444 页。

3　详见拙文《浅论纳博科夫》，载《世界文学》一九八七年，第五期，第 59—84 页。

刺之能事。全书文笔诙谐，展现了独特的纳博科夫式的幽默。

至于这部小说的涵义究竟是什么，西方评论界众说纷纭。有的认为是嘲讽西方评论界和出版界，有的认为是讽刺欧洲知识分子在美国的境遇，有的认为是一幅对美国学府的笑剧式的漫画，还有的评论家干脆认为要把这部作品的涵义弄清楚，则是糟蹋这部别出心裁的艺术作品。玛丽·麦卡锡说得好，“《微暗的火》是一个玩偶匣，一块瑰丽的宝石，一个上弦的玩具，一次疑难的棋局，一场地狱般的布局，一个捕捉评论家的陷阱，一部由你自行组织的小说。”[1]总之，读者可以根据自己的理解，从这部扑朔迷离的小说中悟出迥然不同的涵义。

一九八五年夏，美国作家约翰·赫赛来华访问，曾在冯亦代和毕朔望两位师长的陪同下，来寒舍小聚，畅谈美国文学。他得知笔者在研究纳氏作品并已译过《普宁》一书，建议应把纳氏的最佳作品《微暗的火》译介给中国读者。由于译此书难度较大，我只试译了其中“前言”、“诗篇”第四章和有关注释一小部分交李文俊学长，发表于《世界文学》一九八七年第五期上。转眼间十年过去了。我终把这部二十万字的小说译全，但闻曾经鼓励我译此书的赫赛先生已于一九九四年逝世，令人不胜怀念那位一向对中国友好的朋友。

纳博科夫由于一九五五年那部争议性很大的小说《洛丽塔》而遐迩闻名，当时西方一般读者大都视他为一位通俗畅

1　见诺曼·佩奇编：《纳博科夫评论集》，英国路特里基与凯根·保尔出版社，一九八二年，第117页。

销书作者，纳博科夫对此大不以为然。美国作家兼评论家怀特·麦克唐纳认为纳博科夫写《微暗的火》，好像是带着一种高傲的微笑，对广大读者说，“你们认为我是个畅销书制造者，那就请读读这部作品试试看！”

梅绍武

一九九七年十月于中国社会科学院美国研究所